À PROPOS DE L'AUTRICE

Élodie Garnier est née en 1987. Après le succès de *Juste une fois pour essayer*, l'autrice et blogueuse nous offre une nouvelle histoire d'amour criante de vérité, avec sa part de doute, de douleur et de passion. *Je m'attendais à tout sauf à nous* est son deuxième roman.

Pour contacter l'autrice :
www.elodiegarnier.com
contact@elodiegarnier.com
www.facebook.com/elodiegarnierofficiel
Instagram : @elodiegarnierofficiel

Je m'attendais à tout sauf à nous

De la même autrice

Juste une fois pour essayer, Mazarine (2020), HarperCollins Poche (2022)

ÉLODIE GARNIER

Je m'attendais à tout sauf à nous

Harper Collins
POCHE

HARPERCOLLINS FRANCE

83-85, boulevard Vincent-Auriol, 75646 PARIS CEDEX 13
Tél. : 01 42 16 63 63

www.harpercollins.fr

ISBN 979-1-0339-1343-6

Prologue

— Bonjour, c'est Stéphane de la réception. Je suis navré de vous réveiller en pleine nuit. Nous avons reçu un appel d'une certaine Florence qui cherche à vous joindre de toute urgence.

Je réponds, étonnée, d'un filet de voix encore cassé par le sommeil :

— Florence ? Florence Vaccarelli ?

— Elle n'a malheureusement pas précisé son nom.

— OK, pourriez-vous me la passer s'il vous plaît ?

— Bien sûr, je vous mets en relation.

Dans le noir, je cherche l'interrupteur. J'ai besoin de lumière et de quelques secondes pour émerger. Si ma belle-sœur m'appelle à 5 heures du matin, c'est que quelque chose de sérieux est arrivé.

À l'autre bout du fil, Flo tente de me rassurer :

— Ne t'en fais pas, je suis avec elle… Ça ne sert à rien que tu fasses la route de Nantes maintenant… Tu pourrais peut-être attendre de prendre le premier train, non ?

— J'm'en fous, Flo, je saute dans un taxi, j'arrive…

Impossible pour moi de rester ici sachant ce qu'il se passe. Je rassemble mes affaires en vitesse, enfile les premiers vêtements qui me tombent sous la main, claque la porte de la chambre d'hôtel et descends dans le lobby. J'insiste auprès du réceptionniste pour trouver un taxi qui accepterait de me ramener à Paris, mon manteau sur les épaules, déjà prête à partir. Mais je sens que le grand gaillard derrière le comptoir a du mal à convaincre un chauffeur de faire la route. Je jette mon sac sur l'un des grands sofas du hall et m'avance vers lui. Accoudée à l'accueil, je l'interromps :

— Alors, où en est-on ?

Le téléphone vissé à l'oreille, il me fait signe de patienter, quand son interlocuteur semble enfin lui annoncer une bonne nouvelle :

— Dans dix minutes, c'est parfait. La cliente vous attend. Merci. À tout de suite.

Dans son sourire, je lis la satisfaction d'avoir réussi l'impossible.

Je ne compte plus les fois où je fais pivoter mon poignet pour vérifier l'heure. Je guette par la porte à tambour l'arrivée imminente de mon taxi. Lorsque arrive une Mercedes gris clair sur le parking de l'hôtel, l'homme d'une cinquantaine d'années n'a pas le temps de descendre que je suis déjà prête à lui confier mes bagages.

— Bonjour, c'est vous qui partez pour Paris ?

— Oui, monsieur, c'est bien moi.

Je m'engouffre dans le véhicule tandis que le chauffeur charge mes affaires dans le coffre. Il me rejoint, s'installe, puis me lance :

— Quelle est l'adresse exacte, s'il vous plaît ?

— Hôpital Cochin, dans le 14e arrondissement.

On démarre. Au premier rond-point, je souffle, soulagée :

— Merci encore d'avoir accepté cette course. Vraiment, c'est adorable.

Il me sourit dans le rétroviseur.

*

Le ciel est encore noyé à l'encre noire. Dans l'habitacle où tout est sombre, je n'aperçois que difficilement les contours du visage de mon chauffeur, éclairé par les faibles lumières du GPS et de la radio qui diffuse France Inter. Lui comme moi restons mutiques, respectant l'intimité de l'autre.

À l'arrière, j'essaie de me détendre, de prendre du recul sur la situation. Je m'en veux tellement de ne pas être présente dans ces moments-là. Les kilomètres défilent sur l'autoroute A11, quand, à hauteur du Mans, l'homme au volant brise le silence :

— On fait une pause ?

Ça ne m'enchante pas vraiment de perdre du temps sur le trajet, mais, par politesse, j'accepte.

Il s'éloigne vers la boutique de la station-service. Je sors quelques secondes pour me dégourdir les jambes. Je n'ai pas fait deux pas que j'entends, dans la voiture, mon téléphone sonner. C'est Thomas qui appelle du Japon :

— Salut, Élo, t'es avec ma mère ? Elle ne décroche pas sur Skype.

— Non, je suis en déplacement, mais je sais qu'elle avait un rendez-vous tôt ce matin. Dès qu'elle m'appelle, je lui dis de te joindre, OK ?

Je raccroche sans savoir s'il m'a cru. À 12 ans, on comprend très vite quand quelque chose cloche, et je crains que ma voix ne m'ait trahie. Au même moment, mon *taxi driver* revient avec deux thés.

— Tenez, buvez quelque chose de chaud, ça va vous faire du bien !

Il a dû voir à ma petite mine que j'étais vraiment préoccupée. J'en profite pour faire un point sur la route :

— Sommes-nous encore loin ?

— Encore deux bonnes heures si ça roule bien. Vous êtes attendue, je suppose ?

— On peut dire ça comme ça. Plus tôt j'y serai et mieux ce sera.

La nuit perd de son intensité et offre aux champs longeant la route une brume matinale blanche et légère. Depuis la fenêtre de la voiture, je regarde défiler le paysage monotone des petites villes de province. Bercée par le ronronnement du moteur, j'essaie de rattraper mon sommeil. Mes paupières sont lourdes, et ma tête tombe de fatigue. Je ne peux, de toute façon, rien faire d'autre que d'attendre. Mais, dès que je m'assoupis, je me réveille aussitôt pour vérifier les nouvelles sur mon portable. Dans un énième sursaut, je me rends compte que je n'ai toujours pas prévenu le bureau. Je ne pourrai pas honorer le rendez-vous fixé ce matin avec un grand groupe d'électroménager, celui pour lequel justement j'avais fait le déplacement jusqu'à Nantes afin de réaliser une vidéo promotionnelle. Pendant que je rédige l'e-mail pour en informer Marc, mon patron, le trafic autour de nous se densifie. C'est fou, nous étions pratiquement seuls il y a encore une demi-heure. C'est à Massy-Palaiseau que nous rencontrons les premiers ralentissements. Ça n'avance pas, je m'impatiente. Je détache ma ceinture pour me placer entre les deux sièges avant, comme si je pouvais aider mon chauffeur à trouver un itinéraire plus rapide. Je sens cependant que je le dérange, alors je regagne ma place au fond de la banquette et prends mon mal en patience. Je relance une nouvelle fois Florence par SMS :

J'en ai plus pour longtemps. Donne-moi de ses nouvelles stp !

Porte d'Italie. Tout le monde afflue vers Paris, si bien que la voiture est maintenant à l'arrêt. C'est l'heure de pointe. En bon conducteur nantais, l'homme ne prend aucune initiative, ne s'engage pas et suit sa file. Il n'est certainement pas habitué à conduire sur des axes routiers aussi fréquentés. À la seconde où le GPS retarde l'arrivée de vingt-cinq minutes, je m'imagine sauter sur le volant, persuadée de pouvoir nous sortir de là.

Périphérique extérieur. La brume n'est plus, la pollution a pris la relève. J'entrevois au loin le panneau de signalisation indiquant la porte de Bercy à six cents mètres. Je revis un peu.

*

Parking de l'hôpital – 9 h 35.

— Madame ! Madame ! Votre sac ! Vous oubliez votre sac.

Je retourne à la voiture d'un pas pressé récupérer mes affaires dans le coffre, salue mon pilote et lui souhaite bon retour.

Quand j'arrive dans le hall principal, une secrétaire m'indique une ligne de couleur à suivre dans les couloirs pour accéder à la salle d'attente. Les hôpitaux, ici, à Paris, sont si grands que ces repères peints à même le sol permettent aux visiteurs de se déplacer sans se perdre. Sur le chemin, j'écris à nouveau à ma belle-sœur :

Je suis là.

Toujours pas de réponse.

Je débarque dans une salle immense. Les chaises parfaitement alignées pourraient donner l'illusion d'un terminal d'aéroport. Sauf que les guichets ne délivrent aucun aller-retour Paris-Cancún. Il n'y a ni classe affaires ni économique, tout le monde est logé à la même enseigne avec l'attente pour seul compagnon de route. D'ailleurs, les annonces diffusées sur les écrans n'invitent aucun passager à se rendre en salle d'embarquement. Alors, j'attends que l'on vienne me chercher.

Il y a des destinations qui ne nécessitent pas de lourdes valises. Ici, on voyage léger, pris de court par les événements de la vie : on naît, on se répare ou l'on meurt sans que personne soit prévenu. Tandis que certains ont raté leur avion, je me prépare au voyage qui est le mien.

Il n'est pas tout à fait 10 heures, et pourtant les va-et-vient incessants remplissent l'espace. Au fond de la pièce, deux grandes portes battantes s'ouvrent par intermittence pour avaler une partie d'entre nous. Ce qu'il y a derrière ? Nul ne le sait encore. Les minutes s'égrènent avec flegme à mesure que mon impatience grandit. Je me lève, impossible de rester assise plus longtemps. Quelques-uns, emmitouflés dans leur capuche, cherchent une position confortable pour se reposer un peu. C'est compter sans les accoudoirs, qui rendent l'exercice difficile. Depuis combien de temps sont-ils là ? Quand est-ce que viendra mon tour ? Soudain les portes s'entrouvrent et expulsent une jeune femme brune, en blouse blanche, les traits tirés par la fatigue de sa nuit de garde. Je saute sur l'occasion et accours vers elle :

— Excusez-moi ! Mademoiselle ? Je suis venue voir Emmanuelle Delaunay. Elle a été emmenée aux urgences cette nuit vers 4 h 30…

— OK, restez là, je vais aller me renseigner.

Tandis qu'elle s'engage dans un couloir, elle se retourne et me demande :

— Vous êtes ?

— Sa femme.

Chapitre 1

« Veuillez me suivre. » Ces trois mots, comme un sésame, me donnent accès à l'agitation des urgences.

Derrière les larges portes battantes se trouve un immense couloir qui ne semble jamais finir, jonché de brancards et de box de soins où les malades attendent de voir un médecin. Par moments, quelques têtes inquiètes passent l'encadrement d'une porte, comme pour rappeler leur présence.

En m'avançant, je ne peux m'empêcher de jeter un coup d'œil furtif dans chacune des pièces. Je cherche désespérément Emmanuelle. Dans la troisième sur la droite, une vieille dame, allongée, hurle de douleur. Son mari lui tient la main. Ce simple geste provoque en moi un sentiment insupportable de culpabilité. J'aurais dû être auprès d'elle. Je continue de longer le couloir quand j'aperçois au loin une femme assise de dos, aux cheveux roux soigneusement attachés. Sa nuque dégagée met en valeur les boucles d'oreilles de jade et de topaze que j'ai fait sertir pour ses 40 ans. Ça ne fait aucun doute, c'est elle !

J'accélère le pas pour rejoindre Florence, ma belle-sœur. On s'enlace pour se réconforter. L'attente n'a pas apaisé ses angoisses, bien au contraire. Soulagée de me voir, elle me souffle à l'oreille :

— T'es incroyable. T'as fait super vite !

— Comment va-t-elle ? J'ai essayé de te joindre plusieurs fois… Je me suis inquiétée, si tu savais.

— Désolée, je n'avais plus de batterie… J'ai pu rester auprès d'elle jusqu'au petit matin, puis ils l'ont emmenée. Après ça, aucune nouvelle. Un interne est venu m'annoncer il y a dix minutes qu'ils la gardaient.

— Merci, Flo. Va te reposer, je prends le relais. Au fait, j'ai eu Tom au téléphone. Je ne lui ai pas dit pour Emma. Tant qu'on n'en sait pas plus, ça ne sert à rien de l'inquiéter.

— Tu as bien fait. Je repasse en début d'après-midi. Est-ce que tu veux que je fasse un saut chez toi lui prendre quelques affaires ?

— Je veux bien, si ça ne te dérange pas. Tu trouveras son sac de voyage en cuir noir dans la chambre. Mais le plus simple c'est que tu m'appelles quand tu y es, je te dirai quoi prendre.

J'ai toujours su que je pouvais compter sur Florence. Dès le premier jour, ça a tout de suite collé entre nous. On a le même sens de l'humour et le même regard sur la vie. Elle est un peu la grande sœur que je n'ai jamais eue.

À peine Florence partie, une voix d'homme m'interpelle, m'arrachant à mes pensées :

— Bonjour, madame, je suis le Dr Hernaez. L'état de votre conjointe est maintenant stabilisé, soyez rassurée. Nous l'avons mise sous surveillance dès son admission, à la suite de douleurs abdominales et d'une tension particulièrement basse.

Après quelques secondes, il ajoute d'un ton plus grave :

— En revanche, nous allons devoir l'opérer.

Je reste sans voix, assommée par ce que je viens d'entendre. Je crois qu'à cet instant précis je ne comprends pas bien la situation. Il enchaîne :

— Depuis 8 heures ce matin, nous constatons des ralentissements répétés du rythme cardiaque du bébé. Cela signifie que ses réserves en oxygène diminuent. Nous avons donc pris la décision de pratiquer une césarienne en urgence.

— Je veux la voir ! Est-ce que je peux ? S'il vous plaît ?

— Je suis navré, mais elle est déjà partie au bloc opératoire… Il n'est malheureusement pas possible de vous laisser assister à l'intervention, c'est la procédure.

— Ah… Il y en a pour combien de temps ?

— Une petite heure, tout au plus. Je vous invite à vous rendre, dès à présent, dans sa chambre. Vous avez d'autres questions ?

— Non, enfin, je suis inquiète pour ma fille…

— Écoutez, nous avons diagnostiqué la souffrance fœtale à temps, donc nous sommes plutôt confiants. Toutefois, chaque intervention peut avoir des complications, mais ne vous en faites pas, nous avons l'habitude de ce genre d'opération.

Emmanuelle et moi avions souvent rêvé de cette date. Ça devait être une belle journée, et nous étions censées la vivre ensemble. Jamais nous n'aurions pu envisager un tel scénario.

Je ne me pardonne pas d'être partie en déplacement à trois semaines du terme. La naissance de ma fille est un moment unique et ne pas être auprès de la femme que j'aime me rend malade. Surtout quand je pense à notre bébé qui se bat pour vivre. Les larmes montent. J'imagine toujours le pire…

Et si c'était ça, l'instinct maternel ?

Mes nerfs lâchent, je craque. Je m'empresse d'appeler Ashley, une de mes meilleures amies, pour la prévenir. On s'est rencontrées quand j'ai débarqué dans le 11e arrondissement, il y a quatre ans, dans l'ascenseur, le jour de mon arrivée. Tandis que je me noyais au milieu d'un océan de cartons à déballer, elle frappait, le soir même, à ma porte avec son joli accent anglais et Scott, son mari, pour me proposer leur aide. Elle avait dû être touchée de me voir gérer, seule, mon déménagement. Je m'étais dit à ce moment-là qu'il existait encore des gens adorables dans ce monde. Après avoir monté le canapé, la machine à laver et le frigidaire sur trois étages, je les avais invités à boire un verre et à manger un bout de pizza « à la bonne franquette ». Tous deux vivaient en France depuis sept ans. Elle était agent immobilier, lui ambulancier. Comme j'étais nouvelle dans le quartier, ils m'avaient donné les adresses de leurs petits bistrots fétiches, vanté la beauté des bouquets séchés du fleuriste de la rue Popincourt et mise en garde contre le vieux râleur du cinquième qui ne supportait « aucun bruit ».

Ashley propose de me rejoindre, mais je préfère que l'on se voie plus tard.

— Quand tu veux, me répond-elle. Je pense à toi, à vous trois…

*

J'arrive à l'étage de la maternité. On a répété cette scène tellement de fois, Emmanuelle et moi, que de la jouer seule, en fin de compte, me fait tout drôle. La tristesse me fait oublier que, dans moins d'une heure, je serai maman.

À l'accueil, on m'indique la chambre 114. Je ne traîne pas. J'ai déjà manqué le top départ, je ne veux pas rater l'arrivée de mes deux amours.

La chambre est simple. Un grand lit médicalisé sur la droite. Les draps estampillés « Hôpitaux de Paris » sont blancs et si bien repassés que je n'ose m'y asseoir. Un fauteuil d'allaitement bleu trône sur la gauche. Près de la fenêtre, une tablette roulante pour les plateaux-repas me rappelle la nourriture fade servie aux patients. Je prends conscience qu'il est maintenant 10 h 35 et que je n'ai toujours rien avalé. Je fouille dans tous les recoins de mon sac à la recherche de galettes bretonnes Saint-Michel. J'en ai régulièrement sur moi depuis quelques semaines, car j'avais l'intention d'en offrir à Emmanuelle pour la naissance. Je sais que ça la fera sourire. Ces biscuits au beurre sont notre madeleine de Proust. Un souvenir commun depuis que nous nous sommes rencontrées trois ans plus tôt au pays du Soleil levant.

*

Kyoto – Japon, au mois de mai.

Les cerisiers en fleur donnent au paysage un sentiment de quiétude. Le monde peut se déchirer, s'envoyer des bombes, rien n'atteint Kyoto. Ici, tout demeure calme. La folie des hommes n'affecte jamais le repos japonais. Le vent souffle une brise légère sur mon visage. J'ai prévu aujourd'hui de visiter le sanctuaire Fushimi Inari-taisha dans le quartier de la gare. Au milieu d'un trottoir, je tourne les pages de mon carnet à la recherche de l'itinéraire que j'avais noté avant mon départ.

Au bout de quelques minutes de marche, le pavillon central se dresse devant moi. Beau, grandiose, inspirant. Le sanctuaire, surnommé le temple du Renard, est réputé pour ses nombreuses arcades orange appelées *torii,* qui contrastent avec le vert de la nature luxuriante qui l'entoure. Je prends une profonde inspiration avant de m'engouffrer dans son labyrinthe de portiques, qui mène au sommet du mont Inari où la vue sur Kyoto est saisissante.

Après quarante-cinq minutes de randonnée, je parviens à l'intersection Yotsutsuji, située à mi-chemin du parcours. Je m'arrête pour profiter de l'instant. Quand j'ai annoncé à Ashley et Alix, la troisième amie de la bande, que je partais trois semaines en solitaire, elles n'ont pas compris. J'avais seulement besoin de me retrouver après une année épuisante à gérer dix projets à la fois sans même prendre de congé.

Le Japon est un monde à part. Rien n'y est écrit en anglais, ni dans les rues, ni dans les transports. Se perdre fait presque partie du charme de ce pays. Et je voulais me perdre, prendre des chemins de traverse, découvrir des saveurs nouvelles, rencontrer une culture à l'opposé de la mienne. Une poussière dans l'immensité, à la recherche de la lumière.

Tandis que je m'apprête à reprendre l'ascension, une voix singulière me fait tendre l'oreille. Entendre parler français à 9 600 kilomètres de Paris est toujours une jolie surprise. Elle s'adresse à un enfant, son fils probablement, avec douceur et tendresse. L'intonation de sa voix, rassurante, me captive. Elle est passée près de moi si furtivement que je n'ai pas eu le temps de voir son visage. Je me retourne par curiosité et devine sa silhouette élégante, cachée sous une large étole en cachemire beige. Je la regarde s'éloigner, songeant au fait qu'il y a des milliers de gens que l'on croise et que l'on ne reverra jamais. On garde un parfum, une voix, un geste comme trace de leur fragile existence.

Je ne sais pas encore que, dès le lendemain, le destin frappera à ma porte.

*

Aéroport d'Osaka – Japon.

Dans la file d'attente pour l'enregistrement, une hôtesse remonte la rangée de passagers, demandant à ceux qui voyagent seuls de se manifester. Sans poser de question, je lève la main. Elle m'invite à la suivre jusqu'au comptoir.

— Votre passeport, s'il vous plaît ?

Après vérification de mon identité, elle pianote sur son clavier. Je pose mes bagages sur la balance, redoutant un peu d'avoir dépassé le poids autorisé avec les nombreux souvenirs que je rapporte. L'hôtesse au foulard tricolore me regarde avec un grand sourire avant d'ajouter :

— Le vol AF 291 est surréservé. Nous avons besoin de revoir le plan de cabine pour placer une famille de trois personnes, qui ne peut être séparée. Veuillez patienter quelques instants.

Elle se penche à nouveau sur son écran pour éditer la carte d'embarquement. Une fois imprimée, elle la dépose devant moi et entoure le numéro du siège 10B :

— J'ai le plaisir de vous annoncer que nous vous avons surclassée en premium economy. Je vous souhaite un excellent voyage !

Mon vol est prévu pour 23 h 30, heure locale. Je rejoins le salon Air France et commande un *gyudon* pour finir mon séjour sur une note japonaise.

Vers 22 h 45, les passagers sont invités à se rendre à l'embarquement, terminal 1, porte 12. Une fois montée à bord, je place mon bagage cabine dans le compartiment en hauteur. Je m'installe, côté couloir, dans le large et confortable fauteuil de la classe affaires.

J'envoie un dernier message à mes parents et aux filles, avant d'activer le mode avion :

Je voulais juste faire un coucou. On ne va pas tarder à décoller. Je vous embrasse, à demain. PS : Ils m'ont surclassée chez les bourges.

Je joins au SMS la photo d'une *geisha* aperçue quelques jours plus tôt dans les ruelles de la vieille ville. Alix, grande amoureuse des femmes et jamais farouche, réagit aussitôt :

Surclassée ? Non, mais, toi, t'es dans tous les bons plans ! PS : Ramène la fille !

Je ne peux contenir mon rire. À l'instant où je m'apprête à lui répondre, une femme m'interpelle :

— Bonsoir, excusez-moi, je suis juste à côté de vous…

Cette voix m'arrache à mon écran en une seconde. Je reconnais parfaitement cette intonation affirmée et son élocution impeccable. Quand je lève la tête, elle apparaît, debout, devant moi. Je ne sais pas si c'est le fait de la voir en contre-plongée, mais je me sens minuscule face à elle. Entourés par un visage fin, ses grands yeux clairs, bleu-gris, poudrés d'un léger fard couleur champagne, sont fascinants, voire déroutants. Ses longs cheveux châtain cendré ondulent jusqu'aux épaules. Un collier en or, au maillage délicat, dépose subtilement un diamant au creux de son cou. Elle est naturelle et pourtant raffinée, à l'image de la femme française dans les films de Roger Vadim.

Je me lève pour la laisser passer. Elle s'installe côté hublot. À ses pieds, fourrée dans son sac Birkin, je remarque l'étole en cachemire beige qu'elle portait la veille.

La probabilité que l'on se retrouve côte à côte était si infime que j'en reste abasourdie. J'avais oublié combien la vie, souvent, aime nous surprendre. La jeune femme, croisée au temple du Renard, a désormais un visage. J'observe les lectures qu'elle dépose sur sa tablette : des magazines d'art contemporain et un thriller psychologique. Je collecte les minces indices qui me sont donnés pour cerner sa personnalité. Je l'imagine cultivée, brillante, exigeante et en même temps attirée par l'aventure, les énigmes et le non-conventionnel. Un vrai paradoxe.

À pleins gaz, l'avion se cabre et prend son envol. Je déteste toujours autant les décollages. Les nombreux voyages de mon enfance ne m'ont pas vaccinée contre cette peur. Je m'agrippe à mon siège. Dans les haut-parleurs, le chef de cabine annonce : « Veuillez conserver votre ceinture attachée jusqu'à l'extinction de la consigne lumineuse. » Je lâche à voix haute :

— Comptez sur moi, je n'avais pas l'intention de m'envoyer en l'air.

À ma gauche, la belle inconnue, plongée dans son bouquin, esquisse un sourire.

Moins d'une heure plus tard, nous dînons. Au menu, foie gras et pavé de cabillaud au beurre blanc. Il est 1 heure du matin quand les voyageurs se préparent pour la nuit. Les lumières s'éteignent. Mon corps se relâche et je m'endors sans effort.

*

Alors que nous survolons la Russie, je sens, à côté de moi, que l'on m'observe. J'ouvre un œil, elle me chuchote :

— Désolée, je ne voulais pas vous réveiller. Est-ce que je peux passer ?

Je me redresse avec maladresse pour la libérer. Autour de nous, les passagers dorment à poings fermés. Elle file entre les rangées et disparaît au niveau des toilettes. J'attends qu'elle revienne pour recommencer le même manège : je me lève, elle passe, je la regarde, elle dit « merci ».

Comme Alice, tombée dans un grand trou noir, je retrouve le monde des rêves et de l'inconscient que je venais à peine de quitter, quand, soudain, sans prévenir, un bruit de plastique froissé me ramène à la réalité.

— Je suis désolée ! glisse-t-elle, gênée. Je ne pensais pas que ça ferait autant de bruit. Je fais vite.

Elle déchire d'un coup sec un sachet de galettes Saint-Michel avant d'ajouter :

— Rendormez-vous. Je vous promets de rester sage.

Cinq heures plus tard. Les lumières de la cabine s'intensifient et invitent les passagers au réveil. Je m'étire, me lève, fais quelques pas dans le couloir et file me rafraîchir aux toilettes.

À mon retour, le steward a pris le soin de dresser sur la tablette un copieux petit déjeuner.

La jeune femme prend la parole :

— Je suis encore navrée pour cette nuit. J'espère que vous avez pu vous rendormir.

— Oui, assez facilement, ne vous en faites pas…

— C'est gentil, mais c'est certainement un joli mensonge. Je suis sûre que vous avez dû me détester ! Allez ! Avouez-le ! me lance-t-elle d'un ton espiègle.

— Non, je vous assure, j'ai bien dormi.

Puis, sur le ton de plaisanterie, j'ajoute :

— J'ai dû vous détester une seconde et demie, mais pas plus !

La discussion prenant un tournant léger et amical, j'entrevois là une ouverture pour en savoir plus sur elle :

— C'était la première fois que je visitais le Japon, et vous ?

— Oh non, je fais pas mal d'allers-retours dans l'année. Mon fils vit là-bas avec son père… Alors ? Qu'en avez-vous pensé ? poursuit-elle. C'est un merveilleux pays, n'est-ce pas ?

— Oui, j'ai adoré. Exactement ce qu'il me fallait. Du dépaysement, et j'ai trouvé la nourriture japonaise excellente.

— L'une des meilleures pour moi ! Qu'avez-vous visité ?

— J'ai passé une semaine et demie à Tokyo, la ville est démente. Ensuite, je me suis rendue à Nara, là où les faons viennent vous manger dans la main, puis j'ai fini par cinq jours à Kyoto. C'est, je crois, la partie de mon séjour que j'ai préférée. Le chemin des philosophes est si reposant…

— Mon ex-mari partage justement son temps entre Tokyo et Kyoto. Les deux antipodes : Tokyo pour le business et Kyoto pour la tranquillité.

Je ne sais pas très bien comment rebondir dans la conversation. Une question, pourtant, me brûle les lèvres :

— Excusez-moi de vous demander ça, mais… euh… je crois vous avoir aperçue hier au temple du Renard…

— C'est fou ! Effectivement, j'y étais avec mon fils. Pour être sincère, ça ne m'a jamais vraiment attirée, mais Tom a tellement insisté que je ne pouvais pas le lui refuser. Comme on se voit peu, c'est difficile de lui dire non. Et puis, finalement, j'ai été agréablement surprise… Vous êtes montée jusqu'en haut ?

— Oui, j'ai trouvé l'endroit fantastique…

L'hôtesse nous interrompt pour débarrasser le petit déjeuner et nous informe que, dans peu de temps, nous allons commencer notre descente.

— Vous êtes de Paris ? me demande-t-elle spontanément.

— Oui, du côté de République.

— Moi, je suis dans le 6e, juste derrière l'Académie française.

— Je vois bien, j'adore le pont des Arts. J'y prends souvent ma pause déjeuner assise sur un banc quand je bosse à l'agence.

— Ah oui ? Vous travaillez dans quel domaine ?

— Dans l'audiovisuel. Et vous ?

— Je suis architecte bioclimatique. Et, là, je sens que je vous perds, n'est-ce pas ?

Je souris et ne le contredis pas.

— En effet, un peu. Ça consiste en quoi ?

— Mon travail est d'intégrer les éléments naturels tels que l'air, la lumière du soleil, l'eau et le végétal dans un projet architectural. Dernièrement, j'ai dirigé l'aménagement d'un quartier de Dubaï, par exemple.

— Je n'y suis jamais allée, mais les gratte-ciel ont l'air incroyables là-bas. Et j'adore Jacob Stanfield, je trouve qu'il photographie Dubaï comme personne ne l'a fait jusqu'ici. Il apporte un autre regard sur la démesure de cette ville.

Je ne me souviens plus combien de temps a duré notre échange, mais je sais, encore aujourd'hui, qu'il m'a marquée.

*

Nous venons d'atterrir à Roissy-Charles-de-Gaulle. En descendant de l'avion, elle me demande mon prénom et me donne le sien : Emmanuelle.

On continue de bavarder sur le chemin qui mène à la zone de récupération des bagages, puis jusqu'au service de taxis.

— J'étais ravie de faire votre connaissance. Avez-vous une carte sur vous ? Je pourrais avoir besoin de vos services.

Je cherche dans mon portefeuille et la lui tends. Alors qu'elle s'engouffre dans le véhicule, avec un dernier sourire, elle me dit :

— Bon retour à vous, Élodie.

La voiture file dans la nuit et je ne la quitte pas des yeux.

Chapitre 2

Paris. Gare du Nord – 6 h 35.

Après avoir quitté le RER, je prends la correspondance en métro jusqu'à Oberkampf et remonte à la surface, où je retrouve enfin des rues qui me sont familières.

La ville est encore calme, sans klaxons ni foule. Je traverse le terre-plein désert du boulevard Richard-Lenoir. Le serveur de la brasserie Chez Gaston installe sa terrasse quand l'ouverture du rideau de fer du bar-tabac d'en face fait s'envoler les quelques pigeons venus picorer les miettes qui traînent par terre.

À peine arrivée chez moi, je jette les clés sur le meuble de l'entrée et me rends compte que mon frigo est vide. J'hésite un instant mais renonce rapidement à l'idée de redescendre faire des courses. Tant pis, je me ferai livrer pour le déjeuner. En plein jet-lag, j'ai juste envie de ne rien faire et de traîner à la maison toute la journée.

J'abandonne mes bagages au beau milieu de l'appartement. Pas la force de les défaire, je verrai ça plus tard. Sur la table de la cuisine, Ashley a pris le soin de déposer le courrier amoncelé après des semaines d'absence. Les factures, comme la corde d'un cerf-volant, me ramènent les pieds sur terre en une seconde. Retour à la réalité, les vacances sont bel et bien finies. J'ouvre en grand rideaux et fenêtres pour aérer la pièce. Il fait si bon dehors.

Cela fait un an et demi que j'ai emménagé ici, quelque temps après ma rupture avec Sara. Celle qui a bouleversé ma vie. Celle qui, avant son mariage, a voulu essayer avec une femme. Juste une fois. Au début, c'était un jeu, sans savoir que nous allions tomber amoureuses. Très amoureuses. Entre nous, c'était fusionnel : on s'est aimées, quittées, fourvoyées. On s'est retrouvées, consolées, abîmées. Nous avons vécu dans le mensonge avec ce secret que personne – et certainement pas son futur mari – ne devait connaître. Dans ce trio, j'étais la pièce rajoutée, celle de l'ombre, celle de trop. Finalement, pas celle qu'elle avait choisie.

Cet amour m'a traumatisée et, depuis, j'ai perdu toute confiance en moi. Pour elle, je m'étais mise à nu. Je ne sais pas faire autrement. J'ai le sentiment de m'être jetée du haut d'une falaise avec la conviction de pouvoir voler. Loin et haut, portée par la force que Sara me donnait. Mais la chute fut si dure, si violente et si douloureuse que je me suis juré de ne plus jamais gravir cette montagne. L'amour est devenu, au fil des jours, un ennemi que je garde à distance.

Depuis que je suis petite, je nourris une peur viscérale de l'abandon, qui a resurgi de façon incontrôlée quand je sortais avec elle. Enfant, je suivais mes parents dans le monde entier, au gré des mutations de mon père, militaire. Constamment arrachée à mes amis, je pensais que, si je les aimais plus fort, la vie me permettrait de les garder près de moi… C'était terrible de perdre sans cesse les gens auxquels je m'étais attachée. Avec Sara, j'ai reproduit le même schéma jusqu'à devenir complètement dépendante d'elle. Aujourd'hui encore, ces émotions me pèsent. J'ai embrassé le vide, supplié de ne plus aimer et d'oublier ces instants que j'aimerais ne pas avoir vécus.

Partir à Paris était la première étape pour mettre fin à cette période difficile et compliquée. Il m'était, de toute façon, impossible de rester dans la région. En m'éloignant d'elle, je pensais que ma peine s'estomperait. Pourtant, ici, beaucoup de choses me rappellent à son souvenir.

Quand nous sortions ensemble, la Ville lumière était notre refuge pour fuir notre village. Pour nous affranchir du regard des autres. Ici, nous nous aimions « normalement » : on se baladait main dans la main, on s'embrassait sur des bancs, on traînait dans les parcs à contempler le ciel… Nous étions libres. Infiniment libres.

Je n'avais pas encore conscience que ces souvenirs de bonheur dans la capitale allaient se ternir d'une profonde mélancolie. Je n'arrive plus, aujourd'hui, à me rendre place du Tertre à Montmartre, où elle m'a dit « Je t'aime » et où je l'ai crue. Tout comme il m'est inimaginable de retourner sur le banc de la place des Abbesses où nos initiales sont désormais gravées dans le bois. De cette histoire, j'ai appris cela : il ne faudrait jamais faire découvrir aux personnes que l'on aime les lieux qui nous sont chers. Car ils les hantent inéluctablement. Mais, quand on aime, on ne pense jamais à ça, on croit que ça va durer toute une vie. Quelle connerie.

Désormais, à mes yeux, tous nos endroits n'existent plus.

*

À mon arrivée à Paris, j'ai vécu deux mois chez Jérémy, un ami très proche à cette époque. Nous partagions tout. Quand il m'avait proposé de m'installer chez lui, à Montmartre, dans son deux-pièces, j'avais tout de suite dit oui. Mais, rapidement, nos vies s'étaient avérées dissonantes : j'avais besoin de calme, quand lui ne le concevait pas. En nous retrouvant, j'avais imaginé des soirées passées ensemble à refaire le monde jusque tard dans la nuit, des moments de complicité comme ceux que nous partagions avant Sara. Mais rien de tout cela ne s'est passé comme prévu. Lui ne songeait qu'à faire la fête et à inviter chaque soir les plus beaux garçons de Paris. « Je suis chez moi », me répétait-il souvent. Jérémy n'a jamais supporté que je sorte avec Sara, peut-être a-t-il voulu me le faire payer. Notre amitié s'est arrêtée brutalement un soir. J'ai pris mes affaires et je me suis barrée à l'hôtel. Dans ce grand lit froid, j'ai compris qu'il était temps que je reprenne sérieusement ma vie en main.

Mon travail en free-lance ne me permettant pas de payer seule un loyer, j'ai décroché un job d'assistante de production dans une agence audiovisuelle, rue de l'Oratoire, pour gérer toute la partie opérationnelle d'un court-métrage ou d'un clip musical. Travailler en équipe m'avait manqué. Ne pas compter ses heures est une excellente échappatoire si l'on veut oublier un amour passé.

Peu de temps après, mon contrat confirmé, j'ai pu m'installer dans le 11e. L'appartement, qui venait d'être remis en état, était à l'image de ce que je voulais, atypique et bien conçu, avec de nombreux rangements, un séjour lumineux donnant sur un petit balcon. Ce n'était pas très grand, mais suffisant.

*

Quatorze heures de vol ont eu raison de moi. L'envie de m'assoupir est forte, mais je me fais violence pour rester éveillée, car je veux me réadapter rapidement à l'heure française. Le piège serait d'aller me coucher maintenant. Je file prendre une douche pour ne pas laisser la fatigue gagner la partie. Dans le miroir, affronter mon reflet m'est de plus en plus difficile. Ma silhouette a changé, j'ai pris du poids que je n'assume pas. Je n'ai pas fait de sport depuis mon départ du Berry et j'ai comblé par la nourriture le vide laissé par Sara.

La buée a complètement opacifié les parois de la cabine de douche. Je ne sais plus si cela fait cinq ou quinze minutes que je suis là, amorphe sous le jet d'eau. Quand je sors de la douche, mon téléphone bipe un premier message, puis un deuxième. Je retire la serviette-éponge humide nouée à ma poitrine et recouvre le miroir ennemi afin de l'empêcher de faire tout commentaire. Je me penche sur l'écran, c'est Ashley :

> T'es rentrée *my dear* ? Comment s'est passé le vol ? Si tu veux passer ce soir, *you are welcome*, tu le sais.

Je lui réponds :

T'es mignonne, mais pas ce soir, je suis trop claquée. Demain je reprends le boulot. Promis, je passe vous voir dans la semaine.

*

Depuis mon retour, il y a deux mois, je n'ai pas arrêté une seconde, noyée par ma charge de travail.

Dès 6 heures ce matin, je suis sur le plateau de tournage d'un clip musical en banlieue parisienne. Techniciens et régisseurs finalisent les installations. Le décor, plus vrai que nature, prend des allures de fin du monde. Une ville en ruine a été entièrement reconstituée pour l'occasion. Paul, le réalisateur, et Marc, mon boss et producteur exécutif sur ce projet, m'attendent pour passer en revue le programme de la journée : quatorze séquences à tourner en quinze heures de temps, dans trois décors différents avec huit danseurs et cinq figurants.

Ma mission du jour : veiller au bon déroulement du tournage et faire en sorte que les quarante-deux personnes sur place ne manquent de rien. Après le brief, je m'affaire à dresser le buffet du petit déjeuner. Pas même le temps de terminer que les deux stylistes me sollicitent pour que je leur déniche une planche à repasser. Dans ma course, Marc m'interrompt et me met la pression d'entrée de jeu :

— Élodie, dans une heure et demie, on attaque les premiers plans. Je compte sur toi pour que tout le monde soit prêt.

— OK, mais j'ai eu Raphaël, le manager de l'artiste. Ils sont bloqués sur le périph à hauteur de la porte de Vanves…

— Putain, fait chier, tu le rappelles de suite, s'te plaît. Je le veux là dans dix minutes !

Il n'est pas encore 8 heures que je gère déjà les premiers imprévus. Raphaël m'assure faire au plus vite, mais ça n'avance pas dans les embouteillages.

— Bon, tu m'envoies le chorégraphe et les danseurs au studio A pour les répétitions. Parce que, là, il va falloir se magner si on ne veut pas finir à la bourre, s'agace Marc.

— Je sais. Je suis sur le coup, ça va le faire.

Marc est toujours stressé sur un plateau. Il a ce besoin de contrôle et de vérifier que tout soit parfait. Quand j'ai commencé dans la boîte, c'était assez pesant. Aujourd'hui, les choses ont évolué. À chaque projet, il me fait de plus en plus confiance. D'ici la fin de l'année, il veut me confier la production d'un court-métrage.

Lorsque l'artiste arrive enfin, avec une demi-heure de retard, je l'envoie directement au maquillage. Dans l'oreillette, Marc est toujours aussi impatient : « Qu'est-ce qu'il fout, putain ? »

On commence enfin le tournage, vers 8 h 45, et on enchaîne jusqu'à 14 heures. Au moment où le déjeuner est servi pour toute l'équipe, mon patron insiste pour que je visionne avec lui les images tournées dans la matinée. J'avale mon repas, sur le pouce, devant les écrans de contrôle. Le résultat est superbe, et son visage se décrispe enfin.

L'après-midi, je cours toujours dans tous les sens quand, vers 16 heures, l'un des moteurs de la pompe à eau prévue pour la pluie artificielle nous lâche. C'est le plan le plus important : l'artiste doit embrasser la fille qu'il a sauvée des décombres de la ville. Nous perdons une bonne heure à attendre qu'elle soit réparée. Marc est excédé à la reprise :

— Plus de pause, on n'a plus le temps !

À 21 heures, il reste encore cinq séquences à tourner, sans compter les plans raccords. La fatigue accumulée depuis ce matin rend l'ambiance électrique. On recommence dix fois les mêmes prises. Les danseurs manquent de plus en plus de précision.

À bout de nerfs, Paul, le réalisateur, exige le silence sur le plateau. Personne ne bronche. Il règne dans le studio un calme absolu quand, soudain, mon téléphone se met à sonner. Le réal lâche les chiens :

— Putain, bordel, éteignez vos portables !

Je me confonds en excuses, ne sachant plus où me mettre tant je suis gênée. On reprend. Je regarde discrètement le message reçu d'un numéro inconnu :

> Chère Élodie, j'espère que vous allez bien. C'est Emmanuelle, votre voisine qui vous a réveillée en pleine nuit dans l'avion. J'ai deux invitations pour l'exposition de Jacob Stanfield, je sais que vous l'appréciez. Seriez-vous disponible pour m'y accompagner ? E.

Je ne m'attendais pas à avoir de ses nouvelles. Même quand on est mort de fatigue, le pouvoir des mots peut réanimer un sourire. Emmanuelle ne m'a pas oubliée.

*

Le 6 août à 15 heures.

J'ai donné rendez-vous à Alix au métro Saint-Ambroise, sortie près de l'église, devant le kiosque à journaux. Elle traîne derrière elle un énorme sac de voyage à roulettes qu'elle peine à soulever dans l'escalier pour sortir de la station. Je me précipite pour lui venir en aide.

— Ce sont tes affaires pour trois jours ?

— Oui ! me répond-elle instantanément.

Comme je reste perplexe, elle se justifie avec un grand sourire :

— Tu comprends, j'aime avoir le choix ! Je ne suis pas du genre à prévoir ce que je vais mettre, c'est au *feeling*, tu vois, selon l'humeur.

On se tombe dans les bras. Cela fait plus d'un an et demi que l'on ne s'est pas revues. Bien sûr, on se parle au téléphone ou sur Skype, mais ça n'est définitivement pas la même chose.

— Tu m'as manqué, me glisse-t-elle à l'oreille. Ce soir, on se met à l'envers ! C'est ton anniversaire !

Dans le hall de l'immeuble, Alix est soulagée de pouvoir prendre l'ascenseur. Comme on ne peut tenir à deux avec son sac, je monte à pied. Quand la porte en métal s'ouvre, elle s'exclame :

— Eh ben dis donc ! C'est minuscule, ce truc, il ne faut pas être claustro !

Ça me fait sourire. J'aime Alix pour son authenticité. Elle dit toujours ce qu'elle pense, sans filtre. Elle est tout aussi pétillante qu'imprévisible.

Dans le salon, autour d'une tasse de thé, on évoque les derniers préparatifs de la soirée. Elle veut savoir qui sera présent. Je lui énumère la liste des invités en les pointant sur les doigts de la main :

— Il y aura Juliette, Matteo, Romain, Flavie, Tiphaine, Yannick, Xavier, Ophélie, Cassandra… Tarik viendra accompagné de sa nouvelle copine, Delphine. Et puis Ashley et Scott, évidemment. Tu vas rencontrer ma garde rapprochée, mes vrais amis, les vrais de vrais.

Il m'est arrivé d'inviter parfois jusqu'à cinquante personnes pour mes anniversaires. Avec le temps, on se rend compte que tous ne sont pas des proches, mais seulement des connaissances. Je n'avais pas envie de faire semblant ce soir. Je veux juste être moi, sans fard, entourée des gens qui comptent.

Vers 18 heures, Ashley nous rejoint.

— Ça y est, j'ai rempli *le* baignoire de glaçons pour les bouteilles.

Ashley est anglaise et ne conçoit pas qu'un objet puisse être féminin ou masculin. Elle a essayé d'apprendre les articles définis par cœur, mais avoue les choisir, souvent, comme Alix pour ses vêtements, selon son humeur.

L'apéro dînatoire, en première partie de soirée, aura lieu chez moi. Puis, pour danser, on n'aura qu'à traverser le palier. Ashley et Scott, qui vivent juste en face, ont un appartement bien plus grand que le mien.

À 16 ans, je rêvais de vivre, comme les personnages de *Friends,* avec mes amis tout près. Et c'est exactement ce qui m'arrive aujourd'hui : il n'est pas rare que je traîne chez eux et inversement. Les vendredis, nous avons instauré des soirées sans portable. On dîne, puis il nous arrive de faire une partie de jeux de société ou de regarder une série.

Tarik et Delphine arrivent en premier aux alentours de 20 heures. Ils jettent leur veste sur mon lit et partent aussitôt plonger dans *le* baignoire de glaçons le champagne qu'ils ont apporté. À mesure que les autres invités débarquent, ma chambre devient un amas de vêtements, de sacs à main et de casques de scooter, les verres se remplissent et les sourires fleurissent.

Scott s'occupe du bar, Ashley de faire passer les plateaux de petits fours. Ils ne veulent pas de mon aide. « C'est ta soirée », me répètent-ils. Être le centre de l'attention me met toujours un peu mal à l'aise. Et, pour enfoncer le clou, Romain finit par poser la question que nombre de mes amis n'osent poser :

— Bon, Élo, et les amours ? T'as une chérie ?

Je réponds un non ferme avant de préciser le fond de ma pensée :

— L'amour ? J'y crois plus. Je pense que je ne pourrai jamais retomber amoureuse.

Tous se sentent obligés de partager leur expérience dans l'espoir de me faire changer d'avis. C'est gentil de leur part, mais mon histoire avec Sara m'a coupé les ailes.

— Raconte-nous le Japon ! C'était comment ? demande Ophélie pour changer rapidement de sujet.

Me voilà partie dans le récit de mes trois semaines au pays des mangas. Je leur raconte cette anecdote survenue à Tokyo, lorsque j'étais perdue dans le quartier de Shibuya à la recherche de la statue du chien Hachiko. Ce couple de personnes âgées qui, me voyant désorientée, s'approche de moi. Je désigne sur le plan le lieu où je souhaite me rendre. Je m'attendais à ce qu'ils me l'indiquent par de grands gestes ou dans un anglais approximatif. Mais, au lieu de ça, la vieille dame, sans mot dire, glisse son bras sous mon coude et me fait signe de les suivre. Je marche dans une mégalopole immense, au bras d'une bienveillante inconnue, elle-même au bras de son mari. Nous empruntons les petites ruelles du quartier, des passages étroits qui ne semblent être précisés sur aucune carte. Durant tout le trajet, la dame au visage marqué par les années converse avec son mari en japonais et, de temps à autre, me sourit, par courtoisie. À l'angle d'une grande artère, tous deux s'arrêtent net. Devant nous se dresse la fameuse statue qui célèbre la fidélité de l'animal envers son maître. Impressionnée par tant de gentillesse, je les remercie en m'inclinant de trente degrés en guise de respect. C'est l'un des plus jolis souvenirs que je garde de mon voyage.

Un silence règne dans la pièce tant mes amis sont émus par cette histoire. Alix, fidèle à elle-même, interrompt la scène :

— Oh ! Et quand est-ce qu'on danse ?

En une seconde, la soirée reprend. Chacun, son verre à la main, se lève pour traverser le palier. Scott a poussé la table basse, le canapé et les meubles du salon. Quand on entre dans la pièce, Isabelle Pierre chante *Le temps est bon,* en version remixée par Bon Entendeur.

Mes amis ont accroché sur les murs des Polaroïds de nous, des instants d'insouciance et de pur bonheur. Sur des cartes, leurs mots racontent la première fois où nos vies se sont croisées. Trône sur le buffet une photo de moi prise à la soirée du nouvel an de l'année dernière : un diadème en plastique sur la tête, à mon cou une guirlande de Noël rouge en guise de boa, le portrait n'est pas flatteur mais les fait rire.

— C'est le cliché le moins mauvais qu'on ait trouvé de toi, se sent obligé de préciser Xavier, avec une pointe d'ironie.

À la demande générale, je fais un petit discours avant de trinquer.

— Merci à tous d'être venus. Je ne pouvais pas rêver mieux comme anniversaire. Tout est parfait – sauf la photo, peut-être –, vous êtes vraiment des salauds. En tout cas, je suis chanceuse de vous avoir dans ma vie. Merci les amis !

Les coupes se lèvent alors que les corps vacillent au rythme léger de la musique. Les lumières multicolores des spots posent sur nos rires et sur nos embrassades des couleurs disco comme dans un vieux film des années 1970. La musique s'échappe par le balcon pour aller inonder la capitale de notre joie de vivre.

Peu avant minuit, on plonge dans le noir. Mes amis se rassemblent autour de moi, et Ashley apporte de la cuisine un fraisier orné de trente-quatre bougies. Le halo des flammes éclaire les visages des gens que j'aime pour m'offrir le moment le plus intime de la soirée. Je fais le vœu d'être heureuse pour des milliards d'années. Je n'ai besoin de rien d'autre. Un souvenir que je ne suis pas près d'oublier.

Puis, inévitablement, vers 4 heures du matin, la montagne de vêtements sur mon lit fond littéralement comme neige au soleil. On s'embrasse une dernière fois pour se dire au revoir. Appuyée contre l'encadrement de la porte, je les regarde descendre l'escalier et leur glisse à voix basse :

— Faites attention sur la route !

Une fois les jeux de lumière éteints, le plafond de l'appartement d'Ashley a retrouvé sa couleur blanche originelle. Elle s'approche de Scott et s'adresse à lui avec tendresse :

— *Go to bed, my love*, je vais finir de ranger avec les filles.

Alix ramasse les verres vides, je rassemble les cadeaux tandis qu'Ashley balaye les confettis qui ont volé un peu partout. Après avoir fait un rapide ménage, Alix me rejoint dans la cuisine :

— J'ai adoré cette soirée, tes amis sont vraiment adorables, Xavier et Yannick m'ont beaucoup fait rire. Tu parlais du Japon tout à l'heure. Tu n'avais pas rencontré une nana dans l'avion, toi ? Vous vous êtes revues ? questionne-t-elle, toujours aussi curieuse.

— C'est drôle que tu en parles, elle m'a envoyé un SMS il y a deux jours, auquel je n'ai pas encore répondu.

Ashley sort alors de la salle de bains et lance :

— *What ?* Elle t'a écrit ? Elle veut te revoir ?

— Allez ! Vas-y ! surenchérit Alix. Balance le texto ! Qu'est-ce qu'elle t'a dit ?

Je coupe court à l'enthousiasme des filles :

— Hé, on se calme ! Il ne se passera rien. Elle m'a juste invitée à une expo photo. Il n'y a absolument pas de quoi en faire toute une histoire. La nana est hétéro et hyper canon, je suis sûre que je ne l'intéresse pas.

— Mais, toi, elle t'intéresse ? demande Ashley.

Je botte en touche :

— Et si on allait se coucher plutôt que de se faire des plans sur la comète ?

*

Cinq heures et demie passées, Alix s'endort en moins de deux sur le canapé. Dans mon lit, je n'arrive pas à fermer l'œil tant l'émotion est forte ce soir.

J'attrape mon téléphone, me connecte sur Instagram pour répondre aux nombreux messages d'anniversaire et finis par relire le SMS d'Emmanuelle. J'écris :

Bonjour chère E., à mon tour de vous réveiller ;) Merci infiniment d'avoir pensé à moi. Je serais ravie de vous y accompagner. Élodie.

*

19 août, 19 h 30 – boulevard Morland dans le 4e arrondissement de Paris.

Je vous attends devant.

Le message d'Emmanuelle me fait presser le pas. Je ne suis plus très loin. À deux rues, tout au plus.

Beaucoup de monde étant déjà amassé devant le pavillon de l'Arsenal, difficile de l'apercevoir. Quand soudain, j'entends derrière moi :

— Élodie ?

Je reconnais immédiatement sa voix. Je me retourne, elle est là, ravissante et élancée. Beaucoup plus grande que moi, environ 1 m 75. Ses cheveux détachés et ses yeux gris-bleu lui donnent un petit air d'Ophélie Meunier qui lui va à ravir. Elle est habillée d'une longue jupe plissée vert foncé et d'un top noir à manches longues, son sac Saint Laurent complète sa silhouette avec élégance. Elle me sourit et, en posant sa main gauche sur mon épaule, se penche délicatement pour me faire la bise.

Nous entrons dans le bâtiment surmonté d'une magnifique verrière qui permet à la lumière naturelle d'inonder les lieux. À l'accueil, deux jeunes femmes nous souhaitent la bienvenue. L'une d'elles nous demande à quel nom les invitations ont été adressées.

— Madame Delaunay, répond Emmanuelle.

Je découvre pour la première fois son nom de famille et le trouve très beau. Emmanuelle Delaunay. La sonorité est ronde et si douce à prononcer.

Après avoir noté sur son listing notre présence, la jeune femme nous laisse pénétrer dans la salle d'exposition. Jacob Stanfield est un artiste américain passionné par l'architecture, qui photographie des gratte-ciel et des cathédrales en contre-plongée. Il souhaite dénoncer à travers son travail le pouvoir, l'ego démesuré de l'espèce humaine qui a toujours rêvé de conquérir le monde, de voler parmi les étoiles et de se rapprocher de Dieu.

Emmanuelle salue plusieurs connaissances. On s'adresse à elle avec respect. Dans le cercle fermé de l'architecture, elle semble une référence. Quand nous sommes seules, nous avançons d'œuvre en œuvre dans un silence presque religieux. Je n'arrive pas à m'expliquer pourquoi, mais il m'est difficile d'engager la conversation. Certainement qu'elle m'intimide, elle est si charismatique. Et puis, nous sommes dans son élément. Je crains de dire une bêtise ou de paraître maladroite.

Devant la photo intitulée *n.23*, nos visages droits et parallèles fixent chaque détail.

— C'est une belle construction, dans un style néogothique, très répandu à New York dans les années 1900, lâche Emmanuelle.

Je ne sais pas quoi répondre.

Nous quittons l'exposition vers 20 h 30. Sur le trottoir, je la remercie une nouvelle fois pour son invitation. Alors que je m'apprête à partir, elle m'arrête :

— Vous faites quoi là, maintenant ?

— Euh… Rien. J'allais rentrer.

— Écoutez, on n'a qu'à aller boire un verre ? Je connais un bistrot sympa à deux minutes à pied. Ça vous tente ?

Chapitre 3

Dans la chambre 114 de la maternité, je tue le temps.

Si l'Attente est une femme, son visage est impassible. Rien dans ses yeux ne trahit le dénouement des événements que je vis. Évidemment, je voudrais la questionner, lui demander si ma femme va bien, si ma fille va s'en sortir. Mais elle me regarde sans dire un mot comme un psychanalyste qui, par son silence, vous invite à creuser au plus profond de vous. Je voyage dans ma tête et déterre les instants magiques de notre histoire.

Cela fait trois ans qu'Emmanuelle et moi vivons un amour enraciné, fort, inébranlable. Pourtant, je n'imaginais pas un seul instant être capable d'accorder à nouveau ma confiance à quelqu'un. Après l'exposition photo, nous avions bu un verre et nous étions appelées quelques fois. Emmanuelle, qui souhaitait réaliser un film institutionnel pour son cabinet d'architecte, m'avait demandé si cela pouvait intéresser ma boîte. Marc, tout de suite emballé par le projet, m'en avait confié les rênes, comme pour m'assurer de sa confiance. C'était l'opportunité pour moi de la revoir. Mais, à cette époque-là, elle travaillait tellement que dégager du temps s'était avéré plus compliqué que prévu – elle avait annulé par deux fois nos rendez-vous de préparation. Jusqu'à ce jeudi, 11 heures, où elle m'appela :

— Élodie, je suis sincèrement désolée. Je suis toujours en meeting avec notre siège à Hong Kong. Je ne vais pas pouvoir me rendre disponible cet après-midi. Écoute, pour me faire pardonner, si tu es libre demain soir, passe à la maison vers 19 heures. On grignote un morceau et on avance.

*

Le lendemain, vers 18 h 45, je quitte le bureau pour me rendre chez elle, rue Mazarine, à dix minutes à pied. Je passe par la grande Cour carrée du Louvre, en repensant à la liste des points à aborder avec elle de peur d'en oublier.

En cette fin septembre, l'été semble ne plus vouloir repartir, le temps est lourd. J'emprunte le pont des Arts pour traverser la Seine quand soudain le ciel se tord de nuages sombres. Les premières gouttes d'eau commencent à mitrailler les planches de bois de la passerelle. En quelques secondes, totalement trempée, je cours me réfugier sous la petite arcade près de l'Académie française.

Ma coiffure n'a pas survécu aux trombes d'eau. Ma veste en jean pèse sur mes épaules, mon T-shirt blanc en coton, devenu transparent, laisse entrevoir mon soutien-gorge. Mon chino gris me colle aux jambes et mes pieds pataugent dans mes nouvelles derbies bleu marine. Je ne ressemble plus à rien.

Dès que l'averse cesse, je continue mon chemin jusqu'au numéro de sa rue. Devant la grande porte cochère vert sapin, je reçois un message de sa part. Elle a quelques minutes de retard. J'attends un petit quart d'heure avant qu'une berline noire s'arrête à ma hauteur et dépose Emmanuelle. Dès qu'elle me voit, son visage s'illumine d'un grand sourire. Elle s'avance vers moi, m'embrasse, avant de saisir que je suis trempée de la tête aux pieds :

— Mais tu vas attraper la mort ! Vite, rentrons.

Passé la porte, un porche voûté en pierre de taille mène à une cour intérieure aux pavés disjoints. Quatre oliviers centenaires disposés à chaque angle apportent une touche méditerranéenne à cet ancien hôtel particulier.

L'appartement se situe au quatrième étage. Je la suis dans l'escalier et me noie dans les vagues de son brushing impeccable. Emmanuelle glisse la clé dans la serrure et nous fait entrer. Dans le vestibule, elle retire ses escarpins vernis et dénoue la ceinture de son trench beige pour laisser apparaître un tailleur-pantalon noir qui épouse les formes de son corps à merveille.

— J'arrive, je vais te chercher une serviette.

Je retire mes chaussures et avance de quelques pas dans la pièce principale, dont le sol est revêtu d'un magnifique parquet en point de Hongrie. Sur ma gauche, une cuisine ouverte sur un salon dont le blanc des murs contraste parfaitement avec le bleu zinc des soubassements. Le mobilier, contemporain, est choisi avec goût, et la disposition des lampes ne doit rien au hasard. Il y a une volonté certaine de créer des espaces de convivialité tout en apportant une ambiance chaleureuse et tamisée à l'ensemble. Trois grandes portes-fenêtres donnent accès à un balcon filant au garde-corps en fer forgé éclairé de petits lampions.

— Je t'ai pris un T-shirt, m'informe-t-elle. Passe à la salle de bains si tu veux. Il y a des cintres pour faire sécher tes vêtements.

Il faut traverser sa chambre à coucher pour y parvenir. Je balaye la pièce furtivement du regard. Du roman de Stefan Zweig sur sa table de nuit à la tapisserie fleurie, jusqu'au large miroir baroque posé à même le sol, tout colle parfaitement à l'image que je me suis faite d'elle.

Je la retrouve en train de préparer des pâtes dans la cuisine.

— Je fais simple, j'espère que ça te va ? s'assure-t-elle.

Je m'installe au bar, connecte mon ordinateur et lui tends la bouteille de bourgogne que j'ai apportée.

— Je ne savais pas si tu étais plutôt rouge ou blanc.

— Du rouge, c'est parfait, merci ! me répond-elle tout en sortant les farfalles de l'eau bouillante.

Elle dresse les couverts l'un en face de l'autre et nous sert un premier verre. On revoit en détail le calendrier de tournage, la liste des intervenants à filmer, les questions à poser et les réponses concises qu'elle devra apprendre par cœur pour son interview.

Durant le dîner, elle me confie ne pas être à l'aise devant une caméra :

— C'est quelque chose qui m'est difficile. Il me faudra ton aide et que tu me fasses répéter.

Moi qui la pensais rompue à l'exercice, je trouve très touchant qu'elle me fasse part de ses doutes.

Elle descend de son tabouret pour chercher un dessert dans le réfrigérateur.

— Je n'ai pas grand-chose à te proposer. Ce sera yaourt nature ou yaourt nature. Le choix est cornélien ! Tu décides quoi ?

Je lui réponds en riant :

— Choisis pour moi !

Une fois le repas terminé, Emmanuelle décide de s'installer dans le salon.

— Viens, on sera plus à l'aise qu'au bar.

Elle attrape son iPad et me montre les différentes réalisations du cabinet qu'elle souhaite mettre à l'honneur dans la vidéo, notamment les maisons flottantes de la baie de Marina qui ont été inaugurées l'année dernière.

Nous finalisons les derniers points aux alentours de 23 heures quand Emmanuelle se dirige vers la platine vinyle pour faire tourner *A Swingin' Affair* de Frank Sinatra.

— On prend un dernier verre quand même ?

Elle retourne dans le vestibule, attrape un paquet de cigarettes dans son sac à main et m'invite à la rejoindre sur le balcon. Elle colle aussitôt le filtre de sa Winston à ses lèvres. Le geste est cruellement sexy. Je crains qu'elle ne surprenne mon regard. Désinhibée par l'alcool, ne me faisant plus confiance, je lance un nouveau sujet de conversation pour penser à autre chose :

— J'aime beaucoup ton appartement.

— Oh ! merci. On l'a acheté avec Issey, mon ex-mari, quand j'étais enceinte de Thomas il y a dix ans. Je n'en ai pas beaucoup profité puisque, quelques mois après la naissance de notre fils, nous sommes partis vivre au Japon.

— Je ne savais pas que tu y avais vécu…

— Si, près de huit ans, souffle-t-elle dans une volute de fumée. Issey est un marchand d'art reconnu. Pour lui, c'était facile, il est d'origine japonaise. Pour moi, c'était un gros changement. À 26 ans, jeune maman, j'ai dû apprendre la langue et m'adapter à ce nouveau monde. Je suis rentrée en France il y a tout juste une année.

— Sans ton fils, donc ?

— Oui, sans mon petit Tom, confirme-t-elle avec émotion.

— Ça n'est pas trop compliqué de vivre à distance ?

— Ne m'en parle pas… Le divorce a été très difficile. Issey s'est battu comme un chien pour obtenir sa garde. Il m'avait prévenu : « Si tu pars, c'est sans Thomas. » Après des mois de bataille, nous avons trouvé un accord. Le cycle primaire se terminant à 12 ans au Japon, Tom poursuivra sa scolarité au collège à Paris ; comme il est dans un collège français là-bas, il maîtrise déjà parfaitement les deux langues.

Après un long silence que je n'ose interrompre, elle poursuit :

— Il me manque terriblement, mais on s'appelle tous les jours, et il vient me voir à chaque période de vacances scolaires. Dès que je peux, c'est moi qui lui rends visite.

Emmanuelle boit une gorgée de vin et tire la dernière taffe de sa cigarette, les yeux brillants. Elle tente de se ressaisir :

— Allez, viens, on rentre.

Alors que l'on reprend nos places sur le grand canapé du salon, elle me questionne :

— Bon, assez parlé de moi… Et toi ? Tu es de Paris ?

— Non, de Lyon, mais j'ai beaucoup voyagé durant mon enfance. Mon père était militaire et nous le suivions de caserne en caserne. J'ai débarqué à la capitale à 18 ans pour mes études et travaillé pendant huit ans dans une agence de communication. Puis, un jour, *burn-out*. J'ai tout plaqué et me suis enfuie du côté de Châteauroux où vivait ma grand-mère. Là-bas, je suis sortie avec une nana, et ça ne s'est pas très bien terminé. Cela fait presque deux ans, maintenant, que je suis revenue à Paris.

À ce moment précis, Emmanuelle m'offre un sourire que je ne comprends pas.

— J'ai dit quelque chose d'amusant ?

— Non, non, absolument pas, me rassure-t-elle. À vrai dire, je me doutais un peu que tu aimais les femmes et, je vais te faire une confidence, j'ai, moi aussi, déjà flirté avec une fille.

Je m'en amuse :

— Toi ? Sortie avec une nana ? Non !

— Oui, j'avais 17, 18 ans, j'étais au lycée. Elle s'appelait Mélanie. On était ensemble à l'internat.

Jamais je n'aurais pensé qu'Emmanuelle ait déjà vécu une telle expérience. Comme quoi, on se fait une idée sur les gens sans même les connaître.

— Et tu fais quoi quand tu ne cours pas après les filles comme moi qui te plantent pour boucler un projet ?

— Tu veux dire quand je ne bosse pas ? Le samedi après-midi, souvent, je pars explorer des quartiers que je ne connais pas. Je prends en photo des ruelles, des visages et des moments de vie qui me touchent. Et puis, j'aime écrire. Surtout des histoires.

— Tu écris ? Tu me feras lire ?

— Écoute, si tu honores tes rendez-vous, peut-être !

Elle me jette un regard complice. Je découvre Emmanuelle sous un nouveau jour. On rit beaucoup. Elle est simple, drôle et attachante. Nous avons plus de points communs que je ne le pensais.

Il est presque 1 heure du matin, nous n'avons pas vu le temps passer. Je me presse pour ne pas manquer le dernier métro, rassemble mes affaires et la remercie pour cette soirée. Elle me raccompagne jusqu'au vestibule où l'on se fait la bise. Alors que je m'apprête à franchir le pas de la porte, Emmanuelle me rattrape par le poignet :

— Attends.

Je me retourne, elle m'embrasse sur les lèvres. Je ne sais pas comment réagir. Je reste immobile quelques secondes, sous l'effet de la surprise. J'esquisse un sourire et m'enfuis, littéralement.

Assise dans la rame de métro, j'ai du mal à comprendre, je suis déroutée. Était-ce sincère ? Ou sous le coup de l'alcool ? Alors que je me torture l'esprit, je reçois un SMS de sa part qui vient confirmer que tout cela n'était qu'une erreur :

Désolée, je ne sais pas ce qui m'a pris.

*

Le lendemain, je frappe à la porte d'Ashley. Elle m'ouvre, les cheveux en bataille, en se demandant quelle guêpe m'a piquée pour les réveiller de si bonne heure un samedi matin.

— Faut que j'te parle !

— Qu'est-ce qu'il se passe ? Tu m'inquiètes, dit-elle.

Pendant qu'elle nous prépare du thé, je lui raconte la soirée d'hier et l'inattendu baiser d'Emmanuelle.

— Quoi ? Elle t'a embrassée ? Et tu as fait quoi ?

— Je suis partie… T'imagines bien que j'ai un peu paniqué. Toutes mes angoisses sont revenues en une seconde.

— Élo, c'était juste un baiser, pas une demande en mariage. Et c'est plutôt romantique, non ?

— Je sais, je sais, mais je ne contrôle pas ce que je ressens. À coup sûr, elle doit le regretter, car elle m'a envoyé ça, tiens, regarde !

— Je vois… Ou alors elle a peut-être pensé qu'elle ne t'intéressait pas du tout, vu que tu es partie comme une voleuse. Tu lui as mis un vent, comme vous dites, vous, les Français.

Scott débarque et s'immisce dans la discussion.

— Non mais sérieusement, Élo, si une nana t'embrasse, c'est qu'elle te veut dans son lit !

— Ça va, Scott, c'est bon ! Les mecs, vous pensez qu'au cul. On avait un peu bu, elle s'est laissé emporter, c'est tout. De toute façon, comment une fille comme elle peut s'intéresser à moi ?

— Arrête avec ça, Élodie ! intervient Ashley. Tu te rabaisses toujours, c'est agaçant.

— C'est que j'ai plus du tout confiance en moi depuis Sara, tu comprends ?

— Ça va faire presque trois ans, Élo, il faudra bien un jour ou l'autre que tu passes à autre chose et que tu regardes vers l'avenir !

— C'est mon problème, je n'y arrive pas. En plus, je suis coincée, je suis obligée de revoir Emmanuelle, car on a un film à faire ensemble. J'imagine déjà le malaise !

— Mais, toi, tu as répondu quoi à son message ?

— Rien… C'est pour ça que je suis venue te voir, je suis complètement perdue !

— C'est quoi, son nom ? me demande Scott.

— Emmanuelle Delaunay, pourquoi ?

— Comme ça.

Ashley recentre le débat :

— Commençons par le commencement. Élo, elle te plaît cette fille ou pas ? Tu dois bien le savoir. À ton anniversaire, on t'a déjà posé la question et tu as éludé le sujet…

— Oui, oui, elle me plaît. Elle est canon, elle a tout pour elle, mais je ne sais pas, je flippe ! J'ai peur d'imaginer qu'il peut se passer quelque chose et d'être déçue. Encore une fois…

Scott nous montre sur son téléphone le profil Instagram d'Emmanuelle et balance :

— C'est elle ? Elle est carrément splendide !

— *Come on, Scott !* le reprend Ashley avant de s'adresser à moi : Élo, laisse parler ton cœur. Lâche prise ! Putain, t'as qu'une vie ! Profite de l'instant et arrête de te poser des questions ! Mais surtout… réponds-lui !

De retour c hez moi, je me dis qu'Ashley a raison. Je ne peux plus laisser mes peurs me diriger. Il faut arrêter de se prendre la tête. Qu'est-ce que j'ai à perdre en fin de compte ?

J'écris à Emmanuelle :

Je veux te revoir…

Mon message est lu à 10 h 02.

Trois points de suspension m'indiquent qu'elle rédige une réponse. Mes mains tremblent. Dans ma poitrine, ça cogne fort. Je respire un grand coup quand sa réponse s'affiche à l'écran.

Alors nous sommes DEUX.

*

Je ne suis pas certaine que mes pieds aient touché terre les jours suivant cet échange. Malgré notre envie commune de nous revoir, je craignais qu'Emmanuelle ne puisse se dégager du temps avant plusieurs semaines. Mais, le mercredi d'après, mon patron me donne deux invitations pour le concert d'Indochine. Je cherchais désespérément des places depuis plusieurs mois sans succès, c'était *sold-out*. Je propose à Emmanuelle de venir avec moi. À mon étonnement, elle se libère un samedi soir.

Durant le concert, l'attraction entre nous est maximale. Sur la chanson *Tes yeux noirs*, sa main effleure la mienne. Je la prends par la taille pour la toute première fois. Ses yeux brillent devant l'immensité de la Voie lactée projetée dans la salle, ses lèvres chantent les paroles de Sirkis qu'elle connaît par cœur. À son oreille, je glisse :

— Je passe une super soirée avec toi…

Il est 23 h 30 et nous n'avons toujours pas dîné. Près de la salle, les restaurants sont pris d'assaut. Je lui propose de rentrer et de se faire livrer à la maison. Dans le taxi qui nous ramène, je me sens obligée de préciser :

— Tu verras, c'est petit chez moi, mais il y a de la place pour deux.

— Alors ça me va…, me répond-elle.

Je lance en musique d'ambiance *Shine On You Crazy Diamond* de Pink Floyd, tandis qu'elle s'attarde sur les photos de mes amis épinglées sur un grand cadre en liège accroché à l'un des murs du salon. Je me place à côté d'elle et les nomme un par un en les pointant du doigt :

— Ça, c'est Alix, Scott, Ashley, Yannick, Juliette…

Une fois les présentations faites, je me tourne vers elle :

— Je nous commande quoi ?

— Je n'ai plus très faim, me glisse-t-elle avec un sourire malicieux.

Elle m'attrape par l'encolure de mon T-shirt.

— Alors ça, c'est direct !

— Au moins, je suis certaine que, cette fois-ci, tu ne t'échapperas pas.

Elle me tire vers elle et m'embrasse longuement. Je lui prends la main, l'emmène jusqu'à la chambre et allume la bougie au jasmin posée à côté de la tête de lit. Ni elle ni moi ne prononçons un mot. Nos corps se réclament, et on sait toutes les deux que ce n'est qu'une question de minutes avant qu'ils ne cèdent à l'envie.

Je dévore Emmanuelle du regard et fais durer l'instant quand, prise d'impatience, elle se jette sur moi et m'embrasse à nouveau. Tandis que nos lèvres se séparent, je la fais pivoter de dos, contre moi. Ma main dégage ses longs cheveux pour libérer le côté droit de sa nuque. Ma bouche, dans une douce approche, mordille le lobe de son oreille pendant que mes doigts s'affairent à dégrafer son pantalon, puis je lui susurre à voix basse :

— J'ai très envie de toi.

— Moi, encore plus, répond-elle.

J'embrasse son cou, elle penche sa tête en arrière. Dans la pénombre, je frôle sa taille, puis descends plus bas encore vers son ventre libéré de son jean. Sa petite culotte en tulle délicatement brodée de jolies fleurs est mouillée par l'excitation. Effrontée, elle se place face à moi en soutenant toujours autant mon regard. Je lis dans ses yeux une envie incontrôlable. Elle retire mon haut et pose ses mains sur mes hanches, je ressens un frisson infini parcourir ma chair. Je déboutonne lentement son chemisier blanc pour le laisser tomber à nos pieds. Maintenant que nous sommes toutes deux en sous-vêtements, il m'est impossible d'attendre plus longtemps, je la veux, là, maintenant, tout de suite. Je glisse mon avant-bras dans son dos et la fais basculer sur le lit. Je prends le temps d'effleurer du bout des lèvres chaque partie de son corps. Sa peau est si douce. Elle dégrafe mon soutien-gorge, le jette dans la pièce. Je défais le sien et fais tournoyer ma langue sur ses deux tétons durcis. Ma main s'immisce dans sa petite culotte trempée, puis mes doigts glissent en elle. Elle gémit. Nous ne faisons plus qu'une durant deux belles heures en jouissant l'une et l'autre plusieurs fois à tour de rôle.

Après l'amour, je souffle sur la mèche de la bougie. Nous nous endormons l'une contre l'autre dans le noir, nos corps enlacés paraissant ne faire plus qu'un tant l'on se serre fort.

Le lendemain matin, un rayon de soleil s'est invité par l'entrebâillement des volets, inondant de lumière le sol jonché de nos vêtements en pagaille. Je suis réveillée par les caresses d'Emmanuelle. J'ouvre un œil, elle me regarde en souriant :

— Bonjour, bien dormi ?

Sa beauté au réveil me déstabilise. Je ne peux toujours pas croire que nous avons passé la nuit ensemble. Je suis partagée entre le bonheur de l'avoir contre moi et les craintes qui m'assaillent. Ne suis-je pour elle qu'une distraction d'un soir ? Si c'est le cas, je ne le supporterai pas.

Nous traînons au lit, à nous demander ce que l'on pourrait bien faire aujourd'hui. Elle ne veut pas rentrer chez elle, ça me fait plaisir de l'entendre. Sa tête blottie contre mon épaule, Emmanuelle s'amuse à compter les nombreux tatouages sur ma peau, elle qui n'en a aucun.

— Ont-ils une signification ?

— Oui, ils évoquent des moments clés de ma vie. La fleur de lys est un souvenir de mon voyage à New York, le prénom de mamie Louise est un hommage à ma grand-mère qui nous a quittés…

— Et celui-ci ? m'interroge-t-elle, en désignant le « i » entre parenthèses placé sous mon sein gauche, tu ne m'as pas dit !

— Je l'ai fait il y a quelques années, mais ça n'a plus d'importance.

Elle n'insiste pas.

Je ne peux pas lui dévoiler la véritable signification de ce motif à l'encre noire. Il est lié à Sara, que j'appelais souvent « mon a(i)mant ». J'ai tant aimé jouer avec ce mot. En rajoutant simplement la lettre « i » entre parenthèses, sa définition change. Cette subtile variation résumait bien ce que nous avons vécu. Nous étions, elle et moi, amantes, mais aussi deux aimants, attirés indéniablement l'un vers l'autre. Une attraction si forte et magnétique que nous avions décidé de la graver sur nos peaux.

Sans lui laisser le temps de voir ma gêne, je l'invite à sortir profiter de Paris.

*

Il m'a fallu trois mois avant de comprendre que j'étais tombée amoureuse d'Emma. Elle a su éteindre mes incendies, éclairer mon côté sombre et raviver les couleurs ternies du linge sale de ma précédente relation. Je me suis efforcée pendant des années à me reconstruire, mais il me manquait quelque chose d'essentiel : l'amour. C'est souvent par les failles que jaillit la lumière. Et c'est dans les miennes que je l'ai trouvée.

Je la taquine un peu, elle me manque beaucoup dès que nous sommes éloignées. On fait l'amour des heures durant et, sur l'oreiller, on évoque des projets d'avenir. Très vite, elle veut me présenter à sa sœur, Florence, et à ses parents. Je rencontre la première, chez elle, à Saint-Cloud, dans un joli pavillon où elle vit avec son mari, Bruno, et leurs deux enfants, Adam, 13 ans, et Liam, 11 ans. Elle est comptable, lui artisan menuisier. Elle n'avait jamais vu sa petite sœur avec une femme, mais sa bisexualité ne la surprend pas, contrairement à ses parents. Nous partons les voir, à Orléans, pour la galette des Rois. Sa maman, Joëlle, est charmante, évoque avec douceur l'enfance d'Emma et partage quelques anecdotes sur son adolescence rebelle. Son père, Christian, plus conservateur, accepte difficilement le changement de vie de sa fille cadette. À la dernière minute, ne se sentant pas prêt à me rencontrer, il a préféré quitter le domicile le temps du déjeuner.

Dans le train qui nous ramène à Paris, Emma est triste. Quant à moi, je suis blessée mais ne le lui fais pas voir. Je la rassure :

— C'est peut-être un peu brutal pour lui, laisse-lui du temps.

*

En ce dimanche matin de fin janvier, nous sommes heureux de traîner. Elle est allongée sur moi, sa tête sur mon sein gauche, je caresse ses cheveux – j'aime enrouler mes doigts le long d'une de ses mèches – quand Emma me demande si je reste chez elle pour la semaine. Si, à vol d'oiseau, nous ne vivons pas très loin l'une de l'autre, il faut bien une demi-heure en métro à cause de la correspondance à Strasbourg-Saint-Denis.

— Il faudrait que tu puisses laisser des affaires ici, histoire d'éviter chaque fois de repartir. Ça te ferait plaisir que je te fasse de la place dans mon armoire ?

— Évidemment, et ce serait plus simple. Mais ce sera d'autant plus difficile pour moi de rentrer si je m'habitue à m'endormir avec toi…

— C'est le but ! répond-elle en souriant. Si tu veux, après le petit déjeuner, on peut regarder ensemble l'espace qu'il te faut.

L'armoire d'Emma est très bien rangée. Elle est assez méticuleuse avec ses vêtements. Elle regroupe les hauts, T-shirts et débardeurs en une seule pile, libère des cintres dans la penderie et vide le tiroir du milieu pour moi.

— Voilà ! dit-elle, en me montrant la place qui m'est attribuée.

Portée par l'excitation du moment, je lui fais part de mon impatience à rencontrer Thomas qui viendra bientôt passer les vacances scolaires à Paris. Soudain, son visage radieux se referme un peu. Si je comprends que quelque chose ne va pas, je ne dis rien. Je l'aide à replier les derniers pulls qui traînent sur la commode et pars prendre ma douche.

Je sors ensuite chercher des œufs, du lait et du beurre. À mon retour, nous faisons des brioches perdues, comme lui en préparait sa grand-mère chaque dimanche. Nous prenons notre petit déjeuner dans un silence pesant.

— Tu ne souhaites pas que je le rencontre, n'est-ce pas ? Je te sens contrariée depuis que je t'en ai parlé.

— Ce n'est pas ça, dit-elle, hésitante. Je pense qu'il est peut-être encore un peu tôt pour que je te le présente. J'ai peur que mon fils me rejette. Peur aussi qu'il en parle à son père et que celui-ci me mène une vie d'enfer. Issey est si imprévisible, il pourrait interdire à Tom de me revoir.

— Je comprends, Emma, mais mets-toi une seconde à ma place… Quand on est allées voir ton père, il a refusé de déjeuner à la même table que moi. Ton fils arrive et tu ne souhaites pas que je fasse sa connaissance. Comment veux-tu que je le prenne ? Je ne veux plus vivre ça. Dans ma tête, j'ai des voyants rouges qui me disent « Attention ! », c'est toujours la même histoire, et ça ne me rassure pas.

Emma débarrasse la table, dépose les assiettes dans l'évier et reste immobile quelques secondes, les deux mains sur le plan de travail. Elle se retourne enfin et me lance :

— Tu as complètement raison. Je vais te présenter Tom. Et si ça se passe bien, on pourra peut-être envisager que tu viennes vivre à la maison.

Chapitre 4

Cinq mois ont passé depuis le début de notre histoire, et mon idylle avec Emma m'a rapprochée un peu plus du bonheur – moi qui pensais l'avoir définitivement perdu. Sa joie de vivre me donne une force incroyable, j'ai pris de l'assurance. Même au boulot, Marc a souligné que j'avais changé : « Elle nous cache des choses, la miss ! » Je sais qu'il aimerait en savoir davantage, mais je reste discrète sur ma vie privée. Je n'aime pas tout mélanger.

Emma, comme moi, travaille beaucoup, mais on s'efforce de réserver du temps pour nous. Les week-ends, sur un coup de tête, il nous arrive de partir voir le bord de mer, Deauville, Étretat ou parfois même Saint-Raphaël, quand nous le pouvons. À Paris, elle me fait découvrir les restaurants chics du 6e arrondissement. De mon côté, je l'emmène dans les quartiers qui m'inspirent, où souvent je la photographie. Elle est si belle.

Emmanuelle a recollé les milliers de morceaux de moi qui avaient volé en éclats. Je me pensais éteinte à jamais et pourtant il restait un semblant de braise enfoui dans mon cœur abîmé. Alors que je voyais un avenir sombre, elle y a apporté de la lumière. Quand on a connu le grand amour, peut-on le vivre une deuxième fois ? Je suis sûre d'une chose, elle est devenue un pilier dans ma vie, a su combler les fissures et me redonner le sourire et l'espoir. Deux choses inestimables.

*

Nous avons beaucoup discuté de la meilleure façon d'annoncer à Tom que sa mère est amoureuse d'une femme. Nous avons tourné le sujet dans tous les sens : comment l'aborder avec un enfant de son âge ? J'appréhende sa réaction, car je sais qu'il passera toujours avant moi. L'avenir de mon couple dépend de cette rencontre. Nous avons finalement décidé de ne surtout pas brusquer les choses. Emma ira le chercher jeudi prochain à l'aéroport pour passer deux jours complets, seule avec lui. Elle lui parlera de moi, de ce que nous vivons, tout en lui laissant le choix de me rencontrer s'il le souhaite. Elle lui proposera alors d'aller se balader tous les trois. Emma tient beaucoup à ce que le lieu soit neutre.

*

Jardin d'acclimatation.

Je les attends à l'entrée « Eugénie ». De voir, au loin, la femme que j'aime accompagnée de son fils me chamboule. C'est la première fois que je la découvre dans ce rôle.

Sur les photos, je n'avais pas imaginé Thomas aussi grand. Il est fin et élancé. On pourrait lui donner facilement deux ou trois ans de plus. Seul son visage joufflu rappelle qu'il n'est qu'un enfant de 9 ans. Il avance de façon nonchalante, curieux de tout ce qui se passe autour de lui. Sa tête se balance et fait valser une longue mèche devant de grands yeux bleus qu'il a hérités de sa mère.

Blouson teddy rouge « Jurassic Park » sur le dos, paire de Vans noires aux pieds, son look, visiblement influencé par les *blockbusters* américains, est assez réussi. Il tient dans sa main un manga japonais. J'imagine que ça doit le rassurer de pouvoir s'y plonger quand le monde des adultes devient trop ennuyeux.

Emmanuelle ne m'embrasse pas. Elle me salue d'un simple geste de la main. Thomas semble particulièrement timide avec son « Bonjour, madame ». On se regarde, Emma et moi, avec une nerveuse envie de rire.

On fait un premier tour du parc afin d'avoir un aperçu des attractions quand Tom s'exclame : « C'est génial ! Dommage que papa ne soit pas là. Maman, on peut l'appeler pour lui montrer ? » Emmanuelle coupe court, son père doit certainement dormir à cette heure-ci, et elle détourne son attention avec le premier manège. La Machine à vapeur est une petite montagne russe qu'il tient à faire avec sa mère. Assise plus loin à les attendre, je suis témoin de leur complicité. Pour moi qui n'ai pas d'enfant, le mot « famille » prend alors tout son sens. Je ne peux m'empêcher de repenser au jour où je les ai tous les deux croisés au temple du Renard.

Nous faisons ensuite un arrêt aux Délices de la rotonde, le glacier du parc, après un tour de chaises volantes à trois. Tom dévore son cornet vanille-chocolat mais semble inquiet :

— Papa ne veut pas que je mange de glace pour le goûter…

Emmanuelle rebondit à la seconde :

— Écoute, mon Titi, papa n'est pas là et des vacances sans glace, ce ne sont pas de vraies vacances.

Je comprends mieux toute l'influence qu'a son ex-mari sur leur fils qui est tiraillé entre obéir aux règles strictes de son père et faire plaisir à sa mère. Il insiste ensuite pour qu'elle l'accompagne dans la dernière attraction, la Tour de l'horloge, une machine en rébellion qui entraîne ses passagers dans une chute vertigineuse à dix mètres du sol.

— C'est sans moi, Tom, j'ai le vertige.

Avant d'ajouter d'un ton amusé :

— Et pourquoi ne le ferais-tu pas avec Élodie ? C'est tout ce qu'elle adore.

Je me tourne vers Emmanuelle avec un regard interrogatif. J'ai tout autant le vertige qu'elle, et l'attraction ne me rassure absolument pas. Mais Thomas est si enthousiaste que je ne peux refuser.

Malgré les haut-le-cœur au moment d'être lâchés dans le vide, j'en garderai un super souvenir, à nous marrer tous les deux. Le stratagème d'Emmanuelle a fonctionné : j'entrevois dans les yeux de Tom les premières étincelles de confiance.

*

La semaine suivante, Emmanuelle et Tom passent du temps tous les deux au cap Ferret, sur la côte atlantique, avant de rendre visite aux grands-parents à Orléans, qui n'ont pas revu leur petit-fils depuis plus d'un an.

À leur retour, un jeudi, à 14 heures, Emmanuelle m'appelle en catastrophe :

— Mon cœur, dis-moi que t'es à Paris !

— Pas loin, on tourne à la Plaine-Saint-Denis, pourquoi ?

— Je suis hyper emmerdée ! J'ai un imprévu au boulot. Les Saoudiens repartent demain et veulent impérativement finaliser le montage financier ce soir. J'ai appelé Florence, elle n'est pas dispo. Elle a un rendez-vous médical pour Liam. Ça me gêne de te demander ça, mais peux-tu te libérer plus tôt et venir garder Tom ? Je dois être au bureau à 18 heures.

Je m'arrange avec Marc, m'assure d'être remplacée sur le plateau et file rue Mazarine pour 17 h 30.

Je n'ai pas revu Emmanuelle et Thomas depuis notre escapade au parc. Elle me prend brièvement dans ses bras, toujours avec la même retenue en présence de son fils, et file en vitesse en me laissant seule avec lui. Agenouillé à la table basse du salon, Tom me lance un « Salut, Élodie », qui ne manque pas de faire écho au « Bonjour, madame » d'il y a dix jours. C'est un bon début.

Le garçon étant assez introverti, nous prenons le temps de nous apprivoiser. Je m'intéresse à lui, à ce qu'il aime. Nous jouons au *daruma otoshi*, jeu traditionnel en bois qui requiert une grande habileté. Inutile de préciser que je perds à chaque partie. Il tient absolument à me montrer sa collection de mangas dans sa chambre et à me faire écouter son groupe préféré. Puis il sort fièrement de son sac une petite pochette en feutrine fermée par une pression contenant des photos de sa famille au Japon. Je découvre pour la première fois le portrait de son père, Issey Kobayashi. L'homme a une bonne cinquantaine d'années, des cheveux grisonnants plaqués sur le crâne. Les traits de son visage sont durs et son regard sévère. Il porte un costume anthracite à rayures, des tennis blanches et une cravate bleu ciel, sciemment choisie pour rappeler le fond de la photo. Je me rends compte, par ce simple détail, de toute la rigueur du personnage. Sa posture droite et imposante confirme son statut de puissant homme d'affaires.

Nous regagnons le salon pour commencer une partie de jeu vidéo quand on sonne à la porte. C'est Florence avec ses deux garçons qui sortent de chez l'orthodontiste. Ils tenaient à revoir Thomas avant son vol retour samedi pour Kyoto.

Tandis que les enfants filent jouer dans la chambre, Florence me questionne :

— Alors, comment ça se passe avec lui ?

— Écoute, on ne s'est vus que deux fois, c'est difficile à dire, mais j'ai le sentiment que ça va plutôt bien.

— Super, je suis ravie d'entendre ça. Il lui faut toujours un peu de temps pour se dévoiler, mais, tu verras, c'est un gamin brillant et hyper attachant. Et puis c'est important pour Emma que vous vous entendiez bien. Tu sais, depuis que vous êtes ensemble, je la trouve changée. Je ne l'ai jamais vue si heureuse. Elle me parle de toi comme si elle te connaissait depuis toujours. Quand vous êtes venues à la maison pour la première fois, j'ai perçu ce qui n'a pas besoin d'être dit… C'était si évident entre vous.

Après un long silence, elle ajoute :

— Ça me fait tellement plaisir, car elle a eu des moments pas faciles du tout. C'était dur pour elle. Et puis, t'es arrivée…

Ses mots me touchent, je ne pensais plus être capable de rendre quelqu'un aussi heureux. Quand la terre est sèche, on pense la source irrémédiablement tarie, pourtant il suffirait parfois de creuser un peu plus profond en soi pour que rejaillisse un geyser d'amour. On l'oublie si souvent. Je ressens dans mon ventre une fierté immense, je sais que ce que nous vivons est vrai, mais j'ignorais jusqu'alors que notre couple existait aux yeux de tous. Moi qui ai toujours été la fille de l'ombre, j'épouse enfin la lumière.

Emmanuelle, au courant de la présence de sa sœur et de ses neveux, rentre vers 20 heures avec des pizzas. Nous passons une merveilleuse soirée, comme une famille. Vers 23 h 30, je suis la dernière à partir. J'enfile ma veste quand je surprends Tom chuchoter à l'oreille de sa mère.

— Pour moi, c'est OK, lui répond Emma à haute voix. Maintenant demande-lui toi-même.

Thomas se tourne alors vers moi :

— Demain, c'est mon dernier soir, est-ce que tu pourras rester à la maison avec nous ?

*

Samedi, 4 h 17.

Emma et Tom viennent tout juste de quitter l'appartement pour l'aéroport. Après les avoir embrassés, je repars me coucher. Seule, dans le grand lit défait, je repense à la semaine qui vient de s'écouler. Il y a encore huit mois, jamais je n'aurais imaginé me mettre en couple, et encore moins avec quelqu'un qui a des enfants. Finalement, l'amour m'a donné tort. La vie nous réserve parfois de beaux rendez-vous.

Il est 8 heures quand Emmanuelle, de retour de Roissy-Charles-de-Gaulle, me rejoint dans la chambre et saute sur le lit :

— Bon, tu le donnes quand, ton préavis ?

C'est sa façon à elle de me dire qu'elle est rassurée pour la suite. Pas tout à fait réveillée, je la regarde droit dans les yeux :

— Tu sais que je t'aime, toi !

Nous faisons l'amour pour apaiser le feu de nos peaux qui se sont tant manquées.

L'après-midi, on prend le luxe de ne rien faire. Les rideaux grands ouverts laissent passer la lumière fragile du mois d'avril. Je me rendors en fin de journée, quand je suis réveillée deux heures plus tard par celle qui me réclame encore.

Le dimanche matin à la première heure, Emma appelle Thomas sur Skype. Une voix d'homme, particulièrement virulente, hurle de l'autre côté de l'écran. Ne comprenant pas bien ce qu'il se passe, je m'approche et reconnais le visage fermé d'Issey.

— Laisse-moi t'expliquer s'il te plaît…, articule Emma.

— Tu aurais dû m'en parler ! Si j'avais su ton manège avant, jamais je n'aurais accepté qu'il vienne te voir en France, jamais !

— Ne commence pas, Issey, ma relation ne te regarde pas. Je veux juste parler à Tom. Passe-le-moi !

Il crie encore plus fort :

— Si, ça me regarde ! Que la mère de mon fils soit une traînée, oui, ça me regarde ! Tu me fais honte !

— Aimer une femme ne fait pas de moi une traînée ! s'emporte-t-elle à son tour. Il va bien falloir que tu l'acceptes, car, de toute façon, Élodie vient vivre avec moi à la maison. C'est comme ça et pas autrement ! Passe-moi mon fils !

— Non ! Et que les choses soient claires, si tu vis avec cette femme, Tom ne viendra plus chez toi !

— Tu ne peux pas m'empêcher de passer du temps avec mon fils, nous avons un accord, j'ai autant de droits que toi !

— Si tu veux le revoir, c'est ici et en ma présence. Et ne t'avise jamais de ramener la gouine avec toi !

Emma est sur le point de nous défendre quand son ex-mari raccroche. Elle s'effondre en larmes. Impuissante, je m'assois près d'elle et la prends dans mes bras. C'est la première fois que je suis témoin de la violence de leurs échanges. Florence m'avait prévenue : quand ça pète entre eux, ça peut aller très loin.

*

Voilà déjà plusieurs semaines que nous vivons ensemble. Nous avons su créer une bulle qui nous ressemble. Emmanuelle m'a proposé d'apporter ma touche personnelle à l'appartement pour que je m'y sente bien.

À ses côtés, j'ai enfin le sentiment d'exister. Cela peut paraître étrange, mais être vue et admirée par quelqu'un qui m'aime me rend vivante. Je ne pourrais plus vivre seule, et je me demande comment j'ai pu le faire durant plusieurs années. J'avais anesthésié mes émotions, comme on soude une armure pour se protéger. Le lundi suivant mon emménagement, en rentrant du travail, un bouquet de fleurs de lys m'attend dans le salon. Au milieu du feuillage, quelques mots : *Bienvenue chez toi, mon amour ! Je t'aime.*

Le quotidien est facile. On s'accorde presque sur tous les points : les repas, les programmes à la télé et les sorties… Le seul sur lequel il nous arrive encore de nous chamailler comme des enfants, c'est de savoir laquelle de nous deux va monopoliser en premier la salle de bains le matin.

Nous prenons le petit déjeuner ensemble sur le bar de la cuisine, ou sur le balcon, les jours de grand soleil. Le week-end, il nous arrive de descendre prendre le café au bistrot à l'angle de la rue de Seine. Emmanuelle lit les nouvelles du monde, moi, j'invente des vies aux gens qui passent dans la rue et griffonne sur mon carnet les quelques phrases qui me viennent :

Tu es la goutte d'amour qui fait déborder mon âme.
J'ai le cœur qui tremble quand je parle de toi.

Je note également les émotions, les anecdotes et les souvenirs de ma semaine. C'est le seul moment où je prends vraiment le temps d'écrire.

Le 6e arrondissement est très différent du 11e, mais je m'y sens bien. La rue compte nombre de galeries d'art, et il nous arrive parfois de marcher jusqu'à la rue de Verneuil pour nous arrêter un instant devant la villa de Serge Gainsbourg. Pour me rendre au bureau, plus besoin de m'engouffrer dans une rame de métro bondée. Mon agence est à deux pas, une vraie chance à Paris.

Tout est parfait. La seule chose qui me manque est de ne plus voir mes amis au quotidien. Je n'avais qu'à traverser un couloir pour être auprès d'eux. J'ai l'impression de les abandonner. Quand j'ai annoncé que je quittais mon appartement, j'ai vu des petites larmes s'inviter dans les yeux d'Ashley.

Tous mes amis étaient là pour m'aider à déménager. Emmanuelle, Ashley, Scott et Alix, venue de Châteauroux avec sa voiture récupérer ma machine à laver, ma cafetière et mon micro-ondes. Après s'être séparée de sa copine, elle en avait besoin pour s'installer.

Après quatre allers-retours entre la rue de la Folie-Méricourt et la rue Mazarine, le nettoyage de l'appartement de fond en comble et l'état des lieux de sortie, j'ai fermé la porte pour la dernière fois avec émotion. Cet appartement a été et restera celui de la reconstruction, celui de ma vie après Sara. Il a été mon cocon, mon refuge, mon église. En rejoignant la bande qui m'attendait devant l'immeuble, j'ai pris conscience que c'était le début d'une nouvelle vie. Heureuse, j'en étais sûre.

*

Quelques semaines plus tard, j'honore ma promesse et propose à Ashley et Scott de manger un morceau ensemble, avant qu'Emma ne s'envole le soir même pour assister à une conférence « Architecture and Building Services » à Singapour.

Ils sont d'accord, mais Ashley insiste pour nous voir dans leur quartier – Scott est d'astreinte. Nous partons plus tôt de l'appartement pour nous balader le long du canal Saint-Martin. Tout est calme le long des berges. Il n'y a pas grand monde encore. Comme d'habitude, Paris traîne toujours à se réveiller le dimanche matin. Seuls des joggeurs et quelques couples donnent du mouvement à cette jolie carte postale. Nous remontons le quai de Jemmapes pour traverser par le pont près de la rue de l'Hôpital-Saint-Louis. Sur l'autre rive, nous nous asseyons sur l'un des bancs en bois. J'admire le reflet des bâtiments sur l'eau du canal, juste avant qu'une famille de canards, passant en file indienne, ne vienne faire onduler l'image. Nous fermons les yeux et offrons nos visages aux rayons du soleil de juin, qui nous caressent délicatement les joues. Emma me confie se sentir rassurée depuis que la communication avec Issey s'est apaisée.

— Forcément, de me voir avec une femme, son ego de mâle en prend un coup, mais je m'en fiche.

En revanche, avec Christian, son père, c'est toujours compliqué. Lorsqu'elle était allée lui rendre visite avec Tom, il s'était senti obligé de se justifier :

— Tu es une grande fille et tu fais bien ce que tu veux, mais il y a des limites. Pense un peu à nous ! Que vont dire les gens ?

— Il faut vivre avec son temps, papa ! lui avait-elle rétorqué.

— On t'a inculqué de vraies valeurs, pas ces conneries ! Qui t'a foutu ça dans la tête ? C'est du grand n'importe quoi !

Depuis, les paroles de son père lui reviennent sans cesse. Emma a mis des années à accepter que son désir ne porte aucune étiquette. Elle aime une personne, pas un genre, et se moque du qu'en-dira-t-on. Mais comment demander à son père de faire le même chemin en quelques semaines seulement ?

Sur le banc d'à côté, deux femmes s'installent avec une poussette. L'une est blonde, pas très grande, et l'autre, aux cheveux châtains, a environ ma taille. La plus petite extrait d'un grand sac un biberon et un bavoir tandis que l'autre se penche sur le landau pour prendre l'enfant. En nourrissant le bébé, elles s'embrassent. Attendries, Emma et moi nous regardons avec complicité quand, sans réfléchir, je lâche :

— Qu'est-ce que j'aimerais être maman !

Il y a des mots que l'on craint d'avoir prononcés à la seconde où ils s'envolent du bout de notre langue.

Nous n'avions jamais évoqué le désir d'enfant jusqu'ici, mais elle me répond par une phrase que je n'oublierai jamais :

— Nous ferions des mamans formidables ensemble.

Je ne m'attendais pas à ça :

— T'es sérieuse ?

— Oui, très sérieuse. J'y ai déjà songé. J'ai envie de fonder notre famille à toutes les deux.

Je pose simplement ma main sur la sienne. Ce geste vaut tous les mots.

*

En arrivant à mon ancienne adresse, je découvre un nouveau nom sur la boîte aux lettres. Je suis curieuse de savoir qui a pris ma place. Un trentenaire espagnol, très sympa, m'apprend Ashley. Il a prévu de lui donner des cours, elle qui rêve de parler la langue d'Almodovar.

La semaine suivante, sans Emmanuelle, est terrible. C'est la toute première fois que l'on est séparées si longtemps. Je pensais que le temps passerait vite en m'impliquant à fond dans mon travail, mais son absence m'est insoutenable. Ma grand-mère Louise citait souvent Bussy-Rabutin : « L'absence est à l'amour ce qu'est au feu le vent. Il éteint le petit, il allume le grand. » Et l'amour que je lui porte n'est pas fait de brindilles. C'est un incroyable feu de la Saint-Jean, brûlant, intense et aux flammes vives. Je mets en fond sonore la télévision pour chasser la solitude, me balade sur les quais de Paris en l'imaginant près de moi et vis dans l'attente de son appel vidéo à 15 heures précises chaque jour. Le plus difficile reste le soir. Avec les six heures de décalage, il m'est impossible de la contacter sans la réveiller au beau milieu de la nuit. Alors je regarde les albums photo sur mon téléphone, mets parfois son parfum à mes poignets pour n'avoir plus l'impression de dormir seule dans ce lit immense.

Après sept jours d'absence, Emma rentre enfin ! Je fais le pied de grue à l'aéroport dans le grand hall du terminal, et, quand je la vois arriver de loin, mon cœur se remet à battre, mes poumons respirent à nouveau, et mon ventre se dénoue.

— Putain ! Tu m'as manqué !

Ce sont les premiers mots que je lui adresse. Elle me serre fort dans ses bras, et je retrouve son odeur, son sourire.

Une fois arrivées à la maison, nous reprenons la conversation abandonnée dans le taxi :

— Il faut que je t'avoue quelque chose, murmure-t-elle. Quand j'étais à Singapour, je n'ai fait que penser à nous et à notre désir d'enfant. En fait, je n'ai plus envie d'attendre…

J'éclate de rire tandis qu'Emma, qui ne comprend pas ma réaction, me demande si elle a dit quelque chose qu'il ne fallait pas.

— Absolument pas. Au contraire ! Je ris parce que j'ai ressenti la même chose et que je voulais t'en parler ce soir.

Elle me prend vigoureusement la main :

— Alors, ça veut dire qu'on le fait ?

Je l'embrasse pour sceller cette jolie décision.

— Tom a toujours rêvé d'avoir un petit frère ou une petite sœur. Il va être aux anges !

— Attends, attends, Emma, il ne faut surtout pas qu'on s'emballe. La PMA est un chemin compliqué, et il se peut que ça ne fonctionne pas du premier coup… Même si je crois en nous, que je sais qu'on va y arriver. Déjà, il va falloir discuter de qui de nous deux le portera. Je t'avoue qu'être enceinte m'effraie un peu…

— Alors que l'être une deuxième fois me va, affirme-t-elle avec un sourire. La question est réglée !

— C'est déjà un bon début ! Mais, si tu le portes, je veux pouvoir adopter notre enfant afin d'avoir légalement les mêmes droits parentaux que toi. On ne sait pas de quoi demain est fait et, s'il t'arrive quelque chose, on pourrait me l'enlever. C'est vraiment important pour moi, tu comprends ?

— Évidemment ! C'est tout à fait normal. Nous serons toutes les deux ses parents, et il portera nos deux noms.

— On est d'accord là-dessus, mais avant ça, il faut que l'on parle mariage. C'est le seul moyen pour…

— Mariage ? m'interrompt Emmanuelle. On est obligées d'en passer par là ?

— En France, oui… On doit d'abord se marier pour lancer la procédure d'adoption au tribunal de grande instance. On n'a pas le choix, c'est comme ça.

— Je… je ne pensais pas du tout me remarier un jour… Je l'ai été une fois, je n'en garde pas un très bon souvenir, comme tu le sais. Et puis c'est trop tôt pour Thomas ! Il doit y avoir forcément un autre moyen, non ?

Moi qui rêvais de me marier avec elle… Elle se lève et allume une cigarette. Après quelques minutes, j'ose lui dire ce que je ressens :

— Mais c'est si terrible que ça de m'épouser ?

— Ma chérie, bien sûr que non ! Ça n'est pas toi mais, c'est rapide, et je dois aussi penser à mon fils. Je t'aime de tout mon cœur, mais il me faut du temps, Élo. Tu comprends ?

*

Samedi 28 août – 8 h 30.

Je prends place dans l'Audi d'Emmanuelle. Elle tient absolument à visiter la maison Louis Carré, signée par Alvar Aalto, à Bazoches-sur-Guyonne, un joyau de l'architecture scandinave. Ça ne m'enchante absolument pas mais, être en couple, c'est aussi faire des concessions.

Après avoir dépassé la ville de Rambouillet, je comprends que quelque chose ne va pas. Je lui fais remarquer qu'elle a dû certainement rater la sortie. Derrière son volant, elle se met à rire :

— Tu as vraiment cru que j'allais t'emmener voir une maison ? J'ai prévu un tout autre programme. On part deux jours en Vendée.

— Quoi ? Génial !

Puis je me ressaisis :

— Non mais je n'ai même pas pris mes affaires !

— Ne t'en fais pas, tout est dans le coffre. J'ai chargé la voiture quand tu étais sous la douche.

Après presque un an de relation, Emmanuelle sait toujours autant me surprendre. J'aime cette folie en elle, ce côté imprévisible qui nous fait vivre de jolies aventures. C'est la première fois qu'une femme prend autant soin de moi.

J'ai toujours eu l'habitude de faire passer les autres avant mais, avec elle, c'est différent. On veille l'une sur l'autre. La force de notre couple est d'avoir su trouver un réel équilibre.

Pourtant, ces moments à deux sont de plus en plus rares, car nous travaillons énormément. Être loin de tout, ne plus penser à rien, nos téléphones coupés, et se laisser porter est indispensable. C'est dans cette bulle que nous aimons nous retrouver.

Nous arrivons à Noirmoutier pour déjeuner. Emma a loué une belle maison, typique de l'île, qui donne sur les marais salants. L'endroit est calme, loin de la foule aoûtienne, rythmé par la sérénade des grillons. Nous profitons de la terrasse tout l'après-midi entre lecture et farniente.

Avant de dîner dans un petit restaurant de fruits de mer, Emma me propose d'aller voir le coucher de soleil. Nous marchons sur la plage des Dames, main dans la main, jusqu'à l'estacade. Il est 20 heures quand le soleil se meurt dans l'océan. On suit les cabanons de bois qui épousent le rivage, bercées par le bruit des vagues qui s'écrasent à nos pieds. Au bout du vieux ponton, j'admire le paysage et respire l'air marin. Quand je remarque qu'Emma n'est plus à ma gauche, je fais volte-face.

Elle est là, face à moi, l'air solennel :

— Élodie, j'ai quelque chose à te dire. Quand je t'ai rencontrée, tu étais effrayée par l'idée même d'aimer. J'ai dû me battre pour te prouver que l'amour n'est en rien synonyme de danger. Je me sens bien à tes côtés. Je suis heureuse, et mon fils t'apprécie de plus en plus. J'ai beaucoup réfléchi ces derniers jours – elle marque une pause – et je ne veux pas me marier par obligation, je ne suis pas de celles qui suivent les règles. Pourtant, je sais ce que le mariage représente pour toi. Avant de prendre ma décision, il fallait que j'en parle à Thomas. J'avais si peur de sa réaction. Sais-tu ce qu'il m'a dit ? Qu'il ne m'avait jamais vue aussi heureuse et que de t'avoir en belle-maman, ce serait – elle fait le geste de la main pour les guillemets – « trop cool ». Je me rends compte chaque jour que tu es la femme que j'attendais et que c'est à tes côtés que je veux passer le reste de ma vie. Je t'aime comme il est impossible d'aimer plus et j'ai envie de le crier à la terre entière.

Elle pose un genou en terre et me demande, droit dans les yeux :

— Mon amour, veux-tu m'épouser ?

Chapitre 5

Depuis un an, tout s'est enchaîné à une vitesse folle. Nous nous marierons en juillet à la mairie de Châteauroux en petit comité, entourées de notre famille proche et de nos témoins. Emmanuelle craignait que Tom ne se sente exclu et a trouvé indispensable de l'impliquer, j'étais tout à fait d'accord. Quand nous lui avons proposé de porter les alliances, il a immédiatement dit oui. Ce qui n'était pas le cas d'Issey, farouchement opposé à ce que Thomas soit présent à la cérémonie. Lors de son voyage à Kyoto pour les fêtes de fin d'année, Emma a tenté d'avoir une discussion franche avec son ex-mari pour lui faire entendre l'importance d'avoir son fils auprès d'elle. Mais l'homme est resté inflexible, une vraie tête de mule. Et puis, la semaine dernière, coup de théâtre. Il a fini par accepter, inquiet du changement d'attitude de Tom, qui s'était renfermé dans un silence alarmant, ses résultats scolaires en pâtissant.

En revanche, Christian, le père d'Emma, ne viendra pas. Quand elle s'est déplacée en janvier dernier jusqu'à Orléans pour remettre en main propre l'invitation à ses parents, sa mère s'est réjouie de cette nouvelle, mais son père n'en a pas démordu : il ne conçoit pas qu'elle se remarie et encore moins avec une femme. Il ne se sent pas capable de dépasser le regard des autres, même pour sa propre fille. Quant à Emmanuelle, elle n'arrive toujours pas à lui pardonner son choix. Ce sera donc son grand-père Henri qui la conduira jusqu'à l'autel.

*

Organiser un mariage n'est pas une mince affaire quand on bosse quarante heures par semaine et que l'on est souvent en déplacement. Je crois qu'il faut une bonne dose d'inconscience pour se lancer dans une telle aventure.

Avec Emma, nous avons tout décidé à deux, et cela jusqu'au moindre détail : du choix de la broderie sur le coussin des alliances au grammage du papier beige poudré des faire-part. Glissées dans une enveloppe couleur vert sauge scellée par un nœud en lin, les invitations portent nos initiales et la date du grand jour embossés à l'or.

Emmanuelle & Élodie
ont la joie de vous faire part de leur mariage
Le samedi 10 juillet à 15 heures.

♥

Nous serions honorées de votre présence.
Après la cérémonie se tiendra un dîner
au domaine du Bois d'Aurion.

Célébrer notre amour dans le centre de la France a sonné comme une évidence. C'était un point de ralliement stratégique pour nos proches. Qu'ils viennent de Paris, d'Orléans, de Lyon, de Clermont-Ferrand ou de Perpignan, le Berry s'est avéré l'endroit idéal.

Je connais bien la région pour y avoir vécu quelques années, mais surtout pour les grandes vacances passées chez ma grand-mère Louise, quand j'étais gamine. Si elle avait été encore là, elle aurait été tellement fière de moi. Ne pas l'avoir à mon côté en ce jour si important me serre le cœur.

Dans un esprit bohème, Emmanuelle et moi avons conçu un mariage autour du thème végétal, pour célébrer la beauté de la nature et l'authenticité de la campagne. Nous rêvions de nous marier sous un grand chêne aux racines centenaires, traversant les années sans fléchir. À l'ombre de ses larges branches, toutes deux vêtues de blanc en nous jurant de nous aimer pour l'éternité.

Mercredi, 10 h 15, nous arrivons au domaine du Bois d'Aurion, à une quinzaine de kilomètres au sud de Châteauroux. L'endroit, qui date du XVIIe siècle, est exceptionnel. Une longue allée ombragée mène à trois grandes bâtisses en pierre disposées en U autour d'une cour centrale. Dans celle du milieu se trouve une immense salle de réception aux poutres apparentes. La hauteur sous plafond est vertigineuse. Je ne peux m'empêcher d'imaginer un couple de jeunes mariés s'élançant pour sa première danse. Nous traversons la salle pour rejoindre notre suite dans l'aile gauche du bâtiment. La pièce spacieuse s'ouvre sur un grand salon dans les tons sable et vert tilleul. Sur la table, un mot écrit à la main et une bouteille de champagne plongée dans la glace nous souhaitent la bienvenue. Le grand lit s'impose en son milieu comme une invitation à l'amour.

Je fais un point sur les rendez-vous à venir entre les différents intervenants. Demain, Philippe Bartoli, notre traiteur, viendra s'assurer que les cuisines du domaine et le placement des tables sont optimisés pour le service. Vers 13 h 30, Adélaïde, notre officiante, viendra repérer les lieux pour définir le meilleur endroit du parc pour la cérémonie en plein air. Elle a trouvé un vieux chêne qui correspond exactement à ce que nous voulions. Pour arriver jusqu'à lui, nous remonterons une allée bordée de pétales rose pastel avec des tiges d'herbes de pampa séchées. Au premier rang, le nom des invités a été calligraphié à la main sur un papier Canson attaché au dossier par du raphia naturel. Y lire le nom de mes parents et de mon frère, Nicolas, me bouleverse. Pour les compositions florales, nous avons laissé carte blanche à l'artisan fleuriste du Jardin d'ombres à Châteauroux. Ils ont énormément de talent. Emma est dingue de leur boutique. J'y vais justement cet après-midi pour découvrir leur travail, pendant qu'Emma, elle, doit se rendre chez le coiffeur pour faire les essais du chignon flou qu'elle a choisi. Je l'imagine déjà s'avancer vers moi, et l'émotion me submerge.

Je me gare place Gambetta. Je regarde les enfants s'amuser à passer entre les jets de la fontaine miroir. L'eau propulsée à même le sol s'élève vers le ciel immensément bleu qu'aucun nuage n'ose déranger et finit en brume rafraîchissante qui s'évapore en quelques secondes. Je longe la rue Victor-Hugo pour arriver chez le fleuriste. La grande rue commerçante a retrouvé un second souffle. Nombreuses sont les enseignes qui viennent de s'y installer. Je prends le temps de regarder la ville que j'ai quittée il y a quelques années. Je la trouve belle. Ni trop grande, ni trop petite, elle est à taille humaine. D'un pas léger, je profite de ce moment avant de retrouver la folie des jours à venir. Quand je pense à ma vie d'aujourd'hui, je suis reconnaissante de la chance que j'ai. Je fais un métier qui me passionne, je peux compter sur des amis formidables et, dans quelques jours, je vais épouser la femme que j'aime.

Fabrice et Gabriel m'accueillent les bras ouverts. Il y a si longtemps que l'on prépare à distance la décoration florale. Nous nous rencontrons enfin. Je suis impatiente de découvrir les chemins de table et l'avancée de nos bouquets. Je n'ai vu pour l'instant que les croquis. J'ai tellement hâte d'être à samedi.

La boutique est constituée de plusieurs espaces, dans lesquels les longues tables de présentation sont ornées d'immenses vases qui séparent les différentes familles de fleurs. Alors que je m'éloigne vers les camomilles sauvages, je ressens une présence dans mon dos :

— Élodie ? Qu'est-ce que tu fais là ?

Mon cœur s'arrête de battre en une seconde. Mon visage se crispe d'entendre celle que j'ai laissée cinq ans auparavant. Je me retourne. Sara est là, devant moi. Son visage est aussi lumineux que dans mes souvenirs. J'observe en détail ses cheveux châtains détachés, son regard vert translucide et sa bouche parfaitement dessinée que j'embrassais tendrement. Vêtue d'un pantalon fluide kaki et d'un top écru col V, Sara, la trentaine, n'est plus la jeune fille un peu perdue que j'ai connue. C'est une femme rayonnante et plus affirmée.

Aucun mot ne sort de ma bouche. Comme tétanisée par le choc de cette rencontre inattendue, je reste immobile, incapable du moindre mouvement.

— Ça va ? Qu'est-ce que tu deviens ? me demande-t-elle, visiblement contente de me voir.

— Euh... bien. Je... je vais bien. J'achète des fleurs comme tu le vois. Et toi ? Qu'est-ce que tu fais là ?

— Je suis venue récupérer une commande pour les 60 ans de ma tante.

Après un long silence, elle ajoute avec une pointe d'humour :

— Tu te maries ou quoi ? J'ai surpris ta conversation, cinquante-six compositions, ça en fait des fleurs !

— T'as vu juste. Oui, je me marie samedi.

Son visage se referme aussitôt, un malaise s'installe entre nous.

— OK. Je... Je vais devoir filer, je suis attendue. Bon, ben, félicitations alors.

Je la remercie et rejoins le comptoir pour régler le solde de ma commande. Je me trompe deux fois en saisissant le code de ma carte bleue tant l'émotion est vive. Je rassemble mes esprits, paye et m'empresse de sortir de la boutique pour appeler Alix.

— Tu m'avais dit que Sara avait quitté la région il y a deux ans !

— Euh... oui, c'est le cas, pourquoi ?

— Parce que je viens de tomber nez à nez avec elle à Châteauroux !

— Tu te fous de moi ?

— Absolument pas. Je suis restée comme une conne devant elle. Putain, c'est la merde ! Si j'avais su qu'elle était dans le coin, jamais je ne me serais mariée dans le Berry !

— Calme-toi. De ce que j'en sais, elle a décroché un job à Bordeaux et est partie vivre là-bas avec son mari et ses enfants. Mais je t'assure que je n'étais pas au courant qu'elle était là.

Par pudeur, je ne dis rien à ma meilleure amie, mais je suis bouleversée. Si mes sentiments se sont dissipés avec le temps, Sara demeure l'une des personnes qui ont le plus compté pour moi. Durant mon échange avec elle, je n'ai pu m'empêcher de regarder furtivement le tatouage sur son avant-bras, celui-là même que nous avions fait en commun, soulagée de constater qu'elle l'avait gardé intact.

Pourquoi faut-il que le destin la pousse de nouveau sur mon chemin à quarante-huit heures de mon mariage ? C'est tellement cocasse que cela me fait sourire. Nous étions des aimants et la force de l'attraction semble vouée à ne jamais faiblir avec le temps. Il faut que je me fasse à l'idée que la vie aime ce genre de plaisanteries.

Pendant une fraction de seconde, je l'ai imaginée en robe de mariée. Mais je me suis ressaisie tout aussi vite. Il n'y a qu'Emma dans ma vie. Sur le chemin du retour, la rencontre avec Sara s'efface tandis que le bonheur de retrouver ma future femme grandit au fur et à mesure que je me rapproche du domaine.

*

C'est le grand jour.

Après nous être dit « oui » devant le maire, nous prenons la route jusqu'au domaine, où nous attendent nos invités pour la cérémonie d'engagement. Elle est, à nos yeux, la plus importante, car nous y échangerons nos alliances. La Peugeot 404 cabriolet qui nous conduit est décorée d'un ruban de tulle blanc sur le capot, agrémenté d'un assemblage de gypsophile, d'eucalyptus et de fleurs séchées. Assis à l'avant, Tom est fier d'être aux premières loges. Dans son costume bleu marine, il est beau comme un cœur. À l'arrière, je fais attention à ne pas froisser ma robe plissée en mousseline de dentelle. J'ai choisi un modèle qui tombe jusqu'aux genoux avec une coupe évasée. Elle est de couleur ivoire, tout comme la longue robe, dos nu, en dentelle, que porte Emmanuelle. Son chignon flou parsemé de petits boutons de rose ancienne met en valeur les lignes douces de son visage. Sa beauté est si envoûtante que j'en oublie les kilomètres qui défilent. Nos mains se rejoignent et se serrent sur le cuir de la banquette, comme si nous voulions nous convaincre que tout va bien se passer.

La voiture roule au pas quand nous franchissons l'immense portail en fer forgé, empruntant la grande allée pour nous déposer dans la cour centrale. Tout le monde a respecté le thème bohème du mariage. Les femmes en robes légères, dans des tons clairs et pastel, portent des tresses et des couronnes de fleurs. Les hommes, des chemises à manches courtes, des bretelles clipsées à des pantalons à pinces et des nœuds papillon aux motifs colorés. Tout juste le temps de poser un pied à terre que fusent les applaudissements et sont brandis les téléphones portables, qui veulent à tout prix immortaliser l'instant. Nous saluons nos proches qui se sont amassés autour du véhicule. Emmanuelle se dirige immédiatement vers Florence qu'elle n'a pas revue depuis la veille. Je dis bonjour à Pierrot, mon ancien coach de handball, puis à mes anciennes coéquipières, Élise – Lisou pour les intimes –, Justine et Alix, qui sont presque plus excitées que moi à l'idée que je me marie. J'enlace ma tante et mon oncle, qui ont fait le voyage depuis le Canada, quand j'aperçois sur ma droite un homme, un peu en retrait, qui regarde la scène, gêné. Je susurre à l'oreille d'Emma :

— Je crois qu'il y a quelqu'un qui veut te voir.

Elle se retourne et tombe sur son père. L'homme de 65 ans l'accueille les bras tendus, la lèvre tremblante. Sa grande silhouette mince enlace Emma avec beaucoup de douceur. Aucun des deux ne parvient à retenir ses larmes tant l'émotion des retrouvailles est forte. Christian la rassure :

— Je suis là, ma chérie, ne pleure pas.

— Papa, mais je croyais que tu ne venais pas !

— Je ne pouvais pas rater le jour le plus important de la vie de ma fille. Quand ta mère est partie ce matin pour la mairie, ça m'a fait quelque chose et je me suis rendu compte que j'étais un vieux con. J'ai toujours voulu ton bonheur et, si tu es heureuse ainsi, qui suis-je pour m'y opposer ? Tu es magnifique, ma fille.

Adélaïde, l'officiante de cérémonie, appelle les invités à prendre place sur les chaises en bois disposées sous le grand chêne. Emmanuelle et moi regagnons la grande bâtisse où se préparent Henri, le grand-père d'Emma, et mon père pour ouvrir le cortège à nos côtés. Tandis que nous nous apprêtons à faire notre entrée, Henri s'adresse à Emma :

— Ma petite, il ne le dira pas, mais je crois que ton père tient à t'accompagner…

Christian s'avance alors vers nous et offre son bras à sa fille. Les sanglots la prennent d'assaut, tant elle a souffert de ce conflit. À l'oreille, son père lui chuchote :

— Je me devais d'être là pour toi.

Ce moment d'intimité, loin des autres convives, restera un moment fort de cette journée.

Les premières notes de *Sea of Love* de Cat Power s'élèvent dans les airs. Sous les jets de pétales des jeunes demoiselles d'honneur, je suis la première à remonter la longue allée de trente mètres jusqu'à l'arche fleurie au côté de mon père. Je le sais fier de moi. Il a été présent à chaque étape de ma vie, dans les plus légères comme les plus douloureuses, sans jugement, et avec toujours le mot pour me faire rire. J'ai vécu avec lui des instants inoubliables.

Tandis que tous les regards sont braqués sur nous, je suis prise d'une émotion indescriptible. Un sentiment nouveau de liberté que je n'avais jamais ressenti auparavant. À 18 ans, quand j'ai su que j'aimais les femmes, je pensais être condamnée à vivre sans mariage ni enfant. J'avais le tort d'avoir pris un chemin différent de celui imposé par la société. Aujourd'hui, tant de choses ont changé, et nous avons enfin le choix de vivre la vie que nous voulons.

Mon père m'embrasse sur le front et part s'asseoir au premier rang auprès de ma mère qui a déjà préparé les mouchoirs. Je guette l'arrivée imminente d'Emma. Son beau sourire agit comme un charme sur l'assemblée qui ne la lâche pas des yeux. Elle s'avance vers moi d'un pas lent et élégant, le regard amoureux, au bras de son père qui me glisse tout bas :

— Je te la confie, prends soin d'elle.

La cérémonie peut enfin commencer.

Adélaïde entame un premier discours pour raconter notre rencontre, partager de tendres souvenirs de nos deux ans de relation et des anecdotes sur notre couple. Puis vient le tour de nos proches. Ma maman prononce de jolies paroles pour décrire ce qu'Emma a apporté dans ma vie, accompagnée à la guitare sèche par mon frère. Lucie, la meilleure amie d'Emma, et son ami d'enfance, Gregory, venu spécialement de Guyane, ont retracé les déboires de ma femme, adolescente, ce qui n'a pas manqué de faire rire tout le monde.

C'est au tour de Florence de prendre la parole :

— Ma chère Élo, ma chère petite sœur, je suis peut-être le premier témoin de votre amour. J'ai vu dans vos yeux les étoiles et le début de ce qui va être, j'en suis sûre, une jolie vie à deux. Élodie, avant d'échanger vos vœux, il faut que tu saches ces règles élémentaires pour qu'Emma soit heureuse :

• Son café doit être servi à 7 h 15 précises, sans sucre, mais avec un bisou, c'est mieux.

• Être prête à la voir arriver en retard sans le lui reprocher, mais surtout éviter que, toi, tu le sois.

• Ne jamais lui offrir un petit sac à main. « Si on ne peut pas y glisser un parapluie, ça ne sert à rien. »

• La laisser dormir toujours du côté gauche et dans tes bras les soirs d'orage, sinon tu ne fermeras pas l'œil de la nuit.

J'ai encore une liste de trente autres recommandations que je te ferai parvenir par e-mail. Ça n'est évidemment pas grave si tu ne les retiens pas toutes. Les belles-sœurs, c'est fait pour ça. Tu n'auras qu'à m'appeler.

Après que nous avons échangé nos vœux, l'une face à l'autre dans un moment solennel, Thomas s'approche en portant dans ses mains le coussin avec nos alliances et nous chuchote :

— Vous êtes trop belles.

En se passant les bagues aux doigts, on se jure fidélité et de s'aimer pour l'éternité, avant de s'embrasser sous les cris de joie de la foule. Je m'avance en tremblant pour prendre la parole :

— Emmanuelle et moi tenons à remercier Adélaïde pour cette merveilleuse célébration et nos témoins de nous avoir supportées ces dernières vingt-quatre heures ! (L'assemblée esquisse un sourire.) Merci à vous tous d'avoir répondu présent. Cela compte beaucoup pour nous. Avant de passer au vin d'honneur, je vais laisser le mot de la fin à Thomas, qui a quelque chose à vous dire.

Je lui tends le micro avec un regard complice, comme pour lui insuffler de la confiance. D'une voix timide, il lit les quelques mots qu'il a écrits sur une feuille de papier :

— Depuis qu'elles se sont rencontrées, maman et Élodie vivent un vrai conte de fées. Leur histoire a commencé dans un avion entre Osaka et Paris et on peut dire que l'amour leur a donné des ailes. Elles sont mes princesses et moi leur petit prince.

Thomas se tourne vers nous et nous dit :

— Je vous aime fort.

Emma ne peut retenir ses larmes, ce qui déclenche les miennes.

— Et puis, poursuit-il, je suis très heureux de vous annoncer que maman et Élodie attendent un heureux événement ! Dans six mois, j'suis grand frère !

La stupéfaction laisse place à la joie et aux applaudissements. Dans le parc, où nous nous retrouvons pour trinquer ensemble, je m'approche de Tom :

— Eh ben dis donc toi, je ne savais pas que t'étais aussi à l'aise pour parler en public ! Tu m'as scotchée !

Je sens que mes mots le gênent un peu, certainement peu habitué à ce qu'on le complimente. Je l'embrasse sur le front avant qu'il ne rejoigne ses cousins.

De nombreux invités viennent nous féliciter, curieux d'en savoir plus sur la grossesse d'Emmanuelle. Nous nous sommes rendues en Espagne, et tout est allé très vite… Emma est tombée enceinte au premier essai. Nous sommes conscientes que nous avons eu une chance incroyable. Fanny et Louisa, deux amies de Florence, nous avaient raconté combien elles avaient galéré : leur parcours PMA avait mis quatre ans et Marius était arrivé après six tentatives.

Le plus dur pour nous était de ne pouvoir en parler à personne. Seuls mes parents et Florence étaient dans la confidence. Mais ce qu'Emmanuelle ne sait pas, c'est que je n'ai pu tenir ma langue auprès d'Ashley et Alix.

*

Le repas se poursuit jusqu'à l'ouverture du bal sur *Feel It Still* de Portugal The Man. Emmanuelle se met à danser seule sur un *jive* endiablé. Elle défait la bride de sa chaussure droite, puis de la gauche, et balance ses escarpins sur le sol avant que je ne la rejoigne sous les acclamations de la foule qui s'est rassemblée autour de nous. Nous sommes face à face en parfaite symétrie quand elle me vole un baiser sous les sifflets d'encouragement de nos amis. Nous avons répété la chorégraphie pendant des heures pour éviter le moindre faux pas. On met le feu. L'ambiance prend alors son envol. Il a fallu que les parents bataillent pour calmer les enfants avant le dessert.

Thomas fait le tour de la table d'honneur et s'arrête à ma hauteur :

— Élo, y a un souci, faut qu'tu viennes.

— Qu'est-ce qu'il se passe ?

— Viens s'il te plaît !

Je le suis jusqu'au parking, derrière la bâtisse. Il pointe du doigt un éclat sur la vitre arrière de la voiture des mariées.

— J'te jure, j'l'ai pas fait exprès ! J'voulais juste renvoyer le ballon. J'te jure !

— Calme-toi, Thomas. Je vais en parler avec ta mère, on va trouver une solution…

— Surtout pas, Élo ! Pas maman ! Elle va l'dire à papa !

— OK ! OK ! Laisse-moi gérer.

On retourne à l'intérieur, Emma me cherchait :

— Où étais-tu ? On t'attend pour apporter la pièce montée.

— Dehors… On nous a pété une des vitres de la bagnole, mais c'est pas grave, profitons de la soirée. Je m'en occupe lundi, j'appellerai l'assurance.

Pas même le temps de nous rasseoir que les lumières se tamisent et que l'immense gâteau fait son entrée dans la salle. Je regarde Emma avec insistance et lui lance un « Je t'aime » du bout des lèvres. Elle m'offre un clin d'œil brillant en guise de réponse.

La soirée se poursuit jusqu'aux petites heures du jour avec nos amis qui se déchaînent comme des fous sur la piste. Nous sommes les dernières à quitter la salle, vers 7 heures du matin. De retour dans notre suite, Emma dézippe ma robe et m'embrasse sur l'épaule :

— Alors, ça te fait quoi d'être une Delaunay ?

— Hum… Il est peut-être encore trop tôt pour le dire, mais ce dont je suis sûre, c'est que je suis raide dingue de leur fille.

Je me jette à son cou, et on bascule sur le lit. Je replace délicatement la mèche derrière son oreille.

— Je suis fière de nous ! Malgré tous les obstacles, on l'a fait !

*

Le lendemain, brunch dominical. Bien que la fatigue de la veille se lise sur les visages, les trente convives sont heureux de partager un dernier repas avant de prendre la route.

Nous passons de table en table pour prendre le temps de discuter avec tous quand j'aperçois dehors Pierrot, mon ancien coach de handball.

— Encore félicitations, ma grande, et merci beaucoup pour cette belle fête.

— Merci à toi d'être venu. Hier, c'était un peu la folie, et je n'ai pas eu l'occasion de te voir.

— Ne t'en fais pas, c'est normal. Le jour de ton mariage, tu n'as jamais le temps de rien. En tout cas, je suis heureux que tu sois épanouie aux côtés d'Emmanuelle. Tu as retrouvé ton joli sourire et tu peux être fière de la femme que tu es devenue.

Cet homme d'une soixantaine d'années a toujours été une oreille amie, un second père pour moi quand je vivais dans la région.

— Tu vois, Élodie, tu prends aujourd'hui certainement conscience qu'il y a toujours un magnifique ciel bleu après une tempête. Et Dieu sait que tu en as traversé ! Ton épouse est ce grand soleil qui te guide, ne la perds jamais de vue. Et tu verras, quand ton enfant naîtra, tu seras alors toi aussi un grand soleil pour lui. On passe parfois toute une vie sans trouver la lumière. Je suis si heureux pour toi que tu aies trouvé la tienne.

Je me blottis dans les bras de ce géant au grand cœur. Il y a des gestes simples qui valent tous les mots.

16 heures retentissent au clocher de l'église quand nous finissons de déjeuner. Mon frère, sa femme et leurs enfants repartent en voiture jusqu'à Perpignan. Joëlle et Christian rangent et nettoient la grande salle. Ashley et Scott s'occupent de décrocher les lampions extérieurs, les voilages et les guirlandes végétales. Quant à Emmanuelle, elle embrasse Thomas qui a demandé à rentrer à Paris le soir même avec Florence et Bruno pour dormir chez ses cousins.

J'embarque Alix avec moi pour charger les cadeaux et les fleurs dans le coffre de la voiture. Parmi tous les bouquets, un composé de roses multicolores attire mon attention. Sur la petite enveloppe, il est écrit à la main :

Pour Élodie

L'écriture m'est familière. Je veux en avoir le cœur net, j'ouvre et lis le message.

— Non, mais, c'est pas vrai !

Alix, curieuse, s'approche de moi.

— Qu'est-ce qu'il y a ?

Je m'assois sur la chaise près de la cheminée et lui tends la carte.

Toutes mes félicitations !
Sara.

— Oh ! putain. Elle a osé ! s'exclame Alix.

— Qu'elle ait osé n'est pas le sujet. Je veux surtout savoir comment elle a su que le mariage avait lieu ici ! Ce n'est pas moi qui le lui ai dit.

— Elle m'a appelée vendredi pour me dire qu'elle t'avait croisée en ville, répond Alix, embarrassée. Je pense que ça l'a quelque peu chamboulée… Elle est en vacances une semaine dans la région et ne s'attendait pas à te voir, encore moins à ce que tu te maries. Elle m'a demandé où se déroulait la cérémonie et, sans réfléchir, je le lui ai dit. Mais je te jure que je ne savais pas pour les fleurs.

Je prends le bouquet et le mets dans ses mains.

— Tu comprendras que je n'en veux pas.

Alix part discrètement poser le bouquet de la discorde au pied du siège passager de sa voiture en évitant d'être vue des derniers invités.

De retour dans la grande salle, le malaise se fait ressentir. Alix rompt le silence.

— Élo ? Je peux quand même te poser une question ? Entre toi et moi, ça t'a fait quoi de la revoir ?

— Absolument rien ! C'est du passé, j'ai tourné la page.

*

Lundi matin, 8 h 49.

Alors que je m'apprête à tourner la clé de contact après avoir remercié les propriétaires du domaine, je me retourne vers Emma :

— Avant de rentrer à Paris, je tiens à ce que nous allions rendre visite à quelqu'un qui m'est cher.

— Avec plaisir.

J'emprunte les petites routes de campagne pour arriver jusqu'au village. Je me gare tout près de l'église. Me voyant sortir de l'habitacle avec un bouquet de lisanthus à la main, Emma s'interroge. Je pousse la grille du petit cimetière. Nous avançons dans l'allée de graviers pour nous arrêter devant une tombe en marbre gris clair.

— Mon cœur, c'est ici que repose mamie Louise, ma grand-mère, celle dont je t'ai tant parlé.

L'émotion me rattrape quand je lis son nom gravé sur la pierre. La main d'Emma caresse mon dos. Ma grand-mère me manque terriblement. Nous avons partagé tant de choses ensemble. Elle s'est éteinte comme on souffle une bougie, sans que je puisse lui dire au revoir. Les années n'ont rien fait, je le regrette encore. La vie est courte et fragile, mais je reste profondément convaincue qu'un « Je t'aime » la rallonge de quelques microsecondes. Alors crions-le maintenant, sans crainte ni appréhension. Puisque demain sera déjà trop tard.

La gorge serrée, je m'adresse à la femme qui m'a tant appris :

— Ma petite mamie, tu dois être surprise de me voir. C'est vrai, je ne viens pas souvent te rendre visite. Mais je t'assure que je pense très souvent à toi. Je suis venue dans le Berry pour me marier. Oui, oui, tu as bien entendu. Me marier ! J'ai rencontré la femme de ma vie et je voulais te la présenter. T'as vu, elle est canon, hein ?

Emma, comme moi, sourit malgré les larmes qui coulent sur ses joues.

— Je t'ai apporté la composition florale qui était placée au centre de la table d'honneur. Je voulais te l'offrir en souvenir de ce jour… Je voulais te dire aussi qu'avec Emma on va être mamans. Je n'arrive toujours pas à y croire. Sache, ma petite mamie, que je lui parlerai de toi, de nous…

Je pose un doigt sur mes lèvres et lui lance un baiser.

— Je t'aime.

Chapitre 6

La vie nous emporte sans prévenir dans ses méandres. Tout va si vite. On est projeté, en une poignée de secondes, vers de nouveaux lieux à découvrir, des gens à rencontrer et des expériences à vivre. C'est peut-être cela qui la rend si excitante. Il y a quelques années encore, si l'on m'avait annoncé que ma fille allait venir au monde aujourd'hui, je ne l'aurais certainement pas cru. Quand je regarde, par-dessus mon épaule, le chemin parcouru, j'ai de la tendresse pour les souvenirs qui sont les miens. Je me revois jeune, insouciante et effrontée, nullement intéressée à poser mes bagages. J'aimais flâner et rêver, l'esprit toujours ailleurs. Depuis ma rencontre avec Emma, je me sens plus ancrée au sol. J'ai trouvé à ses côtés une vraie stabilité.

Dans la chambre 114 de la maternité Port-Royal, je brûle d'impatience de retrouver ma femme et de rencontrer ma fille quand, soudain, à 11 h 47 précises, on frappe à la porte :

— Bonjour, madame, je suis Marie, la sage-femme. La césarienne s'est très bien passée, le bébé et la maman se portent bien.

À ce moment-là, tout le poids du stress que j'ai accumulé ces dernières heures s'envole, et mon inquiétude se dissipe. Je demande à les voir.

— Votre femme va partir maintenant en salle de réveil. On la ramènera en chambre d'ici une bonne heure. On termine l'examen clinique de votre enfant, et vous pourrez faire le peau-à-peau juste après. En tout cas, félicitations, c'est une très belle petite fille.

Moins de dix minutes plus tard, j'entends un bruit de roulettes remontant le couloir. Je le sens, je le sais… c'est elle ! Je saute de mon siège, ouvre en grand la porte de la chambre et vois arriver ma princesse dans une couveuse en plexiglas. Les mains sur mon visage, je n'ose y croire. Quand la sage-femme arrive à ma hauteur, je pose enfin mes yeux sur cette fragile créature. C'est un tsunami d'émotions, si violent que j'en tremble. Des larmes de joie se frayent un passage jusqu'à mes joues et achèvent leur course sur mes lèvres. Je sens un frisson se propager dans mon ventre, dans mes bras, mes mains et puis ma tête. C'est sûr, c'est de l'amour. De l'amour inconditionnel, instantané, qui nous lie, elle et moi, d'un fil invisible pour le restant de nos jours.

Après les larmes de joie, les pleurs de fatigue… Depuis 5 heures ce matin, je suis bloquée dans un ascenseur émotionnel qui s'amuse à me propulser dans un état différent à chaque étage. Je m'installe dans le fauteuil bleu sur les consignes de la sage-femme. Je retire mon pull, mon top et reste en soutien-gorge. Elle pose délicatement la petite contre moi et nous recouvre d'un drap blanc épais. La chaleur de son corps contre le mien provoque un feu d'artifice dans mon cœur. Je la couvre de bisous en lui donnant son premier biberon. J'ai encore du mal à réaliser. Elle est si petite, à peine 2,920 kg pour 49 cm. Sa peau est douce et ses cheveux aussi fins et délicats que des fils de soie. Sa lèvre retroussée est à croquer, tout comme son nez parfait. Je caresse ses mains potelées qu'elle garde bien fermées avant de s'agripper à mon index. Elle le serre jusqu'à s'endormir dans mes bras. C'est véritablement à cet instant-là que je prends conscience de mon rôle de mère et de la protection qu'elle attend de moi.

Le monde, comme suspendu, s'arrête pour me laisser profiter pleinement de ma fille. Bien que ce soit Emma qui l'ait portée, j'ai ressenti cette connexion entre nous dès le peau-à-peau. Pourtant, depuis le début de la grossesse, j'ai nourri la peur de ne pas trouver ma place, terrorisée à l'idée qu'il n'y ait aucune alchimie entre elle et moi. Que je sois une inconnue aux yeux de ma propre fille. Lors de la seconde échographie, le gynécologue qui a suivi notre parcours de PMA nous a informées que, dès 6 mois, le fœtus pouvait percevoir les sons de l'extérieur. Pour qu'elle se familiarise avec ma voix, j'ai passé de longs moments à lui parler, à lui raconter comment j'avais rencontré sa maman. Chaque soir, avant qu'elle s'endorme, je me penchais sur le ventre d'Emma pour lui souhaiter bonne nuit. Tous mes doutes viennent de disparaître. Quand je l'ai vue, j'ai su.

Emmanuelle, encore sous l'effet de l'anesthésie, nous rejoint bien plus tard. Je la serre fort dans mes bras, j'ai eu si peur pour elle cette nuit.

— Je vais bien, chuchote-t-elle, et tout ce qui compte c'est qu'elle soit là maintenant.

Nous décidons d'appeler notre petit ange Mila. Ce prénom, inspiré du mot espagnol *milagro*, signifie « miracle ». Et sa naissance en est un. Elle est le fruit de notre amour, l'enfant tant attendu.

Toutes les trois enfin réunies, nous annonçons la nouvelle à notre entourage par message :

> Nous sommes heureuses de vous présenter Mila, qui a pointé le bout de son nez le 16 décembre à 11 h 11 avec trois semaines d'avance, pour notre plus grand bonheur !

Je demande à Emma de rappeler Thomas qui s'inquiète. Il a juste su entre-temps par Florence que sa mère avait été transférée à l'hôpital à la suite d'un malaise. Lui qui ne se doute pas un instant que sa sœur a vu le jour la découvre pour la première fois, depuis Kyoto, à travers l'écran de mon téléphone. Il est si heureux d'être son grand frère et s'impatiente déjà de revenir à Paris en mars prochain pour les vacances. Florence et Bruno ont prévu de passer nous voir en fin d'après-midi, quant à Ashley, Scott, les parents d'Emma et les miens, ils viendront demain dans la journée.

*

— C'est ton tour, dit-elle, encore endormie.

Depuis deux mois et demi, nos nuits sont saccadées. On se relaie chaque soir et depuis peu nous commençons à trouver notre rythme.

Les premières semaines ont été compliquées, j'étais particulièrement sur le qui-vive au moindre bruit. Il m'arrivait de me lever plusieurs fois par nuit pour m'assurer qu'elle respirait.

Emma a su me rassurer. Tout ce que j'ai traversé, elle l'a vécu avec Thomas. Sans elle, je serais perdue. Je me suis dit que l'on devrait nous fournir le mode d'emploi quand on devient parent.

Mila a fait sa première semaine de crèche le 1er mars. Son adaptation s'est très bien passée. Je la dépose tous les matins à quelques rues de l'appartement et Emma la récupère le soir. Après deux mois de congé maternité seulement, elle est heureuse de reprendre le boulot. Rester à la maison, ce n'est pas son truc. Pour ma part, mes collègues sont conciliants et me laissent beaucoup plus de souplesse dans mes horaires de travail. Fini les tournages de nuit ou les week-ends. Je consacre presque tout mon temps à m'occuper de ma fille. Je veux la voir grandir et ne pas passer à côté des moments importants de sa croissance. À la maison, nous avons réaménagé l'espace. Le bureau d'Emma est devenu sa chambre, décorée d'un joli papier peint couvert de marguerites. Thomas, qui vient d'arriver pour les vacances, a tenu à apporter dans ses bagages un Totoro en peluche pour sa petite sœur.

Le 28 mars, nous partons tous les quatre à Saint-Raphaël. Ce premier voyage est un avant-goût de la vie de famille à quatre qui nous attend en septembre. À la rentrée prochaine, nous aurons la garde exclusive de Thomas.

Nous avons loué sur les hauteurs une grande villa avec piscine dont les températures pourtant douces du mois de mars ne nous permettent pas de profiter. Mais qu'importe, le soleil est là, et nous sommes ensemble.

Sur le port de Santa-Lucia, nous faisons de longues promenades, Thomas tenant absolument à diriger la poussette de sa sœur, Emma et moi, main dans la main, plus amoureuses que jamais. Je nous surprends tous les quatre dans le reflet de la vitrine d'une boutique de la vieille ville et j'aime ce que je vois. C'est une famille recomposée comme il en existe des milliers. Sans doute tout aussi banale que beaucoup d'autres, mais c'est la mienne et j'en suis fière. C'est ma tribu, mon clan, ma bande… Une famille, c'est comme les platanes qui longent la route ou le tuteur en bois qui oriente un jeune arbuste prêt à fleurir. Elle nous protège et nous offre une direction. Mais une famille, c'est aussi parfois brûler ses nuits d'inquiétude quand vient l'adolescence, une porte ouverte à 4 heures du matin quand plus rien ne va. Elle est en somme une terre que l'on creuse pour y cultiver l'amour et y vieillir ensemble.

Thomas s'intègre à merveille à ce patchwork de vies reconstituées. Sa carapace se fissure un peu plus chaque jour. Il se confie à nous, partage ses goûts et ses envies. Chaque matin, nous partons, lui et moi, jusqu'à la boulangerie, on achète en douce des tickets à gratter au bureau de tabac d'en face avec la promesse de se partager les gains si l'on gagne.

Cet après-midi, Emma a quelques dossiers à traiter et décide de rester à la villa. Je propose à Thomas de partir à deux faire de la bouée tractée. Sur le chemin, il m'apprend à me présenter en japonais et à prononcer quelques gros mots. Cela le fait rire quand d'un coup il devient sérieux :

— J'peux te dire un truc… ? Je pense que maman aime Mila plus que moi.

— Mais n'importe quoi, Tom ! Qu'est-ce qui te fait croire ça ?

— J'sais pas. Elle n'a jamais le temps avec moi. Elle dit tout le temps qu'elle est débordée par le travail. Et quand je lui demande de faire une activité ensemble, elle doit s'occuper de Mila.

— Je comprends, Tom, mais ta sœur n'a que trois mois et demi, et un bébé demande beaucoup d'attention. Ça ne veut pas dire qu'elle ne t'aime pas ! Je suis sûre que vous allez partager des choses ensemble !

— Tu crois ?

— Mais oui, ne t'en fais pas !

On se rend sur la plage. Thomas écoute attentivement les consignes du moniteur. J'ai un nœud au ventre, car je sais qu'il a raison concernant sa mère. C'est difficile pour lui, il la voit si peu. Allongés sur la bouée géante, on s'agrippe aux poignées, ma main rejoint la sienne, et nos regards se croisent en silence quand tout à coup le moteur du bateau nous entraîne dans l'eau. On crie de joie et d'excitation. Au premier virage, la force nous propulse hors de notre embarcation de fortune. « C'est énorme ! » s'exclame-t-il dans un éclat de rire. On remonte sur l'engin gonflable et nous repartons de plus belle pour nos dernières minutes de sensations fortes.

À notre retour à la villa, nous retrouvons Emma sur la terrasse, les yeux rivés sur son écran :

— Je relis et j'envoie ! Dernier e-mail de la journée. C'était bien, vous ?

Thomas se lance dans un récit de notre incroyable virée. Mila, qui fait sa sieste dans la chambre d'à côté, se réveille. Emma se lève et part la chercher. Je la suis et lui glisse discrètement à l'oreille :

— Laisse, je m'en occupe. Reste un peu avec ton fils. Je pense qu'il sera content de partager un moment avec toi.

Je les regarde à travers la fenêtre de la chambre prendre le temps de se retrouver. Thomas fait des gestes immenses pour parler des vagues qui venaient percuter la bouée. Elle l'embrasse et lui propose de faire des crêpes pour le goûter. Je les perds du regard, quand ils s'engouffrent dans la cuisine.

Mila me fixe avec ses grands yeux pendant que je lui donne le biberon. Elle s'éveille de plus en plus, ce qui fait mon bonheur à chaque instant. Hier, alors que je m'amusais à grignoter ses pieds, elle m'a offert son premier éclat de rire. Elle m'apporte cette légèreté de jeune parent où je n'ai aucune honte à imiter les cris des animaux de la jungle, à danser comme un pied ou à chanter atrocement faux *La Bamba*.

Les vacances s'achèvent. C'est notre dernier jour à Saint-Raphaël. Nous avons pris le petit déjeuner dans le quartier du Dramont et sommes partis visiter le village d'Anthéor ainsi que les calanques. Le ciel en feu de la fin de journée a des reflets de diabolo pêche-grenadine. Il est déjà temps de rentrer rassembler nos affaires. De retour à la villa, Thomas traîne, assis au bord de la piscine. Les pieds dans l'eau, il semble s'être renfermé sur lui-même. Emma le rejoint et s'agenouille près de lui :

— Comment va mon petit homme ?

— Maman, j'veux pas rentrer à Kyoto.

— Tu sais, Tom, les vacances, ça ne peut pas durer toute une vie. Et puis on se revoit bientôt pour les grandes vacances…

Il reste silencieux. Elle insiste :

— Qu'est-ce qui ne va pas ? Mon Titi, tu peux tout me dire.

— Papa est trop sévère avec moi. Il me punit souvent…

— Mais pourquoi ça ?

— Parce que je n'arrive pas à avoir 18 de moyenne générale.

— Mais… Tom, 15, c'est déjà très bien.

— Bah non. Pour papa, c'est jamais assez. J'ai plus le droit d'aller aux cours de théâtre. Il les a remplacés par du soutien scolaire.

— Tom, pourquoi tu ne m'en as pas parlé avant ? Je vais en discuter avec ton père, et on va trouver une solution.

— Non, surtout, dis rien, s'il te plaît !

Emmanuelle est abasourdie par ce qu'elle entend.

— OK, Titi, calme-toi. De toute façon, dans quatre mois, tu viens en France. Ça va vite arriver ! Je t'ai trouvé un collège privé très sympa où tu te feras plein de copains. Et si tu veux reprendre le théâtre, ou faire autre chose, on cherchera ensemble ce qui te fait plaisir.

La tête toujours baissée, Tom répond d'une petite voix :

— Si tu le dis, maman…

Je les rejoins au bord de la piscine et m'assois près d'eux.

— Je m'entraîne déjà pour les jeux vidéo, je serai une adversaire de taille ! Tiens-toi prêt !

— J'le suis déjà ! Je vais te mettre la misère.

On rigole, même si je reste convaincue que Thomas ne nous dit pas tout. Il nous montre seulement la partie visible de l'iceberg. Cela fait partie de son éducation stricte. Au Japon, réprimer ses émotions est culturel. Son père part régulièrement en voyage d'affaires et le confie à deux gouvernantes à plein temps, le tout sous l'œil inquisiteur de sa grand-mère, Tokue. Elle s'est installée avec eux après le décès de son mari. La vieille dame, âgée de 81 ans, est très autoritaire et applique à la lettre les recommandations de son fils.

Son retour à Paris est une chance pour lui de vivre plus librement, loin de l'emprise de son père.

*

Le 21 juin, 20 heures. Ce soir, pour la Fête de la musique, nous avions prévu de sortir nous balader dans les rues de Paris avant de rejoindre nos amis place de la Bastille. Mais Emma est fatiguée et préfère rester à la maison avec Mila. Ça me chagrine de la laisser seule, mais elle insiste :

— Va faire un tour, ça te fera du bien.

C'est vrai que, depuis la naissance de notre fille, je n'ai pas eu une seule soirée pour moi. Je rejoins dans un bar Alix, qui est de passage à Paris, Ashley et Juliette.

Les terrasses sont noires de monde. Un groupe de flamenco, guitares à la main, joue des airs manouches, une danseuse en tenue noire à pois rouges exécute une sévillane. On peine à trouver une table pour quatre quand le serveur nous faire signe de le suivre.

À peine installée et sans même nous consulter, Alix commande une tournée de bière :

— Désolée, les filles, j'ai pris les devants, car si on attend que chacune choisisse, on y est encore demain matin.

Ça fait un moment que je ne les ai pas vues. C'est bon de les retrouver. On se raconte nos vies pour rattraper le temps perdu. Ashley réfléchit à quitter l'agence immobilière où elle travaille pour ouvrir la sienne. Juliette vient tout juste d'acheter un appartement dans le 18e arrondissement. Et Alix, toujours à la recherche du grand amour, annonce avoir rencontré un garçon près de Châteauroux.

Vient mon tour. Je commence par quoi ? J'ai tellement de choses à leur dire. Au boulot, ça devient pesant. Il y a trois semaines, Marc m'a demandé de reprendre le rythme normal des tournages, mais je n'arrive plus à suivre la cadence, et comme Mila ne fait toujours pas ses nuits, ça crée parfois des tensions avec Emma à la maison.

— Mais ça se passe bien entre vous quand même ? s'inquiète Juliette.

— Oui… il nous arrive juste de nous prendre la tête pour un rien comme tous les couples. Et c'était particulièrement chaud lundi dernier, tout ça à cause de son abruti de père. Nous sommes partis, Emma, Florence, son mari et nos enfants pour les 40 ans de mariage de mes beaux-parents. On passait un week-end sympa. Le dimanche matin, alors que je m'étais absentée avec Bruno – le gendre parfait s'était proposé d'aller chercher le dessert chez le pâtissier –, l'ambiance, à notre retour, avait changé. Quand j'ai questionné Emma sur ce qui avait bien pu se passer, elle m'a assuré que tout allait bien et de ne pas m'en faire. Le soir, sur la route du retour, j'ai dû lui tirer les vers du nez pour avoir le fin mot de l'histoire. Emma, tout heureuse, a annoncé à ses parents que l'adoption plénière était lancée. Ce à quoi son père, avec toute sa maladresse légendaire, a rétorqué : « Donc, s'il y a séparation, Élodie aura aussi droit à la garde ? C'est inadmissible, Mila est ta fille biologique ! » Quand je lui ai demandé ce qu'elle avait bien pu répondre à ça, Emma m'a avoué être restée muette. Vous vous rendez compte ? Elle n'a même pas pris ma défense ! Tout ça pour éviter un esclandre le jour de leur anniversaire de mariage… Tout le contraire de sa sœur. Florence m'a appris hier, au téléphone, qu'elle était intervenue pour recadrer son père, mais elle m'a conseillé de laisser tomber, parce que c'est un vieux réac et qu'on ne le changera pas.

— Ne te rends pas malade à cause de lui. Il est bloqué dans son époque. Le plus important, c'est ta famille : le reste, tu t'en fous, tente de tempérer Juliette.

— En parlant de famille, Thomas arrive quand ? demande Ashley.

— Ben justement, c'est l'autre sujet sensible à la maison. Il est censé venir en août, mais l'ex-mari d'Emma nous en fait voir de toutes les couleurs et tarde à signer le dossier d'inscription. Ça fait un mois qu'il fuit le sujet.

Juliette intervient :

— On dirait qu'il n'a tout simplement pas envie de le laisser partir.

— Il n'a pas le choix. Personne ne lui demande son avis. Ils ont un accord écrit, et puis Thomas veut être avec nous. Son père est de plus en plus sévère avec lui. Rien que l'autre jour, il lui a confisqué son portable, car il était rentré avec dix minutes de retard. Vous ne trouvez pas ça excessif ?

— Mais c'est un con, ce mec ! s'agace Alix. Je vais aller jusqu'au Japon lui faire bouffer son putain de papier. Plus sérieusement, si le gamin veut venir et que c'était prévu, il doit s'exécuter. Faut que tu pousses Emma à prendre les devants !

Elle a complètement raison, il faut que tout cela se règle. Ça m'affecte beaucoup trop.

— Bref, parlons d'autre chose. Ça me fait tellement plaisir de vous voir, profitons !

Alix se lève et commande une nouvelle tournée de bière. Ashley suggère de prendre plutôt à emporter et de filer vers le quartier du Marais. Nous remontons la rue Saint-Antoine pour rejoindre la rue des Archives, c'est la pure folie : la rue s'est transformée en discothèque géante et les basses de la musique électro cognent dans nos ventres. On décide de se prendre par la main pour éviter de se perdre. Les verres se renversent un peu quand on passe entre les gens. Ce n'est pas grave, on en rit. L'alcool commence à nous rendre légères, insouciantes. Je retrouve un peu de ma vie d'avant, le temps d'une soirée.

Vers 23 heures, on croise par hasard Scott du côté du BHV.

— Qu'est-ce que tu fais là ?

Il est avec deux amis anglais. On a du mal à se parler tant la musique est forte. Il me prend dans ses bras et me demande comment va la petite. Je lève le pouce en guise de réponse. Au même moment, une fille que je ne connais pas passe à côté de moi, me prend par la taille et me fait un grand sourire. Scott hurle :

— Hey ! Y a match !

Je lui montre, en guise de rappel, l'alliance à mon doigt.

On poursuit la tournée des bars jusqu'à 2 heures du matin, pour se quitter devant le métro Hôtel-de-Ville. Il y a bien longtemps que je n'avais pas profité autant de mes amis. Ça fait du bien ! Je rentre sur la pointe des pieds pour ne pas réveiller mes amours. Je me faufile discrètement dans la chambre de ma fille et me penche sur son berceau. Je replace son doudou dans le creux de son cou, je pourrais passer la nuit à la regarder. Je dépose chaque soir un baiser sur son front avant d'aller me coucher. Dans les contes, un baiser réveille une princesse endormie. Moi, à l'inverse, je ne peux pas trouver le sommeil sans embrasser la mienne.

*

Le lendemain matin, comme toutes les mamans du monde, qu'importe l'heure à laquelle je me suis couchée la veille, je suis d'attaque dès l'aube. Je donne le biberon à Mila et prépare ses affaires pour la garderie. Emmanuelle se réveille vers 7 heures. Au petit déjeuner, toujours la même rengaine : Tom, Issey, et leurs différends. N'en pouvant plus, je décide de lui dire ce que je ressens :

— C'est plus possible ! Ça fait un mois que ça dure ! Tu te fais bouffer par ton ex !

— Mais tu veux que je fasse quoi de plus ?

— Eh bien tu le rappelles et le rappelles encore, jusqu'à ce qu'il signe ce foutu dossier d'admission, c'est pas compliqué, non ?

— Je ne vois pas pourquoi tu t'énerves ?

— Pourquoi ? Parce que tout tourne autour de ça, tu ne t'en rends même plus compte ! Issey par-ci, Issey par-là, c'est tous les jours !… Matin, midi et soir ! Tu ne me demandes jamais si moi ça va, si j'ai passé une bonne journée… Je t'écoute, je te soutiens, mais t'es tellement dans ta bulle que tu nous oublies, Emma !

J'ai mon petit caractère, mais il est toutefois rare que je m'emporte. De l'autre côté du bar de la cuisine, ma femme reste de marbre. C'est sans doute la première fois qu'elle voit dans mes yeux un départ de feu. Et dans les siens, il y a des larmes.

— Tu as raison, je te dois des excuses. Je vais l'affronter une bonne fois pour toutes.

On se quitte vers 7 h 45 en s'embrassant devant la porte cochère.

— Je t'aime, Élo… Tu verras, ça va changer.

Je la crois.

Je file déposer Mila à la crèche. Emma s'engouffre dans un taxi. Toute la matinée, je garde en bouche le goût amer de mes propos du matin. Ai-je été trop dure avec elle ? Aurais-je dû faire preuve de plus de compréhension. Au final, je me dis que non, j'ai été assez patiente.

À 12 h 30, on se retrouve pour déjeuner en face du Louvre, au café Marly. Je suis déjà installée en terrasse quand elle arrive, contrariée et inquiète. Elle a tenté plusieurs fois de joindre Issey par téléphone dans la matinée, en vain.

Le serveur s'avance vers nous pour prendre la commande, je lui demande de nous donner encore cinq minutes. Je vois bien qu'Emma s'agite sur sa chaise. Je lui suggère de rappeler sur le numéro fixe de la maison familiale pour en avoir le cœur net. Elle referme le menu, le repose sur la table.

— Tu sais quoi ? Tu as raison, je dois savoir ce qu'il se trame.

Au bout de trois tentatives, la gouvernante décroche :

— Puis-je parler à M. Kobayashi ?

— Veuillez ne pas quitter…

La voix d'Issey interrompt l'attente :

— Je n'ai pas le temps, là !

— Ne t'en fais pas, je n'en ai pas pour longtemps. Je voudrais qu'on discute du retour de Thomas. Il est censé faire sa rentrée au collège dans moins de deux mois, et l'inscription n'est toujours pas validée. Où en sommes-nous ? Ça ne peut plus attendre. Concernant le billet d'avion, tu as les propositions de dates depuis un mois dans ta boîte e-mail. Là aussi, je n'ai aucun retour de ta part. De plus, je…

Il lui coupe la parole, expéditif.

— Emmanuelle, ce n'est pas le moment, là…

— Avec toi, ce n'est jamais le moment ! Tu trouves toujours de bonnes excuses. J'ai besoin de ta signature, maintenant !

— Écoute, je suis navré, mais Thomas n'ira pas au collège en France…

— Comment ça ?

— J'ai décidé qu'il resterait au Japon.

C'en est trop pour Emma, elle se lève de table, s'éloigne de quelques mètres et hausse le ton :

— Putain, Issey, qu'est-ce que tu me fais là ? Tu te fiches de moi ou quoi ? C'est quoi encore, cette histoire ?

— Mais tu veux quoi, Emma ? Qu'on arrache un gamin à ses amis, à ses repères, juste pour honorer un bout de papier qu'on a signé il y a cinq ans ? Tu as pensé une seconde à son bien-être ? Parce que, si c'était le cas, tu saurais de toi-même qu'il ne veut plus venir à Paris.

— Mais de quoi tu parles ? Thomas n'attend que ça, et tu le sais. Tu l'étouffes, tu es beaucoup trop dur avec lui. Il veut venir vivre avec nous, il nous l'a dit. Alors je me demande, qu'est-ce que tu as bien pu lui foutre dans la tête ?

— Mais tu me prends pour qui ? Je te passe ton fils, tu n'as qu'à lui demander…

Emmanuelle se ressaisit et retrouve sa voix douce :

— Ça va, mon chéri ? Qu'est-ce qui se passe ? Papa me dit que tu ne veux plus venir à la maison ? C'est vrai ?

— Oui, maman, je préfère rester à Kyoto. Le taux de réussite des écoles japonaises est bien meilleur qu'en France.

— Hein ? Mais qui t'a dit ça ?

— On a regardé l'autre soir avec papa…

Emma me regarde avec un désarroi que je ne lui connaissais pas.

Chapitre 7

Je quitte la table et la rejoins :

— Ça va ? Qu'est-ce qu'il t'a dit ?

Emma semble sous le choc. Ses lèvres entrouvertes ne laissent échapper aucun mot. J'insiste. Pour tenter de se calmer, elle inspire et expire plusieurs fois avant de s'en aller sans prévenir. Je ne comprends pas ce qui lui arrive. Je me confonds en excuses auprès du serveur qui assiste à la scène.

— Emma, attends ! Attends !

Je la rattrape :

— Tu vas enfin me dire ce qu'il se passe s'il te plaît ?

À travers des larmes de rage, elle parle enfin :

— Il ne peut pas me faire ça !

— De quoi parles-tu ?

— Il a manipulé Thomas. J'en suis convaincue maintenant ! Il tenait des propos d'adulte qu'il a appris par cœur.

J'avais tristement raison. C'est pathétique. Je demande à Emma de tout me raconter en détail. À ses mots, je reste, à mon tour, sans voix.

Emma veut rentrer à la maison. Elle n'a pas la force de retourner au bureau. Elle tremble tant ses nerfs sont à vif :

— Je ferai tout, tu m'entends, je ferai tout pour récupérer mon fils. Je ne laisserai pas mon ex me pourrir la vie plus longtemps.

Ses sanglots me déchirent le cœur. La souffrance d'une mère a quelque chose de fascinant, car on peut y entrevoir le début d'une rébellion, y déceler une force redoutable. Quand on arrive chez nous, elle annule tous ses rendez-vous de l'après-midi. Un instant, je songe à faire de même pour rester auprès d'elle, mais je reviens vite à la raison. Je peine déjà à suivre le rythme, je ne peux m'autoriser une absence au travail.

Je traverse la Seine et arrive à l'agence de production vers 13 h 40. Toute l'équipe est encore en pause déjeuner à l'extérieur. Je m'installe à mon poste et bascule la tête en arrière sur le dossier du fauteuil. Je contemple le plafond et respire un grand coup. Je sais que nous sommes au tout début d'une longue bataille et je ne peux pas rester sans rien faire. Si Emma veut se battre, il lui faut un très bon avocat. Je me redresse et recherche sur mon ordinateur un conseil spécialisé dans le droit de la famille. Plusieurs pages de résultats, comment choisir ?

Je ne m'étais pas rendu compte que Marc était revenu. Il m'interrompt :

— Élodie, il n'est même pas 14 heures et t'es déjà là ?

Je referme la page Internet en une seconde.

— T'es sûre que tout va bien ? ajoute-t-il.

— Non, ça ne va pas vraiment…

— Un souci ?… Ça ne me regarde pas, mais si tu as besoin de parler, je suis là.

Ma gorge se noue quand je prononce « merci ».

— OK, je vois. Allez, viens, on va prendre un café et discuter un peu.

Je le suis dans son bureau. Il se débarrasse de ses affaires, tandis que je lui fais part de ce que nous traversons. Il est très compréhensif. Quand j'évoque l'idée de trouver un avocat qualifié, il me dit qu'il a peut-être la solution. Il attrape son portable laissé dans sa veste et appelle Véronique, son épouse :

— Élodie, mon assistante, a besoin de tes contacts.

À l'autre bout du fil, j'entends sa femme répondre :

— Elle est avec toi ?

— Oui.

— Passe-la-moi.

Marc me tend l'appareil et sort pour nous laisser seules. Tandis que je lui explique la situation, elle pense immédiatement à une de ses amies de promotion, maître Naomi Leroy-Iwasaki, qui maîtrise parfaitement les deux cultures et le système judiciaire japonais, et m'invite à la contacter de sa part. Je la remercie infiniment de son aide. Une fois l'appel terminé, Marc me propose de rentrer chez moi et de l'appeler si j'en ressens le besoin.

Mes rapports avec mon boss étaient jusqu'alors strictement professionnels. Nous avons beaucoup de respect l'un pour l'autre, mais jamais je n'avais partagé quelque chose d'aussi personnel avec lui. Son écoute et son aide me touchent beaucoup. Je rentre, dépose mes clés sur la console de l'entrée et trouve Emma au téléphone dans le salon. Elle pleure beaucoup. Je m'assois à côté d'elle et colle le Post-it avec le numéro de téléphone et l'e-mail de maître Leroy-Iwasaki sur la table basse. Quand elle le voit, elle se retourne vers moi, étonnée, et dit à sa sœur dans le combiné :

— Flo, je te rappelle.

*

Le rendez-vous est pris pour le samedi matin à l'hôtel Bristol. La jeune avocate nous attend, assise à une table de la cour intérieure. De nombreux dossiers rouges sont empilés sur le fauteuil à côté d'elle. Elle se lève pour nous accueillir, nous apprend qu'elle travaille souvent ici quand elle est de passage à Paris. Le cadre est reposant, isolé du tumulte parisien. Sa poignée de main est ferme, son regard pénétrant. C'est une très belle femme eurasienne, la trentaine passée, grande et svelte. Ses longs cheveux noir de jais mettent en valeur le teint clair de son visage. Vêtue d'un tailleur gris anthracite et d'un chemisier rose pâle, elle dégage une prestance intimidante.

Avant de rentrer dans le vif du sujet, elle se présente. Elle vit à Tokyo et travaille sur des cas de familles franco-japonaises. Dès les premiers échanges, je la trouve sympathique et professionnelle. Elle demande à Emma de lui raconter les événements dans les moindres détails afin de se faire une idée du dossier. Emma expose sa rencontre avec Issey, la naissance de Tom à Paris, leur départ pour le Japon, leur divorce cinq plus tard, l'accord entre eux et bien évidemment la dernière discussion au téléphone qui a tout fait basculer.

— Avez-vous toujours un contact régulier avec votre fils ? demande maître Leroy-Iwasaki.

Emma avoue que depuis deux semaines le dialogue s'est quelque peu distendu.

— J'ai de plus en plus de mal à l'avoir au téléphone et, quand c'est le cas, ça ne dure pas plus de cinq minutes. Je suspecte également que mon ex-mari épie nos appels.

Cette information inquiète particulièrement l'avocate qui comprend que l'enfant n'est sans doute pas libre de ses choix :

— Je vous propose une première médiation dans un mois et demi à Kyoto. Il faut ouvrir le dialogue dans un espace neutre en posant des règles et voir comment ça évolue. S'il ne veut rien entendre, on passera à l'étape supérieure, affirme-t-elle.

*

Le dimanche 2 septembre au soir, Emma a pris l'avion pour Osaka. Après six semaines de préparation avec son avocate, la médiation est prévue jeudi, mais elle tient à arriver plus tôt pour renouer les liens avec son fils.

Je n'aime pas les fins de week-end et encore moins les passer seule. Depuis la naissance de Mila il y a neuf mois, c'est la toute première fois que nous sommes séparées. Je tais ce sentiment pour ne pas ajouter du stress à l'état déjà anxieux d'Emma. Elle est tellement à fleur de peau en ce moment…

Elle m'appelle le lendemain vers midi. Il est 19 heures pour elle. Le vol s'est bien passé, elle est en route pour Kyoto. Hasard du calendrier, elle me fait remarquer qu'aujourd'hui Thomas aurait dû faire sa rentrée scolaire à Paris.

Elle se présente le mardi en fin d'après-midi au domicile d'Issey. Alors qu'elle s'attendait à passer la journée avec son fils, elle apprend qu'elle ne peut le voir qu'en la présence de son ex-belle-mère et uniquement dans la maison familiale. Elle est sidérée. Et pourtant, afin de ne pas compromettre le rendez-vous dans deux jours, elle se plie aux règles imposées sans broncher. Chaque jour, après l'école, ils passent quelques heures ensemble. Les retrouvailles avec Tom se passent bien, même si l'adolescent est toujours aussi distant. Elle veut protéger son fils de leur conflit, dans l'espoir que les tensions s'apaisent d'ici la fin de semaine.

C'est le jour de la médiation. Emma doit me contacter d'une minute à l'autre. Je sors du métro à toute vitesse de peur de manquer son appel. Elle est arrivée avec maître Leroy-Iwasaki une heure à l'avance.

Maître Ohashi, le conseil d'Issey, s'est présenté, lui, dix minutes avant l'heure de rendez-vous. L'homme, d'une soixantaine d'années, est une pointure au Japon. Son palmarès est impressionnant, mais cela n'intimide pas notre avocate, pour qui l'accord signé est une pièce forte au dossier. Ne manque plus que le principal intéressé. Emma me relate la scène au téléphone :

— À quelques minutes de la médiation et ne voyant toujours pas Issey arriver, maître Ohashi a quitté la salle pour passer un appel. Il est revenu quelques instants plus tard en présentant ses plus plates excuses. « M. Kobayashi ne viendra pas. » C'est totalement incompréhensible et surtout inacceptable !

Mais attends, Élo, le cauchemar continue. Son avocat nous a annoncé que la médiation sera reportée à fin octobre ! Tu le crois ? Ce serait apparemment les seules disponibilités d'Issey… Il est plus intéressé par son business que par son propre fils !

Elle rentre déçue de ce premier voyage. Mila réclame toute son attention, mais son esprit semble être resté au Japon. Je m'efforce d'être présente, de lui apporter mon soutien et de lui changer les idées. Mais comment soulage-t-on la peine d'une mère à qui l'on interdit de retrouver son enfant ?

Chapitre 8

En cette fin du mois d'octobre, les feuilles des arbres ont déteint du vert au rouge ocre. Emmanuelle est repartie comme prévu la semaine passée dans l'espoir que, cette fois-ci, son ex-mari répondra à la convocation. En son absence, mes journées sont toujours plus intenses. Crèche, bureau, courses, bain, dîner, lessives et repassage devant la télévision. Je ne suis pas sûre de tenir cette cadence encore bien longtemps. Je me demande comment font toutes ces femmes qui s'occupent à temps plein de leurs enfants…

*

Nous rentrons d'un rendez-vous avec Marc vers 15 heures ce jeudi après-midi. Dans le couloir, je croise Hugo, notre stagiaire, qui m'arrête :

— T'as reçu une lettre, je l'ai posée sur ton bureau.

Certainement encore une note de frais à vérifier et à transmettre à la compta. Tout ce que je déteste faire, ça me prend un temps fou à chaque fois. J'entre, retire ma veste en cuir et referme la porte derrière moi. Une enveloppe A5, argentée, est posée en évidence sur le clavier de mon ordinateur. Le format et la couleur ont été choisis, j'en suis sûre, pour attirer mon attention. Quand je la retourne, l'écriture m'est familière. Je sais que, dans quelques secondes, ce courrier va remuer des choses en moi. Je l'ouvre lentement, comme pour retarder ce moment. À l'intérieur, plusieurs feuilles de papier blanc irisé où je lis mon prénom dans les premières lignes.

Chère Élodie,

J'ai essayé de te contacter il y a quelques mois sur les réseaux sociaux, mais mon message n'a pas été lu. T'envoyer cette lettre au travail est le seul moyen que j'aie trouvé pour que tu puisses me lire.

Je n'arrive pas à t'oublier. Durant toutes ces années, j'ai pensé à toi, à ce que tu étais devenue, à ce que nous aurions vécu si nous avions été ensemble… Lorsque je t'ai aperçue chez le fleuriste, à la veille de ton mariage, l'an dernier, c'est comme si je tombais une nouvelle fois amoureuse de toi. J'ai eu le déclic quand j'ai su que tu allais être liée à une autre femme. J'ai compris alors que j'étais passée à côté de ma vie et qu'il fallait que j'arrête de me mentir.

Après notre rupture, pour tenter de t'oublier, je me suis recentrée sur ma famille, j'ai fait en sorte que l'on déménage en Gironde, à 300 km de là où sont enterrés tous nos souvenirs. J'ai depuis changé de travail et coupé le lien avec les amis que nous avions en commun. Je me suis mariée l'été suivant, pensant que c'était la meilleure chose à faire. Aujourd'hui, les enfants ont grandi et je comprends combien je me suis oubliée en tant que femme. J'ai enfin pris une décision importante, je suis en instance de divorce. Je veux désormais être en harmonie avec moi-même. J'ai longtemps voulu donner l'image de quelqu'un qui a réussi sa vie. C'était important pour moi que l'on me voie comme une épouse parfaite. Comme tu le sais, on m'a appris à ne pas faire de vagues. J'ai joué ce rôle à la perfection, même si au fond j'en étais terriblement malheureuse.

Quand nous sommes tombées dans les bras l'une de l'autre, j'ai pris peur, je ne voulais pas que l'on me colle une étiquette de « lesbienne ».

Je ne me suis jamais définie comme une femme qui aime les femmes. D'ailleurs, aucune autre ne m'a attirée. C'était toi et ça restera toujours toi. C'est comme ça, ça ne s'explique pas. Je suis tombée amoureuse de ta personne, de ton sens de l'humour, de ta repartie, de ton optimisme à toute épreuve, de ta facilité à t'émerveiller d'un rien et de ta capacité à rebondir chaque fois que la vie te joue des tours…

Je suis retombée, il y a quelques semaines, sur le manuscrit « Juste une fois pour essayer », que tu avais écrit sur nous et que tu m'avais envoyé avant ton départ. Jusqu'ici, je n'arrivais pas à la lire, j'avais peur de me replonger dans cette histoire dont je connaissais déjà le dénouement. Ton texte m'a bouleversée… À travers tes mots, j'ai compris comment tu avais vécu notre relation et tout ce que tu as enduré à cause de moi et j'en suis profondément désolée… Je sais que ça peut paraître con, mais j'avais peur de ce que l'on aurait dit de moi si j'avais tout plaqué pour te suivre. Je n'étais pas prête et je le regrette aujourd'hui. C'est tout moi, je ne sais pas garder les belles choses.

Si je pouvais refaire ce chemin, je ferais tout différemment. Sache que je resterai à distance si c'est ce que tu veux. Je ne te cache pas que j'aimerais reprendre contact avec toi et avoir de tes nouvelles.

Je te laisse mon numéro de téléphone.

Je t'embrasse.

Sara

Je suis abasourdie. Ces mots, je les ai tant rêvés. Longtemps après notre séparation, j'ai continué d'espérer sans relâche. J'ai imaginé cette scène des milliers de fois. La même lettre, quelques années plus tôt, aurait fait basculer ma vie, tant mon amour pour cette femme était puissant. Mais elle arrive trop tard… J'en ressens presque de l'amertume. Il m'a fallu des années pour m'en remettre. Je ne peux pas laisser Sara abîmer mon bonheur. Quand Marc frappe à la porte, je glisse en vitesse la lettre dans l'un des tiroirs de mon bureau.

Une heure et demie plus tard, je quitte l'agence, passe acheter des couches à la supérette du coin, puis récupère Mila pour enfin me rendre chez le pédiatre. À 9 mois, elle est en pleine forme. Curieuse de tout et avec cette furieuse envie, déjà, de se mettre debout sur ses petites jambes. On rentre à la maison vers 19 heures. Fatiguée, elle chouine beaucoup. Je me dépêche de la faire dîner et de la mettre au lit.

Il est 21 h 30 quand je me pose enfin sur le canapé. J'apprécie le calme de ce début de soirée. Je me retrouve seule, en tête à tête avec moi-même.

Je pense à ma femme qui, à l'autre bout du monde, mène son combat avec force et conviction. J'ai tenté de la joindre en visio cet après-midi avant qu'elle n'aille se coucher, mais impossible de l'avoir. Nous avons seulement échangé quelques SMS. Elle a vu Tom ce midi, en présence d'Issey cette fois-ci.

> Il impose ses propres règles, c'est complètement illégal, mais qu'est-ce que je peux faire ? Mon avocate me demande de ne surtout pas lui rentrer dans le lard, car il pourrait me faire faux bond une deuxième fois ! Je te jure, je pourrais le baffer !

À la lecture de son message, je ressens de la haine, je ne supporte pas l'injustice. Franchement, de quoi a-t-il peur ? Qu'elle le kidnappe ? Ça devient du grand n'importe quoi.

Et puis, il y a cette fichue lettre qui vient hanter mes pensées… J'aurais dû ressentir de l'indifférence et, pourtant, il n'en est rien. Les mots de Sara m'ont touchée. J'appelle Alix, celle qui connaît notre histoire dans les moindres détails.

— C'est moi… je te dérange ?

— Coucou, ma biche, non du tout, ça va ?

— Ça pourrait aller mieux. Faut que je te parle d'un truc.

— Ouh là là, tu m'inquiètes ! Dis-moi, je t'écoute.

— J'ai reçu une lettre de Sara.

— Quoi ? Mais, non, tu me fais une blague, là ?

— Non, non, je t'assure. Elle m'a envoyé un courrier au bureau. Je ne fais qu'y penser. Elle m'écrit m'aimer toujours, qu'elle s'en veut d'être passée à côté de notre histoire, qu'aujourd'hui elle est prête à assumer son amour pour moi…

— Wahou ! C'est pas son genre pourtant de déballer ce qu'elle a sur le cœur, ça m'étonne.

— C'est justement ça, le souci. Pour une fois, je la sens vraiment sincère et je n'y suis pas insensible. Je ne comprends pas pourquoi tout ça me déstabilise autant… Mais ça ne change rien pour Emma, je l'aime de toutes mes forces.

— C'est normal que ça te travaille, ce que t'as vécu avec Sara était super fusionnel. Et puis, un grand amour, ça ne s'oublie pas ! Tant pis pour elle, elle n'avait qu'à y penser avant ! Ne me dis pas que tu vas lui répondre ?

— J'y ai pensé, mais maintenant je ne sais plus, je suis complètement paumée. Putain, je croyais cette histoire morte et enterrée, et la vie la remet sur mon chemin. Mais je pense surtout que je n'ai pas le moral ce soir… Emma est loin, je me sens seule, tu vois, et du coup, je cogite beaucoup.

— Élo, oublie cette lettre et ressaisis-toi. Concentre-toi sur les gens qui t'aiment, pas sur des fantômes qui reviennent comme par enchantement.

— Je sais… Tu as raison.

— Allez, plus que cinq jours à attendre ! Tu comptes lui en parler ?

— Oui… je préfère être honnête avec elle.

Les paroles d'Alix m'apaisent, je raccroche plus sereine. Même si Sara fait partie de moi pour toujours, je ne dois pas reprendre contact avec elle. Je dois laisser le passé au passé.

Il est 22 heures, je regagne mon lit et serre fort contre moi l'oreiller d'Emma.

*

Samedi matin, je dors d'un sommeil profond quand, d'un coup, le bruit de la serrure me fait sursauter. Mon réveil affiche 6 h 51, il fait nuit noire en ce mois d'automne. Je commence à m'affoler, quelqu'un essaie de rentrer chez moi. J'allume la lampe de chevet, peu rassurée, et accours vers le salon pour vérifier ce qu'il s'y passe. Je n'arrive pas à le croire, Emma est devant moi. Elle est rentrée un jour plus tôt de Kyoto pour me faire la surprise ! Je me jette dans ses bras :

— Tu m'as fait une de ces peurs, je ne m'attendais pas à te voir. Qu'est-ce que tu m'as manqué !

— Toi aussi, mon amour ! J'ai pu changer mon vol à la dernière minute.

Elle pose sa valise dans le vestibule, retire son manteau et m'embrasse fougueusement. Je propose de lui préparer un petit déjeuner, ce qu'elle décline par un « plus tard ».

Elle me fait signe de la suivre jusqu'à la chambre. Elle se déshabille entièrement et se glisse entre les draps plissés de ma nuit. Elle est si belle. Allongées l'une contre l'autre, on s'embrasse longuement avant qu'Emma ne bascule sur moi. Elle retire mon shorty et mon débardeur. Sa peau contre la mienne est d'une chaleur inédite et réconfortante. Ses gestes sont tendres, son regard amoureux, je succombe littéralement. Elle retient mes poignets au-dessus de ma tête et continue à m'embrasser. Sa langue quitte mes lèvres et glisse jusqu'à mon oreille où Emma me murmure :

— C'est bon de te retrouver.

Je ferme les yeux, respire son odeur et m'offre entièrement à elle. Ses mains libèrent les miennes, descendent le long de mes bras, façonnent le galbe de mes seins et s'engouffrent entre mes cuisses, tel le sculpteur polissant la pierre pour lui donner forme. Elle tisse du bout des doigts une symphonie de sens qui accélère mon rythme cardiaque. Son index et son majeur glissent en moi dans de longs va-et-vient et m'arrachent un premier gémissement. Emma devient folle, elle aime quand je lâche prise. Tandis qu'elle est plongée entre mes jambes, j'ensevelis mes mains dans ses cheveux et presse son visage contre mon sexe, qui la réclame. Sa langue brûlante me pénètre tandis que son pouce, par de légères pressions, tourne sur mon bouton rose. Je ferme les yeux et me retire dans un monde de plaisir où tout est permis. Des flashs crépitent sous mes paupières avant que l'orgasme me gagne. Je pousse un râle si intense qu'Emma me rappelle à l'ordre :

— Doucement, la petite dort à côté.

J'en rigole.

Alors que je reviens à moi, elle remonte le long de mon corps pour venir m'embrasser. Je l'enlace, lui caresse le dos, la taille, jusqu'à attraper ses petits seins fermes qui pointent immédiatement sous l'effet de l'excitation. Ma femme attrape l'un de ses sex-toys rangés dans le tiroir de la table de nuit. D'une voix envoûtante, elle me souffle :

— Vas-y, amuse-toi, je suis tout à toi.

Je lui demande de se mettre à quatre pattes sur le matelas. Ma tête entre ses jambes, j'embrasse ses cuisses tout en la pénétrant avec son vibromasseur. J'accélère la cadence tandis que ma langue s'invite au bal et fait tournoyer son clitoris durci. Son bassin se cambre, ses mollets tremblent. J'enclenche une vibration plus forte et, en quelques secondes, elle jouit longuement avant de s'écrouler de plaisir à côté de moi, à bout de forces.

Je reste blottie dans ses bras jusqu'à ce que Mila m'appelle de sa chambre :

— Mama !

À dix mois, elle prononce depuis peu ses premiers mots. Emmanuelle, tout sourires, se lève rapidement et court la chercher dans son lit, heureuse de la retrouver après douze jours d'absence.

Au petit déjeuner, ma femme me raconte en détail son voyage, ses rendez-vous avec maître Leroy-Iwasaki ainsi que la médiation de jeudi. Issey a poussé le bouchon encore plus loin. Non seulement il refuse toujours que Tom soit domicilié en France, mais il lui a lancé, dans une ultime provocation : « Tu n'as qu'à renoncer à tes droits parentaux, comme ça le problème sera réglé ! » Résultat des courses, Emmanuelle se voit obligée d'y retourner du 26 au 31 décembre dans le cadre d'une nouvelle négociation.

— Tu ne vas quand même pas nous lâcher pour les fêtes ?

— Mais non, je te promets que nous passerons Noël et le réveillon du nouvel an ensemble.

— T'exagères ! Pour une fois qu'on est en congé en même temps…

— Si je peux réduire le séjour, je te promets, je le ferai.

— OK… J'ai moi aussi un truc à te dire, j'ai reçu un courrier de mon ex cette semaine… Comme je n'ai rien à cacher, je préfère que tu le saches.

Emma fronce les sourcils :

— Ton ex ? Sara ?

— Oui. Elle m'a écrit avoir encore des sentiments pour moi. Mais je te rassure, c'est du passé ! Je vais lui répondre qu'elle a bien fait de me quitter, car je ne t'aurais jamais rencontrée.

Alors que je m'avance pour la prendre par la taille, elle pose ses mains sur les miennes et m'arrête :

— Euh, j'espère que tu n'as pas l'intention de lui écrire ? Et puis… je ne comprends pas pourquoi tu me parles de ça ?

— Je… je ne sais pas, pour que tu sois au courant.

— Attends, je rentre à peine et tu m'annonces ça, comment veux-tu que je le prenne ?

— Je voulais juste être transparente avec toi. Je m'en fiche de sa lettre !

— Tu te moques de moi ? L'histoire que tu as eue avec cette fille a toujours été un sujet tabou entre nous. Dès qu'on évoque son prénom, tu te braques, tu fuis le sujet et, là, tu reçois une lettre de sa part et tu m'en parles. Excuse-moi, mais c'est un peu surprenant…

— J'aurais dû faire quoi ? Ne rien te dire ?

Elle prend un air détaché.

— Ça n'aurait pas été la première fois…

Je reste sans voix tant sa réaction m'étonne, tandis qu'elle poursuit :

— Oui, oui, comme le lendemain de notre mariage…

Oh merde ! Elle sait pour les fleurs ! Comment est-elle au courant ? Je me décompose et me raccroche aux branches :

— De quoi parles-tu ?

— Des roses qu'elle t'a fait livrer et qui ont fini dans la voiture d'Alix…

— Emma, j'ai fait ça pour te protéger. Je t'aime plus que tout, je ne pensais pas à mal. Ce n'était juste pas le jour, pas le moment, et son cadeau n'avait aucune importance, je te le jure.

— Peut-être, mais je pensais que nous n'avions aucun secret. J'ai trouvé bizarre qu'Alix reparte avec nos fleurs et puis j'ai vu la carte qu'elle a jetée dans la poubelle du parking. J'attendais que tu m'en parles, mais tu ne l'as pas fait.

Elle a raison. Quoi qu'il arrive dans la vie, la vérité finit toujours par éclater au grand jour.

L'ambiance s'est refroidie entre nous. Je laisse Emmanuelle se reposer de son décalage horaire. Je la sens déçue. Je m'en veux de lui avoir caché l'existence du bouquet. Je ne m'attendais pas à ce retour de bâton. Et le pire dans tout ça, c'est que je n'ai pas eu le cran de lui avouer que nous nous étions croisées, Sara et moi, deux jours avant la cérémonie. Je me sens minable.

*

Plus les jours passent et plus Emmanuelle s'éloigne de moi. Deux semaines qu'elle est rentrée et elle est toujours autant absorbée par sa bataille juridique. Je fais pourtant de mon mieux pour lui rendre la vie facile, afin qu'elle puisse se consacrer pleinement au retour de son fils. J'ai fait une croix sur mes loisirs, l'écriture, les dîners entre amis et les sorties au cinéma que nous avions l'habitude de faire, Ashley et moi, les mardis soir. D'ailleurs on ne s'est pas revues depuis la Fête de la musique, il y a quatre mois. Parfois, je me demande si Emma est consciente de tout ce que je sacrifie pour elle.

Nos moments à deux me manquent. Ce soir, j'ai décidé de l'emmener dîner. Cela fait si longtemps que l'on n'a pas passé une soirée en amoureuses. Florence, ravie, vient garder la petite : « Ça me fera du bien de voir ma nièce ! » J'ai donc réservé une table dans un restaurant gastronomique du quartier devant lequel je passe souvent pour aller au boulot. Je me suis faite jolie pour elle – j'ai enfilé une petite robe noire cintrée à manches longues et à col large, mettant en évidence le médaillon en or qu'elle m'a offert pour la Saint-Valentin.

Le chef de rang nous fait signe de le suivre. Je complimente Emma, elle est ravissante, mais elle est ailleurs, fixée sur son téléphone. Je lui demande s'il est possible de faire une trêve et d'enfin se retrouver. Elle termine son SMS.

— Désolée, mon cœur, c'est bon, maintenant, je suis tout à toi. C'était maître Leroy-Iwasaki qui me demande de retourner à Kyoto le 21 novembre.

— Hein ? Mais c'est dans huit jours ! Je pensais que le rendez-vous avait lieu en décembre !

— Je sais bien, mais elle a pu avancer la date. Issey a déjà donné son aval. Nous sommes en bonne voie pour enfin obtenir un accord ! C'est une jolie nouvelle, non ?

— Attends, Emma, tu as déjà accepté d'y aller ?

— Oui, à l'instant, pourquoi ?

— Tu aurais pu m'en parler avant, quand même, non ? Tu viens de rentrer. Ça fait un peu beaucoup !

— Élo, je ne comprends pas ta réaction. Je pensais que tu serais heureuse pour moi…

— Je le suis, ce n'est pas la question. Je te soutiens à 100 %, mais tout cela se discute ensemble. Tes départs à la dernière minute impactent forcément notre quotidien. J'ai parfois l'impression de passer au second plan. Et puis, je n'ai absolument pas confiance en ton ex-mari. Comment peux-tu être sûre qu'il se pointera cette fois-ci ? Et s'il te plante encore ?

— Il ne me plantera pas ! De toute façon, j'ai besoin de revoir Tom.

Après un silence, elle poursuit :

— Je sais que ce n'est pas évident pour toi et j'en suis désolée. Je ne savais pas que tu souffrais autant de la situation… Je te promets que, bientôt, nous reprendrons une vie normale. Encore quelques semaines et tout sera réglé. On va prendre le temps de se retrouver après ça. N'oublie jamais que je t'aime.

Le dîner s'achève vers 22 h 45, nous rentrons à pied par le pont des Arts où nous nous arrêtons un instant pour contempler Paris de nuit quand la sonnerie du téléphone d'Emma vient une nouvelle fois briser le silence. Elle décroche. À mon regard agacé, elle précise :

— Désolée, mais c'est Florence.

Au bout du fil, des sons inaudibles. Emma s'inquiète :

— Florence ? Allô ? Florence ?

Il semble que l'appel ait été passé par erreur. Quand tout à coup survient un bruit sourd, comme si quelque chose était tombé au sol. Emma se tourne vers moi et me dit :

— Il se passe quelque chose d'anormal. Rentrons vite à la maison !

Chapitre 9

Emmanuelle glisse sa clé dans le barillet de la porte, mais il lui est impossible de la faire pivoter. Elle soupire :

— À tous les coups, Florence a dû laisser la sienne dans la serrure.

Je frappe trois coups secs pour tenter d'obtenir une réaction, en vain. Je frappe de nouveau, de façon plus affirmée cette fois-ci. Un silence inquiétant nous répond.

— Flo, ouvre ! Flo !

Rien n'y fait. Emma tente de la joindre sur son portable. Là encore, pas de réponse. Elle compose le numéro du fixe que l'on entend sonner de l'extérieur. Je fais une nouvelle tentative :

— Flo !

La vieille voisine de palier, préoccupée par tout ce boucan, sort en robe de chambre. Emma lui explique la situation.

— Voulez-vous que je prévienne les pompiers ?

— Non, merci, madame Delcourt, nous allons gérer ça. Désolée pour le dérangement, lui rétorque-t-elle d'un ton calme, malgré les événements.

C'est dans sa nature de garder la tête froide. Ce que j'ai plus de mal à faire. Excédée, je donne un coup de pied dans la porte :

— Mais qu'est-ce qu'elle fout !

— Chut, j'entends du bruit, murmure Emma, tandis que Florence lance :

— J'arrive, j'arrive…

Deux tours de clé et la porte s'ouvre enfin. Son visage blafard est marqué par le sommeil. D'une main maladroite, elle tente de rattacher ses cheveux en bataille.

— Mais… euh, vous êtes déjà rentrées ? dit-elle d'une voix plus rauque que d'habitude.

— Ça fait déjà vingt minutes que l'on essaie de te joindre ! lance Emma, hors d'elle.

Je me faufile entre les deux sœurs et pars en direction de la chambre de Mila. Je n'ai qu'une idée en tête, m'assurer qu'elle va bien. Dans le salon, le ton monte. Cela réveille la petite. Elle est en pleurs. Je la berce dans mes bras avant de la recoucher. Sur les murs, la veilleuse projette des milliers de papillons jaunes, roses et bleus qui tournoient autour d'elle. Après m'être assurée qu'elle s'est rendormie, je les rejoins, furieuse, pour leur demander d'arrêter ce vacarme immédiatement :

— Ça suffit maintenant ! Vous baissez d'un ton !

Emma, une bouteille vide à la main, s'adresse à moi :

— Voilà ce que fait ma sœur quand elle garde Mila !

— Tu t'es descendu le sauvignon ? dis-je, prenant à partie Florence.

— Mais non, pas du tout, il était déjà bien entamé, me répond-elle avec des difficultés d'élocution.

— Flo, je l'ai acheté ce matin, et nous n'y avons pas touché !

Elle marmonne des mots que je ne comprends pas, ce qui énerve encore plus Emma :

— On te confie Mila trois heures, et tu te bourres la gueule, putain ! Tu te rends compte que c'est grave ?

— Emma, calme-toi, ça ne sert à rien, tu vois bien qu'elle n'est pas en état d'avoir une discussion. On en reparlera demain matin, à tête reposée.

Puis j'ajoute, en me tournant vers Florence :

— Et j'ai hâte d'avoir une explication !

Emma attrape son portable :

— Je préviens Bruno que tu vas rester cette nuit. Pas question de te laisser rentrer chez toi comme ça.

J'attrape des draps propres dans l'armoire de la chambre et prépare son couchage. Emma jette une aspirine dans un grand verre d'eau et le tend à sa sœur :

— Je crois que tu vas en avoir besoin.

*

Je dors très mal. Je rejoins ma belle-sœur dans le salon vers 5 heures. Elle est affalée sur le canapé.

— Alors ? Comment tu te sens ?

Elle fond en larmes.

— Je suis désolée, si tu savais. J'ai merdé…

— C'est le moins que l'on puisse dire. Mais qu'est-ce qui t'a pris ? Je t'en veux parce qu'on te faisait confiance. T'imagines si quelque chose de grave était arrivé ?

Elle répond par des sanglots en répétant ses excuses en boucle. La seule explication qu'elle donne est de ne s'être pas rendu compte d'avoir bu autant. J'ai du mal à comprendre. Une demi-heure plus tard, Emma se réveille. Silencieuse, elle se fait un café et s'installe à l'écart, au bar de la cuisine, quand d'un coup elle prononce :

— Alors, tu m'expliques ?

La question met encore plus à mal Florence qui s'effondre un peu plus. Je m'assois près d'elle.

— Ton histoire ne tient pas. Ça ne te ressemble pas. Tu vas nous dire ce qu'il se passe ?

Florence frotte ses yeux rougis, avant de répondre :

— J'ai perdu mon job, il y a trois semaines. Mon préavis se termine dans un peu plus d'un mois. Ça a été très violent, je n'arrive pas à faire face.

Florence est comptable dans la même entreprise depuis quinze ans. Jamais je n'aurais imaginé que son emploi puisse être menacé.

— Mais c'est qu'un job ! lui oppose Emma. Tu n'as pas à te rendre malade pour ça. Regarde le côté positif de ta vie. Tu as des enfants formidables et Bruno, un mari extra. Je suis convaincue qu'il te soutient…

— Ben c'est que… Je ne lui ai pas dit.

— Comment ça ? Il n'est pas au courant ? Mais tu comptes lui en parler quand ?

— Je ne sais pas. Je n'en ai pas la force. Et puis, ce n'est jamais le bon moment. Nous avons fait un gros emprunt pour réaliser des travaux dans la maison en avril dernier. On a beaucoup de mal à joindre les deux bouts.

Elle me fait de la peine. J'interviens :

— Et l'alcool, c'est arrivé comment ?

— Sans prévenir. Au début, c'était pour me détendre. Ça calmait mes angoisse. Mais, à présent, je ne gère plus… car la date de fin de contrat approche et tu comprends que…

Les larmes ne lui laissent pas le temps de finir sa phrase. Nous sommes médusées. Elle est toujours souriante, dynamique et prête à rendre service. Le pire, c'est qu'on la voit une à deux fois par semaine et que l'on n'a rien décelé. Comme quoi un éclat de rire n'est pas l'assurance d'un bien-être. Il y a tant de failles que le maquillage et le sourire dissimulent. Emma, qui s'en veut d'avoir délaissé sa grande sœur, prend conscience que son combat a pris toute la place et a mis à l'écart les gens qui l'entourent. Elle lui prend la main :

— Il faut que tu en parles à Bruno, sinon ça va te bouffer encore plus.

— Je le ferai après avoir passé les entretiens prévus cette semaine, dit-elle en hochant la tête. Je voudrais pouvoir lui annoncer une bonne nouvelle pour compenser la mauvaise. Jurez-moi de ne rien lui dire pour l'instant… S'il vous plaît, les filles.

On se regarde, Emma et moi, avant de faire la promesse de garder son secret.

*

21 novembre.

C'est un dimanche orageux aussi bien dehors que dans ma tête. J'ai toujours autant de mal à accepter ce voyage précipité. Dans quelques heures, Emmanuelle s'envolera vers le Japon pour la troisième fois. La nouvelle médiation aura lieu mardi. Elle attend ce moment avec impatience. Pourvu qu'Issey s'y présente ! Je veux être optimiste, mais je n'arrive pas à lui faire confiance. Il sait que celui qui maîtrise le temps a l'ascendant sur ses adversaires. C'est une règle d'or dans le business.

Alors qu'Emma rassemble ses affaires de toilette dans la salle de bains, j'en profite pour glisser un petit mot d'amour qu'elle découvrira à l'aéroport en présentant son passeport. Elle doit arriver demain à 8 h 55, heure locale, et partir directement à la villa, passer quelques heures avec Tom avant de regagner son hôtel en fin de journée. Leur relation s'est légèrement améliorée ces dernières semaines.

Sa valise presque terminée, je fais remarquer à Emma qu'elle n'emporte que des tenues habillées.

— Prévois quand même des choses un peu plus décontractées, ne serait-ce que pour l'avion, non ?

— Je ne pars pas en vacances, me répond-elle avec un clin d'œil.

Elle finit son café, attrape son paquet de clopes et le chargeur de son téléphone avant d'enfiler son manteau. Elle s'approche pour nous dire au revoir. Mila, blottie contre moi, lui sourit sans comprendre que sa mère part, de nouveau, pour sept jours. Emmanuelle lui tend les bras et l'attrape pour la câliner. Il me tarde que tout cela prenne fin et que notre fille puisse passer plus de temps avec son autre maman. Emma me serre, à mon tour, très fort, m'embrasse et tente de me rassurer :

— Allez, ne t'inquiète pas, mon cœur, ça va passer vite. Je t'écris quand j'atterris, ce sera vers 1 heure du matin pour toi, ça ira ? Je t'aime.

J'ai l'impression que pour elle c'est facile de partir à l'autre bout du monde, en nous laissant seules. Sur ce point, nous sommes si différentes : elle pourrait passer des jours entiers sans m'appeler, alors que je suis tout son contraire, j'ai tant besoin de l'entendre.

À 13 h 45, elle quitte l'appartement. Je me précipite avec Mila pour lui faire coucou depuis la fenêtre du salon, mais elle ne nous voit pas. Parapluie à la main, elle s'engouffre dans son taxi. Je regarde ma fille :

— Maman revient bientôt ! Allez viens mon p'tit chat, c'est l'heure de la sieste.

Encore en jogging, je n'ai envie de rien. Je me fais un chocolat chaud, m'affale sur le canapé et zappe les chaînes TV les unes après les autres. Le néant. Si un programme était intéressant le dimanche après-midi, ça se saurait ! Je surfe sur les réseaux sociaux, réponds à quelques messages puis commande en ligne la robe pour le premier anniversaire de Mila. Je regarde par la fenêtre la pluie battante entrer en scène dans ce décor d'un Paris gris et nuageux… Sentant que l'après-midi va être long, j'appelle Ashley. On passe une heure ensemble sur FaceTime. Elle lit sur mon visage que ça n'est pas la grande forme et me propose de se voir mercredi prochain pour un après-midi shopping entre copines. « Ça te changera les idées ! » C'est exactement ce qu'il me faut. Sortir et m'occuper l'esprit. Et puis, ça ne peut pas mieux tomber, j'ai posé trois jours pour profiter de Mila qui, exceptionnellement, n'ira pas à la crèche.

*

J'ai beau focaliser toute mon énergie et toute mon attention sur ma fille, l'absence d'Emma m'est toujours aussi pesante. Je n'arrête pas de lui envoyer des messages auxquels elle répond souvent plusieurs heures après. Nous vivons un amour avec sept heures de décalage horaire. Pourtant je fais tout mon possible pour m'adapter à son emploi du temps. D'habitude, elle m'envoie des photos de sa journée ou de Tom. Elle me dit qu'elle est très prise par la médiation et qu'elle n'a le temps de rien. Je sais que je lui demande beaucoup d'attention car la peur de l'abandon ne me quitte jamais.

Depuis qu'Emma est partie, Mila fait beaucoup de cauchemars. Elle pleure en pleine nuit et réclame que je la rassure. Hier soir, elle s'est réveillée plusieurs fois. À force de mots tendres et de baisers, j'arrive à la rendormir mais, pour moi, c'est plus compliqué.

Vers 9 h 20, elle se réveille. Je la change, lui prépare son biberon et prends le temps de jouer avec elle sur le grand tapis du salon. Dans son coffre à jouets, j'ai retrouvé le petit ballon en mousse rose et violet que nous lui avions acheté l'été dernier. Je m'amuse à le lui lancer, quand, soudain, elle se dresse sur ses deux jambes, s'agrippe à la table basse et marche dans ma direction. Je n'y crois pas ! À 11 mois, ma fille vient de faire ses premiers pas ! Je la félicite, heureuse d'être témoin de ce moment privilégié. J'ai toujours eu la crainte qu'elle les fasse à la crèche sans que je puisse être là pour la voir. J'appelle immédiatement Emma en vidéo, mais ça sonne dans le vide. Je réitère mon appel deux autres fois, sans succès. Je lui envoie un message WhatsApp :

> Mon amour, Mila marche ! Ça y est !!! J'ai fait une vidéo, je te l'envoie. Tu verras, elle se débrouille bien. J'ai essayé de t'appeler mais tu dois être occupée… Rappelle-moi. On t'aime fort !

Elle me répond deux heures plus tard :

Oh non ! J'ai manqué ça... Je suis dégoûtée, j'ai tellement hâte de rentrer. Je vous aime.

À 13 h 30, j'habille chaudement la petite et la mets dans la poussette pour rejoindre Ashley. Nous nous sommes donné rendez-vous devant les Galeries Lafayette. Elle arrive au loin emmitouflée dans une grande écharpe en laine et un chapeau en feutre marron sur la tête. Elle a ce côté *british*, à la Kate Middleton : grande, élancée, toujours très classe et, tout comme la duchesse de Cambridge, un large sourire sur les lèvres qui attire tous les regards. Elle me fait signe de l'autre côté du boulevard Haussmann avant de traverser pour nous rejoindre. On se fait une accolade pour se dire bonjour, avant qu'elle se penche sur la poussette

— *Oh my God*, comme t'as grandi ! T'es trop belle ! Viens, *my baby doll*, on va voir les animations.

Des scènes féeriques ont investi les vitrines du grand magasin. Des oursons en peluche fabriquent des jouets pour les enfants, des lapins tissent le large costume rouge de l'homme à la barbe blanche le plus célèbre du monde. La magie de Noël anime les animaux comme par enchantement. À l'intérieur des Galeries, la foule est toujours aussi épaisse et bruyante à un mois du 25 décembre. Sous l'immense coupole se dresse un majestueux sapin décoré de mille lumières et orné de paquets cadeaux de toutes les couleurs.

Après avoir fait chauffer la carte bleue, nous nous installons pour le goûter, au calme, dans une brasserie à deux pas. Je sors une compote pour Mila pendant qu'Ashley nous commande des cafés. On prend enfin le temps de se parler. Elle songe sérieusement à ouvrir son agence immobilière et à se mettre à son compte. Il y a longtemps que ça lui trotte dans la tête, mais ça ne sera pas avant l'année prochaine.

— Mais, avec Scott, vous n'aviez pas des envies de bébé ?

— Si bien sûr, mais d'abord l'agence et après on verra. J'ai que 33 ans, j'ai encore un peu de temps devant moi.

Il est 17 h 40, la nuit tombe déjà sur Paris en cette fin novembre. Les décorations de Noël illuminent les Grands Boulevards. Il est temps de rentrer. Devant la station de métro, je me décide à lui parler d'une dernière chose :

— Au fait, j'ai reçu une lettre de Sara il y a quelques semaines, et j'en rêve souvent la nuit. Encore plus depuis qu'Emma est en déplacement. Je ne sais pas ce qui m'arrive ?

— Mais… ce sont des rêves… euh… coquins ?

— Absolument pas ! Mais elle est omniprésente. Et j'aimerais pouvoir vraiment me la sortir de la tête…

— Eh bien écris tes rêves, ça marche pour moi, ça peut t'aider à les effacer de l'inconscient.

— C'est une bonne idée, ça… Je vais le faire.

— Tu me diras… On se voit vite. Bon courage pour la reprise du boulot demain !

Elle embrasse Mila et s'engouffre dans le métro Chaussée-d'Antin-La Fayette. Je décide de rentrer à pied pour réfléchir à tout ça.

*

Le lendemain, j'arrive à l'agence vers 9 heures. Je ne suis partie que quelques jours mais déjà trois dossiers de préproduction sont empilés sur mon bureau. Tout juste le temps de me faire un thé et je m'y mets.

Alors que je me rends dans la salle de pause, Marc m'interpelle :

— Élodie, tu tombes bien. Il y a quelqu'un à l'accueil qui te demande.

Il arrive que de jeunes scénaristes se présentent à l'improviste en espérant être reçus et présenter leur projet de film. Après quatre ans à bosser ici, j'ai pris l'habitude de me méfier. Mais ce matin, étrangement, je ne pose aucune question et me rends directement dans le hall. Je fais le tour du comptoir et, là, c'est le choc. Assise dans l'entrée, joliment maquillée, les cheveux tirés en arrière et maintenus par une pince, vêtue d'une parka kaki à capuche, Sara m'attend. Mes jambes vacillent, je ne me sens pas très bien. Elle se lève dès qu'elle m'aperçoit. Je m'avance vers elle :

— Mais qu'est-ce que tu fais là ?

— Tu as quelques minutes à m'accorder, j'ai besoin de te parler.

— Ce n'est pas le bon moment… j'ai une tonne de boulot qui m'attend et en plus j'ai…

— Élo, juste quelques minutes… S'il te plaît ?

Je souffle un grand coup :

— Bon, d'accord, suis-moi.

On longe le couloir qui mène à mon bureau. C'est fou comme tout me revient en une fraction de seconde. Entendre le bruit de ses pas derrière moi me rappelle nos après-midi quand elle me suivait sur le passage à gué dans le Berry. C'était notre repère, notre endroit secret à l'abri du monde. De quoi veut-elle me parler ? De la lettre, assurément. Je ressens à la fois de l'appréhension et de l'agacement. Il faut un sacré culot pour se présenter ici. Dans ma tête, c'est la confusion des sentiments.

À hauteur de la porte de mon bureau, on croise Marc qui la dévisage. Je lis dans ses yeux qu'il essaie de savoir s'il la connaît car, forcément, si elle a rendez-vous à l'agence, c'est qu'elle travaille dans le milieu. Je vouvoie Sara pour faire croire à un entretien professionnel :

— Entrez, s'il vous plaît.

Je ferme immédiatement la porte derrière elle. Il ne faut pas que l'on nous dérange.

Sara pose son sac à main sur la chaise mais reste debout, face à moi. Elle me fixe intensément, cherchant à attirer mon regard. Mes yeux fuient les siens, non par gêne ni intimidation, mais parce qu'ils pourraient me trahir. Je ne sais pas encore ce qu'elle veut et préfère ménager mon émotivité. Elle prend la parole la première :

— Je suis désolée de débarquer comme ça, à l'improviste, mais j'avais besoin de savoir si tu avais bien reçu ma lettre.

— Tu as fait tout ce chemin juste pour me demander ça ?

— Oui… Comme je n'ai pas reçu de réponse, je voulais en avoir le cœur net. Savoir si elle s'était perdue ou si ton silence était volontaire…

— Si tu n'as pas eu de réponse, c'est qu'il y a une raison, non ? lui dis-je avec un semblant d'assurance.

— Élodie, s'il te plaît, regarde-moi quand je te parle. Dis-moi, est-ce que tu m'as vraiment oubliée ?

— Écoute, Sara, je suis très heureuse dans ma vie. J'ai une famille. Tu ne peux pas débouler comme ça du jour au lendemain pour me demander ça.

Sara s'approche un peu plus près, ce qui me met d'autant plus mal à l'aise. Son visage est à moins d'un mètre du mien :

— Élodie, tu ne réponds pas à ma question ! Est-ce que tu m'as oubliée ?

Je bafouille. Je suis comme paralysée. Elle s'avance d'un pas, sa main épouse ma nuque et, sans prévenir, elle m'embrasse. Étrangement, je me laisse faire. Alors qu'elle se retire, mes yeux croisent enfin les siens. Je me perds dans ses iris vert émeraude. Je ne sais pas ce qui m'arrive. Comme un phœnix renaissant de ses cendres, l'attraction m'entraîne vers elle. Comme deux a(i)mants séparés depuis bien trop longtemps. Le désir monte en moi sans que je puisse contrôler quoi que ce soit. Je la fixe avec envie et, dans un élan de folie, je me rapproche d'elle à mon tour. Si près, encore plus près, jusqu'à ce que nous ne fassions plus qu'une et que mes lèvres se posent sur les siennes… quand, soudain, je me réveille en sursaut.

Mon réveil affiche en rouge 3 h 11. Je suis en sueur, complètement perdue. Il me faut quelques minutes pour comprendre que je suis dans mon lit. Tout ça n'est qu'un mauvais rêve.

Je tremble en me rendant compte que mon inconscient a ouvert une porte que je pensais à jamais condamnée. Je me lève dans l'appartement plongé dans le noir, tâtonne jusqu'au vestibule et attrape dans le fond de mon sac mon carnet Moleskine. Il a toujours été le gardien de mes secrets, mon compagnon de route à qui je peux tout confier. Je m'assois au bar de la cuisine, allume la lumière timide de la hotte et griffonne mon rêve dans les moindres détails, sur les conseils d'Ashley.

Je noircis quatre pages mêlant incompréhension et culpabilité, avant de noter cette question dont je n'ai toujours pas la réponse :

Est-il possible de lutter contre son passé ?

Chapitre 10

La fin d'année est arrivée à une allure folle. Je me sens beaucoup mieux depuis qu'Emma est rentrée à la maison. Après de longues heures de médiation, maître Leroy-Iwasaki a su faire flancher l'homme d'affaires réputé inflexible. Tom pourra revenir en France dès janvier. Entre-temps, Emma a réussi à convaincre son fils de vivre avec nous. Je me souviens encore de l'appel de ma femme ce jour-là, elle était si heureuse au téléphone qu'elle en sautait de joie. Elle n'a rien lâché et s'est battue comme une lionne. Consciente qu'elle n'y serait pas arrivée sans l'aide précieuse de son avocate, elle lui a fait livrer un immense bouquet de fleurs pour la remercier.

J'ai l'espoir de retrouver enfin une vie un peu plus sereine. Quand on se lance dans une telle entreprise, il est normal d'être à cran, de ruminer constamment sa rancœur. J'ai vécu ça quotidiennement, étant aux premières loges du combat d'Emma. Dans tous les moments les plus inconfortables de nos vies, je veux croire qu'il y a toujours quelque chose à apprendre. Sinon à quoi sert de traverser les crises si l'on n'en tire aucun enseignement ? J'ai découvert en moi une force que je ne soupçonnais pas. Celle de pouvoir encourager, soutenir et accompagner ma femme à chaque instant. Ne pas fléchir, pour que celle que j'aime puisse se poser un instant sur mon épaule. L'amour, c'est ça aussi. Devenir le mur qui protège du vent, de la pluie et des tempêtes. Je suis un mur certes abîmé, craquelé, mais un mur toujours debout. Et c'est bien là l'essentiel.

La semaine passée, mes parents ont débarqué de la région lyonnaise pour le premier anniversaire de Mila. C'était vraiment génial de les accueillir à Paris, nous qui les voyons si peu. Ils sont à la retraite depuis quelques mois seulement. Moi qui pensais que nous pourrions nous retrouver plus souvent, les derniers événements ne nous ont pas permis de dégager du temps pour eux. Emma aime discuter de longues heures avec ma mère. Elles ont une passion commune, l'histoire de France. Elles se prêtent souvent des livres sur les têtes couronnées et connaissent sur le bout des doigts la biographie de Marie-Antoinette écrite par Stefan Zweig. Je regarde ça avec amusement, car il est si rare que le courant passe aussi bien entre belle-fille et beaux-parents. Je pense aux miens, avec qui nous serons la journée du 25, et j'appréhende.

*

Le 25 décembre, 6 h 49.

Nous avons attendu que Mila s'endorme, hier soir, pour discrètement déposer les cadeaux au pied du sapin. Alors que la nuit fait des heures supplémentaires en ce mois d'hiver, je me lève la première pour allumer toutes les guirlandes et quelques bougies disposées un peu partout dans le salon. Je veux que tout soit parfait, que la magie opère quand mes deux petites femmes se réveilleront.

Il y a bien longtemps que la neige ne s'invite plus à Noël. J'ai toujours été fascinée par ce manteau blanc qui recouvre la ville. Je me souviens, enfant, quand nous habitions à Nouméa, que j'attendais qu'elle tombe par enchantement. Je bois mon chocolat chaud devant la fenêtre du salon en scrutant le ciel. Qui sait, par chance, mon souhait pourrait se réaliser. Je remarque des silhouettes anonymes dans l'appartement d'en face. Je souris en pensant que je ne suis pas la seule à donner un coup de main au Père Noël, éreinté par sa tournée nocturne. Que ne ferions-nous pas pour nos enfants ? Avant la naissance de Mila, cette fête me laissait indifférente. Elle se résumait à un simple et bien trop long repas de famille. J'ai redécouvert l'esprit de Noël depuis que je suis maman. Je me remémore ces matins d'impatience et d'excitation, mon père qui cachait son visage sous une large barbe blanche. Dans une boîte en fer, j'ai quelques photos jaunies par le temps que je regarde souvent l'après-midi du 25. Je garde en héritage ces moments suspendus, ces odeurs de cannelle sur une crêpe au sucre, ces papiers cadeaux aux couleurs flamboyantes et ces pulls en laine qui nous grattaient le cou. Je veux créer des souvenirs pour ma fille. Qu'ils deviennent des cailloux sur sa route, comme pour le Petit Poucet. Si elle se perd dans la jungle de la vie, elle retrouvera le chemin du bonheur, celui de l'enfance.

Il y a deux semaines, j'ai entrepris de redécorer entièrement l'appartement pour bousculer le quotidien et y inviter un peu de féerie. J'ai accroché aux poignées de porte des rubans en satin et des étoiles en velours, suspendu dans l'entrée un bouquet de houx pour y embrasser Emma juste en dessous. Ma belle endormie ouvre un œil, me souhaite un joyeux Noël et me propose d'aller ensemble réveiller la petite. Dans son lit à barreaux, celle-ci a les yeux déjà grands ouverts. Elle nous attendait. Nous déballons nos paquets toutes les trois, heureuses d'être réunies en ce jour merveilleux. Mila arrache le papier cadeau et découvre ses nouveaux jouets. J'embrasse ma femme follement, ses yeux scintillent autant que les miens. Je place l'appareil photo sur le trépied pour immortaliser ce jour heureux, devant le sapin. Un instant plus tard, nous nous rapprochons pour que Thomas puisse nous voir toutes les trois sur l'écran de son téléphone. On lui souhaite un joyeux Noël à l'autre bout de la Terre en lui disant combien on a hâte qu'il soit avec nous à partir de la semaine prochaine. Vers 8 h 30, nous nous préparons pour prendre la route en direction du Loiret. Tout est parfait dans cette journée qui commence.

Après une heure et demie de trajet, nous arrivons chez mes beaux-parents, où Florence nous accueille sur le perron de la maison. La vieille bâtisse des années 1930 compte deux étages. Le lierre a fait son œuvre et recouvert la quasi-totalité de la façade. Nous sommes chargées comme des mules entre les cadeaux et le sac à langer de Mila.

— Je vais vous donner un coup de main, nous dit-elle, car si on attend les hommes, on n'est pas couchées !

Dans le salon, Bruno et mon beau-père sont en pleine conversation sur le poids du nucléaire dans l'industrie française. On les salue en passant, et nous filons jusqu'à la salle à manger pour nous décharger de nos affaires. L'odeur succulente de la dinde rôtie au four envahit la pièce. Tablier noué à la taille, Joëlle, la maman d'Emmanuelle, délaisse un instant les fourneaux pour nous embrasser. Elle tend aussitôt les bras vers Mila, tout juste sortie de sa sieste. Son visage austère se déride un peu à la vue du regard rieur de ma princesse.

Vers 13 heures, les hommes abandonnent leur débat sans fin et servent l'apéro. Adam, Liam et Mila partent près de la cheminée ouvrir leurs cadeaux. Je file jusqu'à la cuisine pour proposer mon aide :

— Joëlle, avez-vous besoin d'un coup de main ?

— Ça ne serait pas de refus. Il reste les toasts au foie gras à faire si vous voulez bien, me répond-elle en enfournant le gratin dauphinois dans le four.

Je m'exécute avec plaisir, mais je sens que quelque chose dans ma façon de faire ne lui convient pas.

— Positionnez-les en quinconce en suivant bien le bord du plat, ce sera plus présentable, m'ordonne-t-elle d'un ton sec.

Je ne la reprends pas, de peur de la froisser. J'entends dans la pièce d'à côté que Mila commence à chouiner. Je laisse en plan ce que je fais et pars chercher son doudou dans mon sac. De retour à mon poste de travail, Joëlle m'interpelle :

— Vous allez certainement penser que ça ne me regarde pas, mais vous ne devriez pas vous précipiter tout de suite quand la petite vous réclame. Elle risque de devenir capricieuse. J'en sais quelque chose. Les enfants, il faut savoir les frustrer de temps en temps. J'ai élevé deux filles, et elles sont devenues très indépendantes. Il n'est pas judicieux de répondre à chacune de leurs attentes.

Je rêve ou elle juge la manière dont j'éduque ma fille ? Effectivement, ça ne la regarde pas. Là encore, je ne dis rien. J'encaisse le coup, mais ça passe mal, d'autant plus que ce n'est pas la première fois qu'elle s'octroie ce droit. Le mois dernier, elle m'avait reproché de ne pas assez couvrir notre fille dans l'appartement. J'avais cru bon de lui préciser que nous ne vivions pas dans une cabane humide au fond des bois.

Le dressage des toasts terminé, je retourne auprès de Mila qui joue avec ses nouvelles figurines de Tchoupi sur le tapis du salon. Elle est mignonne dans sa petite robe pailletée, avec ses grosses joues à bisous et son palmier sur la tête, il me suffit d'un simple regard pour fondre littéralement.

Christian débouchonne une bonne bouteille de bordeaux qu'il laisse décanter sur le buffet. « À table ! » Je n'avais pas entendu cette phrase depuis le dernier Noël passé chez ma grand-mère Louise. Telle une incantation magique, son souvenir me revient. La décoration de table est magnifique, avec de hauts chandeliers baroques en laiton disposés tout le long. Joëlle a choisi une nappe en jacquard terra cotta et des sets de table carmin qui font ressortir la vaisselle en porcelaine dorée, « celle que l'on ne sort que pour les grandes occasions ». Parsemés au centre, des pommes de pin, des branchages et des bougies. Christian s'assoit à l'extrémité de la table pour assurer sa position de maître de maison et réclame un peu d'attention afin d'indiquer à chacun la place qui lui est attribuée. À ma grande surprise, je me retrouve entre ma belle-mère et Liam. J'aurais préféré être assise auprès d'Emma, mais je ne me formalise plus.

Joëlle sert l'apéritif dont les fameux toasts de foie gras, parfaitement présentés dans les assiettes. Florence, un verre de Martini à la main, en fait des tonnes en jouant le rôle de la fille parfaite, allant même raconter à son père qu'elle a posé deux semaines de congé pour les fêtes :

— J'ai dit à mon directeur financier que, pour une fois, la clôture fiscale sera sans moi !

— Ça leur fera les pieds ! répond son père. Ils se rendront compte que, sans toi, le service s'effondre comme un château de cartes.

On se regarde, Emma et moi. Nous sommes les seules autour de la table à savoir que tout n'est que mensonge. En se resservant à boire, Florence ajoute :

— Ils m'ont suppliée de rester, évidemment, eh bien, j'ai dit non. Il faut savoir s'imposer.

Emmanuelle lève les yeux au ciel, consternée par son attitude. Profitant de l'attente avant les entrées, elle sort fumer une cigarette et propose à sa sœur et moi de la rejoindre sous le kiosque en bois du jardin :

— Ça va, Flo ?

— Super, sœurette ! Pourquoi cette question ?

— Tu n'as toujours pas dit à Bruno que tu n'avais plus de job, n'est-ce pas ?

— Je n'allais pas gâcher les fêtes de fin d'année ! répond-elle, déjà guillerette.

— Je peux comprendre, mais il faut que ça se fasse prochainement. Tu nous mets, Élodie et moi, dans une position très inconfortable. Ce n'est pas sérieux, toute la famille pense que tu es en congé. La situation est grave quand même ! Promets-moi de lui en parler après le nouvel an.

Florence acquiesce, sentant bien que sa sœur ne lui laisse plus le choix. Nous retournons à l'intérieur. Posées devant nos chaises vides, des assiettes de fruits de mer nous attendent.

Impossible de ne pas regarder l'heure. Il est seulement 14 heures à ma montre. Il y en a encore pour trois bonnes heures. Isolée à un bout de la table, je m'efforce de tendre l'oreille aux discussions, mais peine à comprendre ce qu'il se dit. À ma gauche, Joëlle lance de nombreux sujets de conversation, très souvent ennuyeux. Elle me raconte en détail les confitures à la groseille qu'elle a faites l'été dernier, leur désir de retourner en Égypte, mais, avec son souffle au cœur, « rien n'est moins sûr ». Jamais elle ne me demande comment je vais, si je m'en sors avec Mila quand Emma est loin. Elle ne pose aucune question sur notre vie. Nouvelle pause clope pour Florence. J'en profite pour me soustraire au monologue interminable de ma belle-mère. Florence me glisse avec ironie :

— Alors, ça se passe bien avec maman ?

Je souris pour éviter tout commentaire. Elle s'en grille une en silence, ça me va très bien. Quand tout à coup Christian ouvre la porte-fenêtre et s'exclame :

— T'es encore en train de fumer, toi ? Ce n'est pas possible ! Allez, rentre !

Christian sert du vin rouge pour accompagner le plat principal. Je lui dis que je ne bois pas, mais il insiste tellement que je finis par lui tendre mon verre. Je trempe le bout des lèvres pour faire bonne figure. Florence nous avait promis qu'elle réduirait sa consommation d'alcool, mais il semble que ça ne soit pas prévu pour aujourd'hui. Je fais signe à Emmanuelle de garder un œil sur elle. Joëlle découpe la dinde, apporte le gratin dauphinois et les haricots verts. Elle attrape mon assiette qu'elle sert généreusement. Je préfère la prévenir :

— Je ne pourrai pas tout manger.

— Mais si voyons, me répond-elle avec une pointe de dédain.

15 h 45. Nouveau sourire de circonstance.

Si le bouton de mon pantalon pouvait parler, il aurait sûrement crié à l'aide tant mon ventre a pris ses aises. Le plateau de fromages fait son entrée dans le bal de ce déjeuner copieux. Christian ouvre une autre bouteille, un côte de beaune cette fois :

— Bruno, je vous ressers ?

Mon beau-frère ne se fait pas prier.

— Florence ?

Emma lui jette un regard glaçant qui lui fait prendre conscience qu'elle a dépassé les limites. Honteuse, elle refuse :

— Merci, papa, mais on reprend la route tout à l'heure, je continue à l'eau.

Tout en découpant la bûche glacée, Joëlle relance la discussion :

— Bon, et alors, Emmanuelle, tout est fin prêt pour l'arrivée de notre Titi ?

— Plus ou moins… Son père a fait livrer six cartons de ses affaires. Un vrai bazar dans sa chambre, mais je l'attends pour les déballer ensemble.

— Et vous, Élodie, qu'allez-vous faire ? Ce serait bien de les laisser se retrouver, non ? lance, sans ménagement, Christian.

Je ne réponds pas, incertaine du sens de sa question, et il remarque mon étonnement :

— Eh oui, ce n'est pas simple pour le petit, tout ça. Il a besoin de sa mère et de prendre un peu ses marques. Ce serait bien que vous puissiez partir quelque temps pour les laisser tous les deux.

— Mais, Christian, je suis chez moi quand même.

— Oui, enfin, vous êtes surtout chez ma fille.

Florence s'en mêle :

— Papa !

— Quoi, qu'est-ce que j'ai dit de mal ?

— Élodie a tout autant sa place qu'Emma auprès de Thomas. C'est déplacé ce que tu dis là, objecte-t-elle.

Je ne tiens pas une seconde de plus :

— Je vous rappelle que votre fille est mon épouse. Et que, par conséquent, Thomas vivra sous notre toit.

— Oh ! arrêtez votre cirque, vous n'êtes personne pour lui. Vous n'êtes ni sa mère, ni son père, et il est normal que je défende les intérêts de ma fille, renchérit-il en me regardant droit dans les yeux.

— Vous savez, je porte Thomas dans mon cœur comme s'il était mon propre enfant.

Christian se met à rire tout en croisant les bras, fier d'user de son ascendant. Il répète mes mots :

— Votre propre enfant, votre propre enfant…

Excédée, Emmanuelle prend enfin ma défense :

— Arrête ça tout de suite ! Tes états d'âme, on s'en passe et particulièrement le jour de Noël ! En manquant de respect à Élodie, c'est à moi que tu en manques. Ça suffit !

— Oh ! vous m'emmerdez tous ! Si vous n'êtes pas contentes, vous pouvez rentrer chez vous !

Dans le salon, les enfants fixent leur assiette. Joëlle est démunie. Profondément blessée, je me lève en silence, la remercie pour le repas et rassemble mes affaires avant même d'avoir entamé le dessert. Je n'ai plus rien à faire ici.

Le lit parapluie, la poussette et les cadeaux chargés dans le coffre, nous quittons les lieux dans un climat de guerre froide. Christian, le visage figé, ne fait même pas l'effort de nous retenir, campé sur sa position. Ma belle-mère, abattue, sait que son mari a dépassé les bornes mais ne peut, ou ne veut, prendre parti. Après tout, c'est lui, le chef de famille. Bruno pose sa main sur mon épaule en signe de compassion. Je hoche la tête pour le remercier. J'installe Mila dans la voiture et m'assois sur le siège passager de l'Audi. Après de longues minutes, Emma me rejoint, boucle sa ceinture et fait un geste timide à ses neveux qui, de la fenêtre, nous regardent passer le portail. Sur l'autoroute du Soleil pour rejoindre Paris, Emmanuelle s'excuse :

— Je suis désolée, jamais je n'aurais pensé qu'on puisse en arriver là. Il n'est pas près de me revoir. Je le savais étroit d'esprit, mais à ce point-là…

— Il est surtout homophobe !

Impossible pour moi de redescendre tellement je suis en ébullition. J'ai l'habitude d'encaisser, de ne rien dire, mais ça fait trop longtemps que ça dure, je n'en peux plus de ses attaques. Il fallait que ça sorte, quitte à me le mettre encore plus à dos. Noël est un jour heureux, qui rassemble les familles, et c'est le jour que la mienne a choisi pour éclater en mille morceaux. À l'arrière, Mila s'est endormie, je regarde le paysage défiler à toute allure par la fenêtre. Emmanuelle, agrippée au volant, ne sait plus comment réparer les erreurs de son père :

— Allez, mon cœur, il ne faut pas t'attarder sur toutes les conneries qu'il dit…

J'essaie mais ne parviens pas à contenir mes larmes. En me voyant dans cet état, elle s'arrête sur la première aire d'autoroute. Je lui demande de tracer, je veux rentrer au plus vite à la maison. Alors que j'attrape, dans son sac à main posé à mes pieds, un paquet de mouchoirs, son portable s'allume. Sans le vouloir, je lis le message reçu qui s'affiche à l'écran :

Bonjour Emmanuelle,
Je suis exceptionnellement de passage en France le 27 décembre. Disponible pour dîner ensemble ?
Naomi.
あなたが恋しい

C'en est trop. J'explose de colère, lui demande des explications :

— Ah bah, ça va ? Tranquille ? Vous vous appelez par vos prénoms maintenant ? Et puis, qu'est-ce que ça veut dire, le texte en japonais ? Tout le monde se fout bien de ma gueule aujourd'hui !

— Non mais, Élodie, détends-toi, là. Ça fait cinq mois qu'on travaille ensemble sur le dossier. Au bout d'un moment, c'est normal de se tutoyer.

— C'est ton avocate, pas ta copine ! Eh dis-moi ? J'espère quand même pas que tu vas y aller ? Je te rappelle que tu es en vacances, et qu'on te voit jamais !

— C'est juste un dîner ! Elle n'est en France que deux fois par an, c'est l'occasion de régler ses honoraires. Je sais que tu es énervée contre mon père mais il n'y a vraiment pas de quoi s'emporter.

Je prends le temps de me calmer et de reprendre mes esprits :

— Désolée, je suis vraiment à cran. Je n'aurais pas dû te parler comme ça. OK, si tu dois la rejoindre mardi soir, je resterai avec Mila. C'est vrai, après tout, autant en profiter.

— Oui, et puis je lui dois bien ça après tout ce qu'elle a fait pour moi, me dit-elle en passant sa main dans ma nuque.

Je retrouve un peu de légèreté. Dans l'habitacle, je monte le son de *Je te donne* de Jean-Jacques Goldman et me laisse emporter. Je n'ai qu'une hâte, être chez nous.

*

Au passage de la nouvelle année, on s'est souhaité joie et bonheur. Je revois au ralenti les rires de nos amis et les flûtes de champagne qui se lèvent. Le lendemain matin, je prie très fort pour que les vœux de la veille deviennent réalité, et il semble que le ciel m'ait entendue. Emmanuelle, encore un peu dans le coltard, se lève vers midi, m'embrasse comme au premier jour. Il y a bien longtemps qu'il n'y a pas eu autant de tendresse entre nous. La fin d'année fut éprouvante et nous a quelque peu éloignées. J'ai beaucoup pris sur moi, espérant une prise de conscience de sa part. Et ce matin, j'ai le sentiment que quelque chose a changé. Emmanuelle et Mila sont ce que j'ai de plus cher et je n'ai qu'une envie, que nous avancions ensemble vers de nouveaux projets. Je suis très impatiente d'accueillir Thomas dans trois jours.

Les vacances d'Emma sont studieuses avec, notamment, pas mal d'allers-retours au cabinet. Mais nous avons trouvé le temps d'améliorer la chambre de Tom. Nous lui avons acheté un grand lit, un nouveau bureau et un ordinateur à la Fnac pour fêter ses 13 ans. J'imagine que l'adaptation ne sera sans doute pas facile au début, mais nous ferons tout notre possible pour qu'il se sente bien dans sa nouvelle maison.

Le 4 janvier à 18 h 49, nous nous garons devant le terminal B de Roissy-Charles-de-Gaulle. Emma cherche le numéro du vol sur les grands panneaux des arrivées…

— Ah voilà ! J'ai trouvé le sien. Terminal 2E.

La large allée semble se rallonger à mesure qu'on avance. Mila, dans mes bras, s'impatiente. C'est l'heure du repas. Réglée comme une horloge suisse, malheur à moi si je tarde trop à lui donner son biberon de soupe. Je presse le pas et m'installe à la va-vite sur un des larges fauteuils, près de la porte de débarquement. Ma femme ne tient plus en place tant l'excitation de retrouver son Titi est grande. Voilà que les portes s'ouvrent et libèrent l'enfant prodigue, accompagné d'une hôtesse de l'air. Il s'avance avec un sourire immense que je ne lui connaissais pas.

— C'est trop bien, vous êtes toutes là !

Emmanuelle le mitraille de baisers :

— Maman, c'est bon là !

— Oh ! si je n'ai même plus le droit d'embrasser mon fils !

Emma dégaine son portable et capture l'instant. Cette photo de nous quatre à l'aéroport, accrochée depuis sur la porte de notre réfrigérateur, signe le début de notre nouvelle vie.

Chapitre 11

Nous sommes fin septembre. Cela fait déjà neuf mois que Thomas vit à la maison. Avoir pris l'année scolaire de 5e en marche n'a visiblement pas eu plus d'incidence sur ses résultats que ça. Ses professeurs ne tarissent pas d'éloges le concernant.

Il est 18 heures quand il rentre du collège. À sa tête dépitée, je comprends que quelque chose ne va pas. Quand je l'interroge, il me répond « t'inquiète, c'est rien » et part dans sa chambre. Je lui laisse quelques minutes, avant de toquer à sa porte :

— Tu m'inquiètes un peu, t'es sûr que tout va bien ?

— Oui, ça va. Tu sais quand elle rentre, ma mère ?

— Elle ne devrait plus tarder, pourquoi ?

— Comme ça…

Je m'approche de lui :

— Si t'as besoin…

— Elle va être super vénère… La CPE a laissé un mot dans mon carnet de liaison.

— Et ça dit quoi ?

Il me le tend sans même une explication :

Madame,

Je souhaiterais m'entretenir avec vous dans les plus brefs délais. Le comportement de Thomas est devenu problématique depuis quelques semaines. Il ne cesse d'amuser ses camarades et a été insolent envers l'un de ses professeurs. Il a été prié de quitter le cours et de se rendre en étude.

Merci de bien vouloir me communiquer vos disponibilités afin de faire le point rapidement.

Bien cordialement.

Mme Perrin-Marchal

Je ne comprends pas. C'est surprenant, ce n'est pas du tout dans le caractère de Thomas de se faire remarquer. C'est un élève sérieux. Même si j'ai noté à la maison un certain laisser-aller, je n'y ai pas prêté plus attention que cela. J'ai eu son âge, moi aussi. La puberté, avec le corps qui change et le début des conflits intérieurs, est un sale moment à passer. J'essaie, sans le braquer, d'instaurer le dialogue :

— Tu veux en parler ?

— Y a rien à dire, j'ai rien fait. Je trouve juste abusé que le prof de maths nous file autant de devoirs pour le lendemain. Il pense qu'on n'a pas de vie après le bahut ou quoi ? J'ai simplement été honnête et je le lui ai dit. C'est ça, être insolent ? Ça m'énerve. C'est n'importe quoi. Et puis… Il y a l'histoire avec Mme Bertrand, la prof d'histoire-géo. Elle a trébuché en rendant les copies. Ça a fait marrer Lucas et Noah. Mais moi je rigolais à cause d'eux, je me moquais pas d'elle ! Du coup, elle nous a tous envoyés en étude !

— Tu en parleras à ta mère et tu lui expliqueras exactement ce qu'il s'est passé. Elle comprendra, j'en suis sûre, tout ça n'est qu'un malentendu. Mais Tom, faut que tu prennes la 4e avec un peu plus de sérieux.

C'est une année hyper importante, l'an prochain, je te rappelle que tu as le brevet.

Deux heures plus tard, Emmanuelle rentre. Après le dîner, je prends l'initiative de lui faire part du mot de la professeure tout en laissant Thomas exposer sa version des faits. Je craignais sa réaction, car, quand il s'agit de scolarité, Emma peut s'avérer dure et intransigeante. On ne peut pas dire qu'elle a bien pris la chose, mais ce fut moins grave que je l'avais imaginé. Elle était tout aussi étonnée que moi, tant ça ne ressemble pas à son fils.

— Je veux bien passer l'éponge aujourd'hui, car c'est la première fois, mais je te préviens, Tom, que ça ne se reproduise plus.

Le vendredi suivant, je me suis rendue seule avec Thomas à la convocation. Que sa mère ne puisse se libérer l'a, je pense, bien arrangé. La CPE a été, elle aussi, indulgente. En sortant de son bureau, je lui en fais la réflexion :

— T'as eu de la chance, mais que ça te serve de leçon…

À sa tête, je crois que le message est passé.

À la maison, c'est un peu la routine. Depuis janvier dernier, je n'ai pas le sentiment d'avoir eu un instant de répit. Un enfant de plus à la maison, ça fait tout de suite la différence. Mon carnet, laissé sur la table basse du salon, me rappelle à son existence chaque fois que mes yeux se posent sur sa couverture noire. Je ne prends le temps de rien, pas même d'écrire. Trois fois par jour, ma montre connectée m'invite à des exercices de respiration. Ces trois minutes sont les seuls moments que je m'octroie.

Tom s'est bien intégré. Il n'a pas évoqué une seule fois que le Japon lui manquait. Il s'est fait deux trois copains dont les fameux Lucas et Noah, que je soupçonne d'avoir une mauvaise influence. Je garde un œil sur cette amitié naissante tout en me disant qu'il faut bien que jeunesse se passe.

Emma est un électron libre, elle rentre après 20 heures en semaine et part une à deux fois par mois en déplacement. Bien sûr, je lui fais remarquer ses trop nombreuses absences mais cela n'entraîne aucun aménagement de son emploi du temps de ministre. En résumé, je bosse comme une dingue et élève deux enfants. Une journée de vingt-quatre heures est irrémédiablement trop courte, d'autant que Mila découvre, à 19 mois, le malin plaisir de la confrontation. Elle s'affirme et dévoile son petit caractère. Le coucher depuis trois semaines se transforme en guerre de pleurs et de cris. J'ai tout essayé : la veilleuse, l'histoire, le câlin. Tous les stratagèmes qui faisaient jusqu'alors leur preuve ne fonctionnent plus. Hier soir, alors que je quittais la pièce discrètement, je l'ai surprise en train d'escalader les barreaux de bois de son lit. Je me réconforte en me disant que ma fille sera une grande aventurière ! Mais ces petits tracas mis bout à bout deviennent de plus en plus stressants. Emmanuelle minimise souvent mon agacement et me répète que « ce n'est pas si grave », que « ça finira par lui passer ». Facile à dire, elle n'est jamais là. Si l'énergie que je dépense pour nos enfants était convertie en électricité, je pourrais alimenter toute une ville pendant plusieurs années.

Mais ce qui m'attriste et me préoccupe le plus, c'est que Thomas commence à se rendre compte du désintérêt de sa mère. En juin dernier, il lui en a voulu de ne pas être venue le voir à son spectacle de théâtre. Tous les parents des ados de la troupe étaient là. De me voir avec sa petite sœur au premier rang lui a donné le courage de se surpasser. Je me suis efforcée de faire comme si tout allait bien, mais il ne comprend pas que sa mère ne puisse trouver le temps nécessaire pour s'intéresser à lui. Que dire dans ces moments-là ? Il m'a fallu trouver les mots justes, ceux qui rassurent, sans lui mentir. La veille de rejoindre son père au Japon pour les grandes vacances, Emma a posé une journée pour être auprès de lui. Elle lui a promis qu'on partirait tous les quatre en Espagne au mois d'août. « Sans ordinateur, ni portable. » Ce que nous avons fait et, d'ailleurs, c'était une semaine formidable. Mais le bonheur fut de courte durée : dès notre retour à Paris, Emma a replongé dans les travers de son travail trop prenant et nous n'avons plus, dès lors, été sa priorité.

*

19 novembre. Je prends ma pause déjeuner vers 14 heures. J'ai appris ce matin une nouvelle qui m'a bouleversée, je décide d'en discuter avec Ashley. Je l'appelle :

— Je te dérange ?

— *Never*, tout va bien ?

— Pas vraiment, Marc nous a tous convoqués ce matin. Il nous a annoncé que sa fille aînée se battait depuis plusieurs mois contre un cancer. Elle a 32 ans, t'y crois ? C'est jeune quoi !

— Ah oui en effet… Tu penses qu'elle va s'en sortir ?

— Je l'espère, mais c'est apparemment mal engagé. Il souhaite passer plus de temps avec elle, ce que je comprends tout à fait. Il a donc décidé d'anticiper sa retraite et, du coup, de vendre la boîte.

— Comment ça ?

— Des Américains la lui rachètent. Ils sont basés à Los Angeles et misent à fond sur le savoir-faire cinématographique français. Il m'a demandé si ça me branchait de partir travailler là-bas.

— T'as répondu quoi ?

— Non, évidemment. Ma vie est ici. Mais cela veut surtout dire que, bientôt, je n'aurais plus de job. Je stresse déjà, t'imagines pas. Il m'a dit qu'il ferait tout son possible pour que j'obtienne une bonne négo de fin de contrat. Mais ça m'angoisse, tu vois…

— C'est normal, c'est hard ! Mais t'as peur de quoi ? C'est l'argent, c'est ça ? Dis-toi que t'es pas à la rue, t'as un toit, et puis Emmanuelle est là, so…

— Non, ce n'est pas ça. Je vais être comme un lion en cage si je ne bosse pas. C'est un besoin vital, pour moi. Je me demande comment Emma va réagir.

— Pourquoi ? Elle comprendra, j'en suis sûre. C'est pas ta faute…

— Je vais lui en parler ce soir, à son retour, mais on s'est un peu pris le bec il y a deux jours, donc ça tombe mal…

— Vous êtes fâchées ? Rien de grave ?

— Encore à cause de Tom… Il m'a piqué quarante euros dans mon sac, et sa mère ne lui a absolument rien dit. Depuis deux mois, c'est l'enfer, je te jure. Il enchaîne les conneries au collège et, à la maison, c'est le roi. J'en peux plus. Il ne fout rien, il ne débarrasse pas la table, il se croit à l'hôtel ! Et surtout, il nous parle mal.

— Un vrai ado quoi !

— C'est vraiment l'âge con ! On s'entendait bien jusque-là, mais il est devenu Dr Jekyll et Mr Hyde. Emma me rabâche d'être patiente, que c'est juste une mauvaise passe… Mais c'est moi qui me le coltine ! J'ai vraiment du mal, mais tu vois, dans le fond, ce n'est pas le gamin qui m'agace le plus, c'est elle. Elle me déçoit tellement. Quand je prends une décision qui le concerne, elle me contredit. Je lui ai déjà dit de me soutenir devant lui. Faut être unies et fermes. Il voit bien qu'on n'est pas d'accord et bien sûr il en profite. Pour elle, limite, c'est moi le souci…

— Je sais pas quoi te dire, c'est hallucinant qu'elle te mette en porte-à-faux.

— Je suis dans un état de nerfs… Et puis Mila s'y met aussi. Elle est dans la provoc en ce moment. Elle nous teste sur tout, et tout le temps. Je dois avoir un œil partout. Hier soir, elle a attrapé le verre d'eau sur la table et l'a volontairement jeté sur le parquet en me regardant droit dans les yeux. Elle n'a que 2 ans !

— Ça promet !

— Mais attends la suite ! J'ai demandé à Tom de veiller sur sa sœur, le temps que je nettoie. Il a fait mine de ne pas m'entendre. Il a fallu que je gueule. Il m'a répondu : « Putain Élodie tu soûles, j'ai pas que ça à faire. » Non mais, il s'est cru où ? Ce n'est pas chez son père qu'il se serait permis ça ! J'étais furax.

— Et Scott qui veut des enfants… On va attendre un peu !

— J'ai deux démons à la maison, une femme aux abonnés absents et bientôt plus de taf… C'est le tiercé gagnant !

Chapitre 12

Il y a un mois, Marc nous informait de la vente de l'agence. Trouver la motivation pour continuer à bosser relève du miracle. Quand je l'ai annoncé à Emma, elle y a vu l'avantage pour moi de m'occuper des enfants à plein temps. Je n'ai pas signé pour être femme au foyer. Elle connaît pourtant mon besoin d'être active au sein d'une équipe et de me sentir utile.

Depuis ce matin, je tourne en extérieur la publicité d'un nouveau parfum. Il fait froid, et la pluie de décembre s'invite par intermittence, ce qui nous a obligés à arrêter le tournage par deux fois déjà. À 14 h 07, Emmanuelle m'appelle sur mon portable :

— Hey, mon amour, ça va ? (Elle n'attend pas ma réponse.) Je voudrais savoir si tu peux te rendre au collège à 17 heures. Le directeur m'a appelée… Je lui ai dit que j'étais dans le TGV mais que tu pouvais peut-être te libérer.

— Mais bien sûr ! Évidemment, c'est vrai, je n'ai que ça à faire aujourd'hui…

— Pourquoi tu t'énerves ?

— Parce que tu n'as pas à t'engager pour moi.

Comme elle ne dit rien, je poursuis :

— Bon, qu'est-ce qu'il se passe encore avec Thomas…

— Pff, une bagarre…

— Mais c'est plus possible là ! Ça va finir quand, ce cirque ? C'est quoi, la prochaine étape ? Être convoquées au commissariat ? Nous décerner le prix des pires parents du monde ? Je vois avec Marc si je peux quitter le boulot plus tôt, mais je te préviens, il va falloir que ça s'arrête ! Je te tiens au courant.

Je raccroche et reste un instant figé, le combiné encore au creux de la main. J'ai cette question qui tourne dans ma tête « Qu'est-ce qu'on a bien pu rater ? » Depuis la rentrée, Thomas est en roue libre. La communication avec sa mère s'abîme de jour en jour, il préfère passer des heures sur WhatsApp ou TikTok. Ce que j'en dis ou pense, il s'en fiche royalement. Dieu qu'il est loin, le souvenir de l'enfant poli et respectueux que j'ai connu il y a trois ans et demi. Son père a tellement serré la vis que Tom n'a qu'un désir, celui de braver tous les interdits. « Il vous provoque, assure Florence. Faut mettre des limites sinon les gosses, ça te bouffe. » Je me demande s'il n'est déjà pas trop tard…

Depuis son entrée en 4e, il joue les intéressants. Il a déjà été collé deux mercredis après-midi en l'espace de quatre mois. Toutes les occasions sont bonnes pour faire le malin. Mercredi dernier, il a chopé les résultats du contrôle de SVT et les a distribués à toute sa classe. Avant les vacances de la Toussaint, nous avons été convoquées pour une histoire de vol. Après enquête, il s'est avéré que Tom faisait partie de la bande mais n'était pas avec elle le jour où le portable a été volé. Il a évité de peu le conseil de discipline. Nous avons beau dialoguer avec lui, l'écouter, essayer de comprendre, rien n'y fait. Le punir n'a aucun effet sur lui. Le priver de console de jeux vidéo ou de sorties ? « J'm'en fous », nous a-t-il répondu. Le pire dans toute cette histoire, c'est que ça le fait marrer.

*

Il n'aura pas fallu bien longtemps pour que je me rende à nouveau à son collège. Je hais ces rendez-vous. Les échanges sont de moins en moins conciliants et les regards de plus en plus critiques. Je vois bien que l'on remet en cause notre éducation. Je ne peux m'empêcher d'imaginer que le fait d'être un couple de femmes n'aide pas.

17 h 27, Thomas est assis sur une chaise devant le bureau de M. Ferry. Je m'installe à côté de lui sans un mot. Le silence est le meilleur allié de la colère. La porte s'ouvre :

— Madame, je vous en prie, entrez.

L'homme, d'une cinquantaine d'années, est un cliché à lui seul. Il serait judicieux d'utiliser son portrait pour illustrer le mot « acariâtre » dans le dictionnaire. Marié, deux enfants, sa chemise impeccablement repassée et une alliance au doigt qu'il fait tourner chaque fois qu'il prend la parole :

— Je vous ai fait venir car Thomas a engagé une bagarre au réfectoire avec un autre élève. Son camarade a la lèvre ouverte. Le surveillant a dû intervenir pour les séparer.

Je me tourne immédiatement vers Tom :

— Ça va durer encore longtemps tes conneries ?

— Robin m'a traité de « fils de gouines » !

— C'est pas une raison. Excuse-toi immédiatement !

M. Ferry intervient :

— Ça n'est malheureusement pas à moi qu'il doit formuler des excuses, mais plutôt à son camarade. Ses parents envisagent sérieusement de porter plainte.

— Non mais c'est pas vrai. C'est un cauchemar !

— Vous comprendrez, madame, que, avec le passif de Thomas, nous n'avons d'autre choix que de convoquer un conseil de discipline. Il risque une expulsion de trois jours. Ce comportement est intolérable au sein de notre établissement. J'espère que cette action lui permettra de prendre conscience de ses actes et qu'il est temps de se ressaisir. Avez-vous des questions ?

Je fais un simple « non » de la tête. Je lui serre la main sans même le regarder tant j'ai honte.

Dans le couloir qui nous mène à la cour, je prends conscience que c'est bien la première fois que nous avons affaire à des réflexions homophobes. Mais cela ne justifie en rien le geste de Tom. Aurions-nous dû le préparer à ce genre d'attaque ? Certainement. J'en culpabilise presque.

— Tom, que ça t'ait blessé, je peux le comprendre, mais te battre ? Jamais, tu m'entends ? Jamais ! La violence, c'est le langage des faibles. Ça ne résout rien et tu le sais !

— Franchement j'ai le seum, c'est lui qui a commencé et c'est moi qui prends !

— Tu t'expliqueras avec ta mère mais va vraiment falloir que tu te calmes rapidement.

— Ma mère ? Elle en a rien à faire, juste à balancer sa morale à deux balles. Quand je la vois, de toute façon, c'est toujours en *speed*. Franchement… j'm'en tape de ce qu'elle va me dire !

— Hé, tu surveilles ton langage ! C'est de ta mère que tu parles.

Il ne bronche plus. Bien que la forme soit inacceptable, le fond est criant de vérité. Thomas souffre d'être invisible aux yeux de celle qui lui a donné la vie. Et moi, je suis plantée là, au beau milieu, à éviter les coups qui tombent de partout.

Le soir, à table, Emma est furieuse et lui hurle dessus. Elle lui adresse un ultimatum : soit il se ressaisit, soit il part en pension. Je ne suis pas sûre que de hausser le ton soit la bonne chose à faire. Ne voit-elle pas que son fils souffre ? Qu'il a besoin d'une seule chose ? Thomas, vexé, rejoint sa chambre en claquant la porte.

— Tu devrais aller lui parler plutôt. Il a besoin de toi, Emma.

— Pourquoi tu dis ça ? Tu vas encore me reprocher le fait que je bosse ?

— Non, juste que tu dois trouver un meilleur équilibre. Ton cabinet, c'est pas toute ta vie.

— C'est en tout cas ce qui nous fait vivre. Tout ce que je fais, je le fais pour nous.

— Qu'est-ce que tu veux que je réponde à ça ? On ne peut jamais rien te dire.

Elle se lève à son tour et quitte la pièce. Je me retrouve seule, assise à la table des négociations. La fin des hostilités n'est pas pour ce soir.

*

Notes sur mon carnet :

Le 9 janvier :
J'ai marché sous la pluie
En espérant t'y croiser
J'ai relu tes messages
Et tes romans préférés
Je te cherche partout, mon amour,
Je te cherche en vain,
Jure-moi, mon amour,
Qu'on n'a pas fait tout ça pour rien.

Le 15 janvier : anniversaire du frangin.

Le 18 janvier, dimanche matin.
Emmanuelle doit assister à un congrès d'architecture et d'urbanisme à Genève. Elle se barre trois jours. Mila a 40 de fièvre. L'état de sa fille n'a même pas chamboulé ses plans.
Dégoûtée.

*

Le 8 mars.

J'ai déposé sur la table du salon, à l'occasion de la Journée des droits des femmes, une brassée d'hortensias. Je flâne devant la télé quand, à 23 h 15, Emma rentre enfin. Je ne relève même plus, « une conception bioclimatique pour Berlin à terminer d'urgence », se sent-elle obligée de préciser. Elle n'a pas faim et me demande comment s'est passée ma journée. Elle est peu loquace et a l'air préoccupée quand, soudain, elle m'annonce :

— Pour les vacances, j'aimerais emmener Tom à Kyoto pour qu'il voie son père et sa grand-mère.

— Ah, ça tombe bien, Marc m'a demandé de solder mes congés avant la fin de mon contrat. On pourrait regarder les billets ce soir, ça serait chouette de faire ce voyage tous les quatre.

Je sens ma femme embarrassée.

— Qu'est-ce qu'il y a ? J'ai dit quelque chose qu'il ne fallait pas ?

— Écoute, ce n'est pas contre toi, surtout ne le prends pas mal, mais j'avais prévu d'y aller seule avec Tom… J'ai besoin de prendre un peu de temps avec lui. Ça peut lui faire du bien.

— C'est le moins que l'on puisse dire ! Mais si on part tous ensemble, je peux faire en sorte que vous ayez des moments tous les deux.

— Élo, tu ne comprends pas ce que je viens de te dire ? Je préfère y aller sans toi et profiter de mon fils ! C'est clair, non ? réplique-t-elle d'un ton agacé.

— Non, mais t'as vu comment tu me parles, là ? Franchement, ça me vexe. J'aurais été heureuse de retourner là où l'on s'est rencontrées, c'est tout. Je voyais ça comme une occasion de voyager en famille mais, effectivement, nous n'avons pas les mêmes priorités !

— C'est quoi, ce sous-entendu ? Tu m'expliques ?

Écœurée, je lui déballe tout ce que j'ai sur le cœur sans demi-mesure :

— Écoute, j'en ai ras le bol ! Ça fait plus d'un an qu'on ne partage plus rien, toi et moi, que tu nous mets de côté, que tu passes ton temps au boulot ou sur ton téléphone. On ne fait plus l'amour depuis des mois, qu'est-ce qu'il se passe ? Tu es toujours fatiguée… Je suis ta femme, Emma, pas ta coloc !

— Je… je suis désolée… je…

— Je n'en peux plus. As-tu déjà consacré une journée à ta fille ? Non. L'as-tu déjà emmenée au parc ? Non. As-tu déjà assuré un rendez-vous chez le pédiatre ? Non plus. Mais, putain, Emma, ouvre les yeux, bordel ! Et ton fils, on en parle ? Dois-je te rappeler que c'est moi qui l'accompagne aux cours de théâtre tous les mercredis ? C'est moi qui l'aide à faire ses devoirs le soir. Je gère tous les problèmes au collège et à la maison… Mercredi après-midi, on s'est fait une sortie cinéma tous les deux, et toi, tu étais où, jusqu'à 21 heures, hein ? Au travail comme d'habitude ! Je suis désolée, mais j'ai l'impression que tu ne fais pas partie de la famille !

Les larmes aux yeux, elle ne prononce aucun mot, attrape son sac à main et part en claquant la porte. J'ai touché la corde sensible.

Chapitre 13

J'ai été dure avec Emma, mais c'était nécessaire, voire vital. J'avais besoin d'exprimer ce que j'avais sur le cœur depuis des mois. Elle est rentrée à la maison deux heures plus tard, vers minuit, puis est allée se coucher sans un mot. Elle a du caractère et n'aime pas qu'on lui tienne tête. Dans un couple, les non-dits gangrènent la relation jusqu'à ce que tout explose, comme hier soir. Je sais que si nous avions partagé plus souvent nos ressentis, nous aurions pu éviter cela.

Ce matin encore, l'espace dans le grand lit était immense entre nous mais, à ma grande surprise, elle s'est rapprochée et, de sa voix douce – que j'aime tant –, m'a présenté ses excuses :

— Je n'aurais pas dû partir en claquant la porte.

Je la serre contre moi :

— Je voulais que tu prennes conscience de certaines choses.

— Je sais…, me répond-elle en se mettant à pleurer.

Dans un monologue émouvant, elle me fait part de ce qui la ronge. J'étais loin d'imaginer ça. Elle m'avoue n'avoir jamais trouvé sa place auprès de Thomas. Dès sa naissance, elle a essayé de créer une complicité entre eux. Mais il ne suffit pas de vouloir, la réalité est là : elle n'a jamais eu la fibre maternelle et s'est toujours sentie oppressée dans ce rôle que tant de femmes encensent. Le pire pour elle est de ne pouvoir en parler à personne.

— Une femme qui ne sait pas aimer correctement ses enfants est une mauvaise mère, souffle-t-elle entre deux sanglots.

J'imagine tout le poids de la société sur ses épaules. Finalement, voir Thomas quatre semaines par an lui convenait, elle qui ne savait lui offrir ni son temps ni son amour.

— Et puis est venue la date fatidique, celle où je m'étais engagée à avoir sa garde. J'ai hésité secrètement, et je me suis dit que je devais faire face à mes obligations de maman. Il y avait comme une urgence pour moi de rattraper le temps perdu…

Emmanuelle ne s'en cache pas : sa carrière a toujours été une priorité, voilà pourquoi elle fuit à la moindre occasion le cocon familial.

Je l'écoute sans l'interrompre tant ces paroles-là sont rares. Après de longues minutes, je lui pose la question qui me brûle les lèvres :

— Mais alors, pourquoi avoir souhaité un autre enfant ?

— Parce que je l'avais avec toi. Quand je t'ai rencontrée, je savais que tu ferais une mère attentionnée, bienveillante et protectrice… J'étais convaincue que tu t'occuperais de notre bébé comme personne. Ce désir d'enfant est réapparu, aussi, car j'avais ce besoin de reconstruire une famille, rassurée de te savoir à mes côtés. Ne pas avoir la fibre maternelle ne veut pas dire que je n'aime pas mes enfants, au contraire ! Mais je ne sais pas m'y intéresser, jouer avec eux, comprendre ce qu'ils attendent de moi.

Depuis Mila, je ressens énormément de frustration. De te voir réussir ce rôle – alors que tu n'as pas eu d'enfant – creuse d'autant plus mon manque de confiance. Tu as été le miroir de tout ce que je ne sais pas faire. Je t'admire autant que je te jalouse, si tu veux savoir… Tu as su créer un lien avec eux alors que, moi, j'en suis incapable. Au début, j'ai cru que je pouvais apprendre. J'ai essayé, vraiment. Aussi… je comptais me racheter une image de super maman auprès de Tom. Je me sens coupable d'avoir été absente si longtemps.

Elle se redresse pour attraper un mouchoir sur sa table de nuit :

— Alors oui, tu as raison. Ce que tu m'as dit hier m'a affectée et m'a renvoyée à mes contradictions… À courir après un idéal, je ne me rendais pas compte que j'avançais à contre-courant. Thomas doit certainement m'en vouloir profondément à l'heure qu'il est. Et même si je ne le montre pas, j'ai honte d'être cette maman en carton, qui ne pense qu'à sauver les apparences…

Ses mots sont violents, mais d'une vérité déchirante. Je suis passée complètement à côté. Je la trouve encore plus belle ce matin dans cette fragilité nouvelle, assumant d'exposer ses failles au grand jour. Les liens sacrés du mariage nous unissent et, pourtant, presque trois ans après lui avoir dit oui, je découvre avec stupeur que le lien de la famille l'étranglait un peu plus chaque jour. Je veux croire encore que je peux lui apprendre tout ce qu'elle ne sait pas, tout ce qu'elle redoute. Il n'y a pas de famille parfaite, il y a seulement des gens qui essaient de faire au mieux.

Elle s'assoit au bord du lit, rattache ses cheveux que la nuit a mis en pagaille. Alors qu'elle me tourne le dos, je la ramène à la raison :

— Tu sais le mal que ça fait de t'éloigner de l'enfant à qui tu as donné la vie, tu l'as déjà vécu. Tu peux encore changer les choses avec Thomas et laisser Mila grandir auprès de toi. Tu as ce pouvoir… La décision t'appartient, mais ils ont besoin de leur maman, et moi de ma femme. Et si tu tombes, je serai là.

*

Lundi matin, 7 h 02, rue Mazarine.

— Chérie, es-tu encore à la maison ? me demande Emmanuelle au bout du fil.

— J'étais sur le point de partir, pourquoi ?

— J'ai oublié mon conférencier en cuir. Le taxi me ramène, mais je n'aurai pas le temps de monter si je ne veux pas manquer mon Eurostar. Peux-tu, s'il te plaît, me le descendre ?

— OK, je m'en occupe.

Je me dirige vers son coin bureau dans le salon et récupère le porte-documents oublié. Près de son imprimante, le coquillage trouvé par Tom l'été dernier en Espagne me donne le sourire. Emma ne devrait plus tarder, je me dépêche.

Je dévale l'escalier de l'immeuble à toute vitesse. Dans ma course, le conférencier s'ouvre, et les documents pris dans l'écrin de cuir se déversent dans le hall. Une véritable avalanche de papiers glisse à mes pieds. À quatre pattes sur le sol de marbre froid, je ramasse des contrats, des comptes rendus de réunions et les rassemble sans me soucier de l'ordre dans lequel ils devaient être classés. Une note de restaurant, datée de vendredi dernier, s'est éloignée un peu plus près de la porte d'entrée. Le prix, exorbitant, me saute aux yeux : plus de 600 euros ! Je la replace au milieu de la masse de papiers. Mon téléphone sonne, c'est Emma. J'ouvre la grande porte en bois. Par la vitre baissée de son taxi, je lui tends ce pour quoi elle est revenue sur ses pas. Je lui explique ma mésaventure et m'excuse déjà du bazar qu'elle trouvera.

— Ça n'est pas bien grave, me répond-elle, cela m'occupera dans le train.

*

Le surlendemain, je fais un saut pour voir les locaux de l'agence immobilière d'Ashley, à deux pas de mon ancienne adresse. Ça fait une éternité que je n'y ai pas remis les pieds. Rien n'a vraiment changé.

Elle a récupéré les clés il y a deux semaines mais je n'ai pas encore pris le temps de lui rendre visite. De grands draps blancs protègent la vitrine du regard des curieux. Je frappe à la porte vitrée avant d'entendre du bruit à l'intérieur. Habillée d'un bleu de travail taché de peinture, Ashley m'ouvre. Je devine au large sourire sur son visage qu'elle ne s'attendait pas à me voir :

— Ça alors ! Qu'est-ce que tu fais là ? *Come in…* Attention à toi, c'est le bazar. Le local est petit, mais c'est déjà pas mal pour se lancer.

On se faufile entre les escabeaux et les bâches en plastique. Le mur principal, recouvert de bois, vient tout juste d'être repeint en noir mat. Placé en son centre, le logo de l'agence en métal brossé. Le contraste est très accrocheur et élégant. Ashley a le talent de savoir jouer avec les matières. La première fois que j'ai vu son appartement, je lui en avais fait la remarque. Elle me montre sur un catalogue les deux bureaux qui seront livrés demain. Le sien et celui d'un éventuel collaborateur, « selon comment l'agence se développe ». Je ne me fais pas de soucis pour elle. Elle est douée en affaires et a un sacré carnet d'adresses. Sa mission : dénicher les plus beaux appartements de Paris pour des clients internationaux, amoureux de notre capitale.

Je sors de mon sac deux salades et lui propose de faire une pause déjeuner. On parle de tout et de rien avant que je lui confie :

— Je ne me l'explique pas, mais quelque chose me chagrine depuis quelques jours. Après la discussion avec Emma, je me suis pourtant sentie soulagée… Il y a autre chose, mais quoi ?

— Quand ça m'arrive, j'essaie de remonter le temps pour déterminer quand, précisément, mon humeur a changé. Concentre-toi et fais le chemin inverse. Visualise à quel moment tu as ressenti un sentiment d'inconfort.

Je réfléchis quelques secondes :

— Laisse tomber, je n'y arrive pas.

— Mais, tu n'as même pas essayé ! Concentre-toi ! s'exclame-t-elle.

— Je ne vois vraiment pas ! À la maison, c'est toujours folklorique, et puis Emma, encore en vadrouille, est à Londres pour quatre jours…

Je reste figée.

— Qu'est-ce qu'il y a ? m'interroge Ashley.

— Mais oui ! C'est ça ! Ashley, ne m'en veux pas, mais faut que j'y aille. Je t'expliquerai ! Je t'aime fort !

*

Je fais les cent pas dans l'appartement. Il est clair maintenant que tout a basculé à la vue de cette note de restaurant. Je me creuse la tête à chercher le nom de l'établissement. Ce dont je me souviens vaguement, c'est qu'il évoquait la mer et la plongée. Je tape ces mots-clés dans le moteur de recherche. Des milliers de pages de définitions et de citations… ça ne m'aide pas. Quand je clique sur l'onglet « Images » apparaît l'affiche du film de Luc Besson, *Le Grand Bleu*, sorti en 1988. Mais oui, bien sûr ! Le restaurant s'appelle L'Infiniment Bleu. Situé au pavillon Lamartine, c'est un deux étoiles Michelin, particulièrement réputé pour sa gastronomie japonaise.

Dîner là-bas est certainement une expérience dont on se souvient, alors pourquoi me l'avoir caché ? Je m'efforce de croire que cette note est sans importance, mais tout de même…

Je sors prendre l'air et m'assois sur un banc du pont des Arts. Les mêmes interrogations reviennent encore et encore. Il faut me rendre à l'évidence, une seule chose pourrait stopper ce manège : trouver des réponses.

Je retourne à l'appartement. Appeler le restaurant ? C'est une possibilité, mais pour leur dire quoi ? « Bonjour, je vous appelle pour que vous me confirmiez que ma femme a bien dîné chez vous le 8 mars au soir ? » On va me rire au nez ! Je prends le temps de la réflexion et me vient alors l'idée d'un plan qui pourrait marcher. J'attrape mon manteau et me mets en route.

Vers 15 heures, j'entre dans l'intimidant pavillon. Plusieurs membres du personnel s'affairent à dresser les tables pour le service du soir. Je remarque une jeune femme à l'attitude accueillante et décide d'aller lui parler.

— Bonjour, mademoiselle. Je me permets de venir vous voir, car j'ai besoin de votre aide.

— Avec plaisir, madame. En quoi puis-je vous être utile ?

— Je me présente, je suis Nathalie Bailleul, assistante de Mme Delaunay. J'ai une demande un peu particulière à vous faire.

La jeune femme me regarde, curieuse.

— Mme Delaunay a dîné dans votre établissement en fin de semaine dernière et j'ai la charge de ses notes de frais. Or, j'ai égaré le reçu, ce qui me met dans une fâcheuse position. Je n'ai pas la date précise, mais je me souviens du montant exact.

— Je suis navrée, madame, mais il m'est impossible de communiquer ce genre d'information.

— Je vous en prie, s'il vous plaît, il faut que vous m'aidiez. Si je ne retrouve pas ce ticket et que Mme Delaunay l'apprend, je risque de perdre mon travail. Je suis sûre que vous comprenez cela.

Elle me fixe du regard, quelque peu embêtée, mais j'insiste :

— S'il vous plaît.

J'excelle dans ce rôle de composition. Je sens que la jeune femme commence à ressentir de la compassion pour cette « assistante » un peu tête en l'air.

— C'est que vous tombez mal : comme vous le constatez nous sommes en plein dressage des tables. Et il me faut avant l'accord préalable de mon chef de rang.

— Ça restera entre nous, je vous le promets. Vous aussi, vous avez un supérieur. Vous savez combien ils peuvent être intransigeants parfois. Il n'en saura rien… S'il vous plaît.

— Bon… suivez-moi. Vous m'avez dit Delaunay, c'est bien ça ?

— C'est exact, la note était dans les alentours de 600 euros.

Elle tapote du bout des doigts sur son écran tactile. L'imprimante s'active en quelques secondes et déroule le précieux sésame. Elle le plie et me le tend discrètement, comme un secret griffonné sur papier que l'on se serait échangé en classe. Je la remercie infiniment et file jusqu'à la sortie pour en découvrir le contenu.

Dans le parc qui s'étend devant le pavillon Lamartine, je découvre une note pour deux couverts. Ce qui épaissit plus encore le mystère autour de ce fichu dîner. Mon cœur se serre : je doute de la femme qui partage ma vie. Je regarde plus en détail le reçu et constate qu'elle a réglé à 21 h 23. Qu'a-t-elle fait jusqu'à 23 h 15, quand elle est rentrée ? En sortant du parc, j'en viens à regretter ma maladresse qui a fait de ce fichu bout de papier une invitation à mes pires insomnies.

Je remonte l'avenue des Champs-Élysées très contrariée, quand mon téléphone sonne, c'est Florence.

— Élodie ! J'ai enfin décroché un contrat en CDI dans un cabinet comptable à Boulogne-Billancourt !

Depuis plus d'un an, Florence est restée au chômage. Elle ne se sentait pas capable de mener deux combats à la fois : ses problèmes d'alcool et sa recherche d'emploi.

— Je suis si fière de toi ! Tu auras galéré, mais c'est pour le mieux, tu vois. Et comment ça se passe avec Bruno ?

— Mieux. J'ai retrouvé sa confiance. Jamais je n'aurais dû lui cacher mon licenciement. Qu'est-ce que je regrette aujourd'hui…

— L'honnêteté est la base de tout, c'est ce qu'on entend dire en tout cas.

En lui répondant cela, mes angoisses concernant Emma me reviennent. Je coupe court aux pensées négatives et poursuis :

— Et tu es toujours suivie ?

— Oui, je continue à voir régulièrement mon addictologue. Je vis un jour à la fois. C'est dur, mais je m'y accroche. Au fait, tant que je t'ai au téléphone, j'ai envoyé un SMS à Emma, mais je n'ai pas l'impression qu'elle lit ses messages, t'as des nouvelles, toi ?

— Pas depuis ce matin.

Florence sait peut-être quelque chose. J'ai très envie de le lui demander, mais c'est délicat. Après un bref silence, je me lance, je n'ai rien à perdre :

— Flo ?

— Oui ?

— Je vais sans doute te paraître un peu directe, mais, en janvier dernier, Emmanuelle était censée être en Suisse. Je me demande si elle était vraiment là-bas.

— Attends, Élodie, tu insinues quoi, là ? Bien sûr qu'elle était à Genève, où voulais-tu qu'elle soit ?

À sa réaction, je comprends que j'ai fait une bourde et tente de me raccrocher aux branches.

— Non, oui, bien sûr, évidemment. Flo, je me suis mal exprimée. Oublie ma question…

— Ça me vexerait beaucoup que tu doutes de ma frangine…

Je raccroche, embarrassée. Soit elle ne sait rien, soit elle protège sa sœur. Forcément elle a un parti pris, j'ai bien fait de taire ma découverte.

Je reprends mon chemin vers le métro tandis que mon cœur poursuit le sien vers les terres arides du mensonge. J'entre dans la phase où j'imagine le pire. Il n'y a pas plus apocalyptique qu'un amour qui vacille. J'appelle Ashley que j'ai laissée en plan quelques heures plus tôt. Je lui explique les faits et mon inventivité pour faire éclater la vérité.

— J'en ai maintenant la preuve, lui dis-je.

Elle nuance la situation, c'est dans son caractère. Une maison pourrait brûler jusqu'à ce qu'il n'en reste que des cendres, elle penserait encore qu'il y a quelque chose à sauver.

— Il y a forcément une raison valable. Parles-en avec elle, tu verras bien, tu te rends malade pour rien, j'en suis sûre.

Nous étions si fusionnelles au début, Emma et moi, que j'enrage de nous voir nous éloigner l'une de l'autre. La routine rouille la folie des premières années. À se courir après, on s'essouffle. Il faut laisser le temps, à celle qu'on aime, de reprendre sa respiration. J'ai besoin de feu, de flammes, d'envie, de désir, de croire que le phœnix va rejaillir en nous et prendre son envol pour des décennies encore. En même temps, j'aime les habitudes, les choses qui viennent rythmer la vie de couple comme une partition de musique entêtante qui se répète sans fin. Mais, sans s'en apercevoir, on danse au ralenti, on se lâche la main et on finit par danser seule dans son salon un samedi soir… Je veux que ma vie soit une fête, une célébration, que le sourire d'Emmanuelle soit mon étendard pour toujours. Nous pouvions partir en week-end sur un coup de tête, réserver une table ou des billets d'avion à la dernière minute, mais aujourd'hui on ne fait que se croiser. Chacune dans sa partition, chacune sur sa piste de danse.

À peine a-t-elle franchi le seuil de la porte vers 19 h 30 que Mila, vêtue de son pyjama, accourt vers Emmanuelle qui rentre de Londres.

— Bonjour mon petit chat ! Comment ça va ? Tu sais que tu m'as beaucoup manqué ?

Notre fille s'agrippe à son cou et pose sa frimousse sur son épaule pour lui faire un câlin.

Depuis le bar de la cuisine, j'assiste à la scène et me dis que ce sont ces moments-là que j'aimerais voir plus souvent. Mila dans les bras, Emma s'approche de moi et m'embrasse.

— Alors, Londres, c'était comment ?

— Super ! répond-elle. Le projet est dingue. Andrew et Peter, les investisseurs britanniques, veulent réhabiliter un vieux bâtiment dans le quartier de Knightsbridge. Huit ans de travaux… Tiens ! Je t'ai rapporté quelque chose, me dit-elle avec le sourire. Ce ne sont pas des galettes Saint-Michel, mais ils viennent de chez Harrod's.

Emmanuelle pose sur la table une jolie boîte en métal avec à l'intérieur des sablés au beurre rappelant les fameuses galettes qui ont marqué le début de notre histoire. Je dépose un baiser sur son front. En dînant, on se raconte notre semaine. À chaque nouveau silence, je tente d'amener la conversation sur ce qui me préoccupe mais n'y parviens pas. Est-ce l'appréhension de sa réponse qui me bloque ? Son possible agacement face à mon désir de percer le mystère ? J'essaie tant bien que mal de profiter du dîner sans laisser entrevoir mon émotion. Faire comme si de rien n'était pour ne pas gâcher l'instant présent. Mais, en débarrassant la table, l'envie devient trop forte :

— Dis-moi… je voulais te demander quelque chose. Tu sais, lundi, quand je t'ai apporté le conférencier, je l'ai fait tomber…

— Oh oui, je m'en souviens très bien, c'était le bazar, me dit-elle, d'un ton amusé. Mais ne t'en fais pas, j'ai eu le temps de tout réorganiser dans l'Eurostar.

— En fait, je suis tombée par accident sur un reçu du pavillon Lamartine. Tu vas me trouver curieuse, mais je n'ai pas le souvenir que tu dînais à l'extérieur ce soir-là.

Elle me coupe la parole :

— Je ne te l'ai pas dit ? Mais je suis sûre que si ! J'étais avec les collègues de l'agence.

— Ah, c'est sympa… et ils étaient tous là ?

— Oui, il y avait Philippe, Matthieu, Pascal et Inès. Il n'y a que Fred qui n'a pas pu venir…

Emmanuelle allume une cigarette pendant que je place les assiettes dans le lave-vaisselle. Balcon entrouvert, elle regarde en contrebas les invités bruyants du vernissage de la galerie Le Turas qui se trouve à quelques numéros du nôtre.

— Ils font un de ces boucans en bas ! rouspète-t-elle en refermant la porte-fenêtre.

Mais je me fiche pas mal du bruit, ce que je veux, c'est tirer cette histoire au clair :

— Et après, vous avez fait quoi ?

— C'est un interrogatoire, madame ? dit-elle, toujours aussi détendue. Puisque tu veux tout savoir, nous avons bu un dernier verre au bar du pavillon.

Je ne suis pas convaincue par sa réponse, mais je garde mon calme. Quand elle me parle, je reste attentive à sa gestuelle et analyse chaque mouvement. Son langage corporel me dit ce que sa bouche tait. Je décèle un premier sourire forcé, et sa main qui remet constamment sa mèche derrière son oreille.

— Tous les cinq ?

— Élo, sérieux, mais qu'est-ce que tu me fais là ? Arrête de me prendre la tête ! On a bu un verre tous ensemble, point. Bon, c'est pas tout, mais moi, j'ai une valise à défaire.

Elle quitte la pièce et regagne la chambre.

Il est 22 heures quand j'entre dans la salle de bains et ferme à double tour derrière moi. Son histoire ne tient pas debout, le reçu mentionnait deux repas. Mes mains tremblent, elle me ment. Je fais couler l'eau de la douche à grand jet pour couvrir le bruit de mes sanglots. Emma toque à la porte de la salle d'eau :

— Tout va bien, mon cœur ?

Je déverrouille la porte, mais mes yeux rougis me trahissent.

— Mais qu'est-ce qui t'arrive ?

— Il y a des choses que tu me caches !

Elle me prend dans ses bras :

— Mais qu'est-ce qui te fait dire ça ?

— J'ai vu la note. Le repas était pour deux personnes.

— On a juste divisé, c'est tout ! J'ai payé pour Matthieu. Il n'y a pas de quoi en faire un drame. Allez, arrête avec ça ! Viens, on va se coucher.

*

Je réveille Thomas vers 11 heures. Il rechigne à se lever, mais, si je le laisse dormir, il peut traîner au lit jusqu'à pas d'heure, et ça n'est pas le jour. Florence a prévu cet après-midi de l'emmener avec ses cousins visiter la Cité des sciences, comme elle l'avait promis à Noël. Une demi-heure plus tard, je le vois enfiler son bomber et visser sa casquette sur la tête.

— Tu fais quoi, Tom ?

— J'pars rejoindre Noah, on va faire du skate.

— Non mais tu sors comme ça sans même demander ? Tu restes là ! Ta tante passe te chercher dans peu de temps.

— J'y vais pas !

— On ne te demande pas ton avis, c'est pas toi qui décides.

Il ne m'écoute pas et s'avance vers la porte. Je m'interpose pour lui faire barrage.

— Non, je viens de te dire non, Thomas.

— Et moi j'te dis que j'irai pas, ça me gonfle, son truc ! Les potes m'attendent, laisse-moi passer !

Comme je ne bouge pas d'un iota, il s'emporte et me pousse avec son coude :

— Laisse-moi sortir !

— Tu vis sous mon toit, sous mon autorité. Tu fais ce que je te demande.

— T'es pas ma mère, t'as rien à me dire, toi !

— Ah, tu le prends comme ça ? Eh bien, on va lui en parler ce soir !

— Mais je m'en tape ! Tu ne vois pas qu'elle en a rien à foutre de nous ? T'es trop bête pour comprendre ça, Élo ?

Je reste abasourdie par ce que je viens d'entendre. Désemparée, je n'oppose plus aucune résistance et le laisse sortir.

Je m'appuie dos à la porte d'entrée et me laisse glisser jusqu'au sol, en pleurs. Ma tristesse est sans fond, car je sais que Thomas dit vrai. Et c'est le pire des aveux.

Chapitre 14

Je redoutais tant ce jour et pourtant nous y sommes. Les bureaux de l'agence, rue de l'Oratoire, se vident peu à peu. J'ai un pincement au cœur en quittant ce travail que j'aime tant. Annie, la comptable, est la dernière à partir, me laissant seule avec Marc. Son visage est éteint, inquiet, il culpabilise pour nous. Huit salariés au chômage, c'est beaucoup pour un seul homme. La santé de sa fille s'est considérablement dégradée. Il n'avait pas d'autre choix que d'accélérer la vente de l'agence.

— J'aurais aimé que les choses se passent différemment, me confie-t-il.

— Marc, ne t'en fais pas pour nous. La famille passe avant tout. Et la tienne a, plus que jamais, besoin de toi.

— Merci, Élodie. Tu sais, en quarante ans de carrière, j'ai connu peu d'assistantes aussi impliquées et rigoureuses que toi, sache-le. Ce fut un plaisir de t'avoir auprès de moi, j'en garderai un excellent souvenir. J'ai parlé avec Jean-Édouard Kowalski. Il se pourrait qu'il ait besoin de toi sur son prochain long-métrage.

Je l'en remercie. Il ajoute :

— Attends, attends, j'ai quelque chose pour toi.

Il attrape un clap de cinéma posé sur le dossier de son fauteuil chesterfield rouge et me le tend.

— C'est celui de mon tout premier long-métrage en 87. J'étais comme toi, assistant de production. Il a été mon porte-bonheur, je serais ravi qu'il t'appartienne désormais.

Moi qui suis une grande sentimentale et accorde une importance particulière aux objets qui ont une histoire, son geste me touche beaucoup.

L'homme, pourtant pudique, est tout aussi ému que moi. On se fait une accolade pour se dire au revoir.

— Donne-moi de tes nouvelles, ça me ferait plaisir, me dit-il.

Je lui en fais la promesse. L'écart hiérarchique qui pouvait encore subsister entre nous n'est plus qu'un vieux souvenir. Il n'est plus mon boss, il devient un ami. Il est de ces rencontres que l'on n'oublie pas.

Je retourne à mon bureau pour terminer de vider mes placards. Il me faut encore trier ce que je compte garder. Du mur, je décroche les photos de tournage. Elles provoquent en moi un sentiment de nostalgie, entre sourire et larmes. Ces moments-là vont cruellement me manquer. Près du bloc-notes, je récupère mon stylo à plume fétiche, offert par Alix pour mon premier jour à l'agence. Je m'arrête un instant sur le calendrier mural et barre ce jeudi 2 mai, jour de mon départ. Sur les étagères, j'attrape six grands classeurs, déchire les plannings des équipes et les réservations de matériel vidéo que je jette dans deux grands sacs-poubelle. J'ouvre les tiroirs de mon bureau pour en extraire des cahiers, des gommes et des Post-it encore vierges. Au fond du quatrième et dernier compartiment, je tombe sur l'enveloppe argentée reçue il y a plus d'un an et demi. À la seconde même, mon cœur s'emballe. C'est comme si je la découvrais pour la première fois, alors que je savais pertinemment qu'elle m'attendait là. Je m'assois sur le bureau, les jambes dans le vide, et relis la lettre de Sara, restée à ce jour sans réponse. Avec du recul, je me dis qu'il fallait quand même avoir un sacré culot pour oser se dévoiler comme elle l'a fait. Les mots qui défilent sous mes yeux me touchent toujours autant. Je m'empare de mon carnet, niché au fond de mon sac à main, et note à la dernière page les quatre lettres de son prénom. À la ligne, son numéro de téléphone. Je déchire l'enveloppe, froisse la lettre d'une main et vise la corbeille en face de moi.

Tir manqué.

Dans la poche arrière de mon jean, mon téléphone portable sonne. C'est la crèche :

— Bonjour, madame, je vous contacte, car vous étiez censée récupérer votre fille, et il est déjà 18 heures passées. Nous nous inquiétons.

— Je ne comprends pas, ma femme aurait dû déjà venir la chercher. Je suis sincèrement navrée, j'arrive tout de suite !

Et si quelque chose de grave était arrivé à Emma ? Je l'appelle dans la foulée :

— Mon cœur, tout va bien ?

— Oui, pourquoi ? me répond-elle sans l'once d'un tourment.

J'entends en arrière-plan le brouhaha d'un bistrot. Je l'interroge :

— Mais t'es où, là ?

— Je ne vais pas tarder à rentrer. Je fais un point avec l'expert-comptable. Tu es où, toi ? À la maison ?

— Emma, c'est une blague, j'espère ? Tu devais aller chercher la petite ! La crèche vient de m'appeler !

— Mince, j'ai complètement zappé !

— « Zappé » ? C'est tout ce que tu trouves à dire ? T'as juste oublié ta fille, quoi !

— Oh ! ça va, c'est bon ! Ça arrive… Je pars tout de suite.

— Non, Emma, à moi, ça ne m'arrive pas ! Plus la peine de te déplacer, je suis déjà en route !

— Je suis vraiment désolée…

— Franchement t'abuses. On en reparlera à la maison.

Malgré ses promesses, Emma rentre de plus en plus tard et, quand elle est présente à la maison, elle passe son temps à répondre à des e-mails ou à des SMS professionnels. Elle est moins affectueuse avec moi, plus distante, la tête ailleurs, comme si quelque chose la préoccupait. Depuis le soir où je lui ai parlé de la note du restaurant, j'ai le sentiment qu'elle ne me dit pas tout. Je la soupçonne d'avoir de gros soucis au cabinet sans toutefois oser m'en parler. Sans doute veut-elle m'épargner un stress supplémentaire après mon licenciement. La nuit, je m'invente des histoires à dormir debout. J'imagine un détournement de fonds, de graves contentieux avec des clients fortunés ou, pire, des problèmes avec la justice.

J'ai tenté maintes fois de crever l'abcès, mais elle se braque presque instantanément et met ça sur le compte de la fatigue. Je tiens bon, pourtant tout cela m'épuise. J'aimerais qu'elle lève le pied. Mieux, qu'elle me parle. Elle sait qu'elle peut tout me dire. Je la soutiendrai coûte que coûte.

Je remonte la rue Mazarine avec Mila dans la poussette. Devant la porte cochère de l'immeuble, je cherche mes clés au fond de mon sac quand j'entends derrière moi Emma qui m'interpelle, me tirant de mes pensées :

— Désolée, j'ai fait aussi vite que j'ai pu.

— T'es toujours désolée, mais ça ne résout pas pour autant les problèmes !

— Élo, tu ne vas pas faire la gueule quand même ?

— C'était mon dernier jour de boulot, et j'ai quitté l'agence comme une voleuse à cause de tes conneries, alors, oui, il y a de quoi… Mais on en parlera plus tard. Pas ici, pas maintenant, et surtout pas devant ta fille.

L'échange sur le trottoir semble avoir fait son petit effet. Emmanuelle a pris l'initiative de s'occuper de Mila ce soir. C'est si rare, c'est déjà une petite victoire. Elle culpabilise certainement de ne pas avoir été à la hauteur aujourd'hui. Une heure plus tard, alors qu'on se pose enfin sur le canapé, après avoir dîné dans le calme, elle revient sur l'incident :

— Je vais faire des efforts, mon cœur. Promis.

— Ce ne sont que des paroles en l'air, les actes ne suivent pas. Pour une fois que je te demande de récupérer la petite ! Une seule fois et tu zappes. Ça me gonfle !

— Tu as raison, je n'ai aucune excuse sur ce coup-là… J'ai la tête dans le guidon depuis 7 heures ce matin, je suis claquée, et puis le rendez-vous avec le chef de chantier a pris plus de temps que prévu. On accumule les retards et…

L'expert-comptable est devenu chef de chantier, comme par enchantement.

Le soir même, je dors mal. Mon subconscient est intraitable quand quelque chose me préoccupe. À 2 h 41, mon cerveau, comme pour m'extraire de ses méandres, me fait ouvrir l'œil. Une lumière bleue inonde la chambre. Je me retourne et découvre Emma tapotant sur son téléphone.

— Tu ne dors pas ?

— Dans une minute, mon amour, j'envoie juste un e-mail important…

— Ça ne peut pas attendre demain ?

— Non, c'est urgent !

— Mais t'as vu comment tu me parles ?

— C'est que tu m'agaces avec tes questions ! J'en ai pour deux minutes, rendors-toi !

Je me retourne de mon côté du lit, sans un mot.

Dès le lendemain matin, tel un boomerang, tout me revient. J'en ai mal au ventre. J'écris à Ashley par SMS que j'ai la certitude qu'Emma doit avoir de sérieux problèmes financiers. Sa réponse ne tarde pas :

> Elle n'avait pas à te parler comme ça, certes, mais toi aussi, arrête ! Tu deviens complètement parano. Elle bosse comme une folle et, avec des clients étrangers, il n'y a rien de surprenant qu'elle envoie un mail si tard. Ça devient obsessionnel tout ça.

Ses mots sont durs. Elle ne comprend pas ce que je traverse.

À ce moment-là, Emma passe une tête dans la chambre :

— Tu es réveillée, mon amour ? me dit-elle en tirant les rideaux. Je vais travailler à la maison ce matin. Je n'ai pas de réunion et j'aimerais passer plus de temps avec vous.

— Merci, ça me fait plaisir que tu lèves un peu le pied. Je comprends qu'au boulot ce soit compliqué, mais on est là, nous.

— Je sais, je sais… Je vais appeler la crèche pour les prévenir qu'on garde Mila aujourd'hui. Et puis, je leur dois également quelques excuses, je crois.

Je sors du lit, et nous gagnons la cuisine pour le petit déjeuner.

— Je vais passer vite fait à la boulangerie. Il y a quelque chose en particulier qui te ferait envie ? me propose-t-elle.

— Un pain au chocolat s'il te plaît !

Elle enfile un bas de survêtement et un hoodie, attache ses cheveux et quitte l'appartement en oubliant sur le bar de la cuisine son portable. Et si je regardais dans sa boîte mail ? Je pourrais sans doute découvrir qui est le mystérieux destinataire. Mais le doute m'assaille. J'y vais ? J'y vais pas ? J'ai ce besoin de savoir, ne serait-ce que pour faire taire les voix dans ma tête et me rendre compte que c'est sûrement moi le problème.

Cinq minutes plus tard, je suis toujours plantée là, devant l'appareil, incapable de prendre une décision. Elle ne devrait plus tarder à rentrer. Les minutes passent et me poussent à faire mon choix. C'est maintenant ou jamais.

Je déverrouille son téléphone et ouvre sa boîte mail. Je lis le premier e-mail reçu à 8 h 45 :

Re : Confirmation de réservation Venise – 12 au 16 juillet pour 2 personnes.

J'entends l'ascenseur dans la cage d'escalier. Je repose le portable à l'endroit exact où je l'ai trouvé. Je ne comprends pas. Pour qui est ce voyage ? Quelques secondes avant qu'elle n'ouvre la porte, je percute. C'est bientôt nos trois ans de mariage. J'ai ce sentiment d'avoir tout gâché. J'ai déjà visité le sud de l'Italie, mais je ne suis jamais allée à Venise. Nous avions évoqué cette destination au tout début de notre relation. Emma avait fait la promesse de m'y emmener un jour.

À peine passe-t-elle la porte que je l'embrasse. Elle sourit :

— Ça, c'est un accueil comme je les aime !

La matinée est légère, je me sens mieux. Il y a longtemps que nous n'avons pas passé un moment en famille toutes les trois. Et puis, je ne peux m'empêcher de nous imaginer, Emma et moi, à Venise. Boire un café place Saint-Marc, en admirant la basilique. Voguer en gondole jusqu'au quartier du Cannaregio pour y déguster une glace vanille-noisette avec des éclats de chocolat.

Je lance sur la platine l'album *Toï Toï* de Suzanne. Emmanuelle fume sa cigarette sur le balcon. Je la rejoins, l'enlace et supplie le temps de ralentir sa course pour me faire profiter encore longtemps de cet instant.

Vers 14 heures, elle part pour le bureau. J'attends la sieste de Mila pour appeler Alix. Ça sonne… Au bout de trois sonneries, je m'impatiente, pressée de lui annoncer la bonne nouvelle.

— Hé ! Ça va, ma biche ? me demande Alix avec une voix encore endormie.

— Je te réveille ?

— Un peu. Comme je ne bosse pas aujourd'hui, je suis sortie et je me suis pris une cuite hier soir.

— Désolée, mais il faut que je te raconte un truc. Emma va me faire la surprise d'un voyage à Venise pour notre anniversaire de mariage !

— Canon ! C'est top ! Une seconde, si c'est une surprise, comment t'es au courant ?

— Ben, j'suis pas fière de moi, mais j'ai regardé dans sa boîte mail. Je sais… je sais… J'ai déconné, mais fallait que je t'appelle car je suis trop excitée.

— J'imagine. T'as intérêt à jouer l'étonnée quand elle te l'annoncera.

— Compte sur moi !

— Et vous allez faire comment avec les enfants ?

— Emma a dû prévenir Florence ou peut-être mes beaux-parents, je ne sais pas encore.

Je raccroche et appelle Ashley. Quand j'ai tort, je sais le reconnaître et c'est elle qui avait raison.

— Tu vois ! Tout s'explique ! Venise, la ville des amoureux. C'est la dolce vita.

Je suis heureuse.

Vers 17 heures, Emmanuelle rentre du travail. Nous dînons en famille. Elle veut nous faire découvrir un film en japonais qu'elle a adoré, *Les Délices de Tokyo*, sorti en 2015. Pour une fois, Thomas souhaite le regarder avec nous. Je fais sauter du pop-corn et le verse dans un grand saladier. Le film est très émouvant. Blottie contre ma femme, je passe une soirée délicieuse et profite de notre complicité. Après le générique de fin, on regagne la chambre, où elle m'embrasse, avant de faire l'amour, à la lumière d'un Paris qui s'éteint.

*

Les jours suivants témoignent du bonheur retrouvé auprès d'Emmanuelle. Depuis l'épisode de la crèche, il y a dix jours, elle a fait énormément d'efforts pour partager de vrais moments en famille. Les soirs, en semaine, elle ne rentre jamais plus tard que 19 heures et, le vendredi, c'est elle qui va récupérer la petite. Il y a deux jours, elle a emmené Tom au cinéma et m'a offert un soin au spa. J'y ai passé l'après-midi. Avoir du temps pour moi est si rare que j'en ai profité au maximum.

Le temps en ce mois de mai est assez instable à Paris. Emmanuelle est partie hier pour quatre jours en Allemagne. Elle m'écrit :

Envoie-moi des photos de la petite !

J'entre dans la chambre de Mila et lui en fais parvenir une, où elle dort. Je lui demande comment est Berlin.

Je n'ai pas le temps de visiter. Je passe mon temps sur le chantier et les dalles de béton, ce n'est pas très sexy.

Je l'embrasse et lui souhaite une belle nuit. Quelques secondes après, je reçois un SMS de sa part :

Ma chérie, ça m'est sorti de la tête, mais je serai à Singapour du 12 au 16 juillet.

Trois points de suspension apparaissent sur mon écran. Elle rédige la suite de son message.

C'est peut-être l'occasion de réserver ton billet de train pour Lyon. Ça serait chouette pour Mila et Tom de passer du temps avec tes parents.

C'est une blague ? C'est quoi encore, cette histoire ? J'écris « OK » de manière automatique. Mes jambes flanchent, et je dois m'asseoir quelques instants pour prendre pleinement conscience de la situation. Si Emmanuelle est à Singapour, pour qui a-t-elle réservé ce séjour à Venise ? Ma respiration s'intensifie, mon cœur s'accélère. J'aimerais tout lui avouer. Mais lui dire que j'ai vu la réservation dans ses mails la mettra certainement en colère et elle trouvera, j'en suis convaincue, une bonne excuse. Je cherche dans mon répertoire le numéro des filles, pourtant au moment d'appuyer sur le bouton d'appel je me ravise. Je sens bien que je les agace avec mes histoires.

Je repose mon téléphone et reste plantée au milieu de l'appartement, immobile. Pour qui est prévu ce voyage ? Emma a emporté avec elle son ordinateur portable. Je vérifie nos comptes communs sur l'iPad, mais ne trouve aucune transaction suspecte. Il me reste trois jours pour tirer ça au clair. Je tourne en rond dans l'appartement et dois me résigner : ce voyage n'est encore qu'une mascarade. J'ouvre tous les placards de l'appartement, fouille toutes ses poches. Rien, aucun indice. Me traverse l'esprit de vérifier le compte bancaire de son agence, mais comment ? Je n'y ai pas accès. Cela devient une obsession, je fouille partout dans toute la maison à m'en rendre malade. Je ne sais même pas ce que je cherche, mais je veux des réponses. Je me connecte au site Société.com pour télécharger les bilans comptables de son entreprise. Je découvre que son cabinet a fait un excellent chiffre d'affaires l'année dernière. Bordel, mais qu'est-ce qui peut la préoccuper autant depuis des mois ?

J'ai besoin de prendre l'air. Une balade avec Mila au jardin des Tuileries sera la bienvenue. Cela fait une éternité que je n'y suis pas allée. Mila, absorbée par le vol des oiseaux, pointe le ciel du doigt pour suivre leur trajectoire. Je fais le tour des grandes allées avant d'apercevoir au loin l'un des grands bassins. Les gens, affalés sur les chaises en métal vert dispersées tout autour, profitent du calme de cet après-midi ensoleillé. Je m'assois près de l'eau. D'un coup, le souvenir de Sara me revient.

C'était en été. Nous y avions passé l'après-midi. Elle répétait ne plus vouloir rentrer. On profitait de nos derniers instants ensemble avant de reprendre le train pour le Berry, où fiancé et enfants l'attendaient. Allongées sur l'herbe, nous regardions nous aussi les oiseaux fendre le bleu du ciel avant qu'elle ne se tourne vers moi et me dévore de son regard amoureux. Dans sa main, une toute petite clé, qu'elle avait sortie de son sac. Je me souviens de ses mots comme si c'était hier : « Je te confie ce double. Si, un jour, il m'arrive quoi que ce soit, tu trouveras dans mon casier du boulot mon journal intime avec mes dernières volontés. Je veux que ce soit toi qui le récupères. » Nous avions scellé cette promesse par un baiser.

Comme un éclair de génie, Sara, sans le vouloir, m'a montré le chemin à suivre. Car c'est ça ! Oui, c'est ça qu'il faut que je fasse ! Trouver le double des clés du cabinet d'Emma.

Chapitre 15

De retour à l'appartement, je me mets à la recherche du fameux trousseau. Les tiroirs du salon, les placards de la cuisine et de la chambre, le vide-poches à l'entrée, je fouille tout et partout. Thomas rentre, jette son Eastpak au sol et s'affale sur le canapé du salon :

— On passe à table dans moins d'une heure ! Tu pourrais peut-être commencer ta valise, non ?

Comme d'habitude, il soupire, tout l'ennuie.

On dîne tous les deux au bar de la cuisine. Autour de nous, des centaines de documents jonchent le sol, l'appartement est sens dessus dessous. Il lève les yeux au ciel et commence à se marrer :

— Maman va être furax, c'est vraiment trop le bordel.

— C'est pas ton problème, ça.

Il se moque de moi et retourne immédiatement dans son quartier général. Je suis presque soulagée qu'il parte demain matin pour le week-end de l'Ascension chez l'un de ses amis.

Je continue d'inspecter le moindre recoin de l'appartement jusqu'à minuit trente, quand, épuisée, je rends les armes et pars me coucher, dépitée.

Je me lève six heures plus tard, dans le bazar monumental de la veille. Juste après le départ de

Tom, je range et remets chaque chose à sa place pour tenter de cacher ma perquisition. Au sol, je retrouve un briquet tombé de la poche du pantalon de tailleur d'Emma. Je le jette machinalement dans le pot à crayons en marbre sur son bureau, là où elle a l'habitude de les ranger. Sa chute provoque un son métallique qui attire mon attention. Je donne un rapide coup d'œil et tombe sur son trousseau, reconnaissable à l'attache en plastique de couleur verte. Comme le logo du cabinet, m'avait-elle indiqué un jour. Elles étaient là, devant moi, depuis hier soir. Les voir dans le creux de ma main me tourmente. Suis-je capable de traverser cette ligne rouge, de me rendre sur place et de violer son intimité ? Ça ne me ressemble pas. Je peux encore décider de tout arrêter. Je remets les clés là où je les ai trouvées, me répétant d'oublier cette histoire.

Toute la journée, je me concentre sur ce que j'ai à faire, mais ce fichu pot à crayons me rappelle à lui comme le chant des sirènes. Dois-je sauter le pas ? Ce serait de la folie, mais ce suspense me tue. À 15 heures, je suis décidée. Je vais y aller. Je veux savoir. Je dois savoir.

— Ashley, je t'appelle un peu en catastrophe, mais serais-tu dispo aujourd'hui pour garder Mila ? Juste une heure ou deux max. S'il te plaît…

— Ça tombe mal, je passe la journée avec une amie. Je peux demander à Scott de passer si tu veux. Ça te va ?

— Ce serait super !

— Mais, dis-moi, tout va bien ?

— Oui, oui rassure-toi. Juste une broutille. Rien de grave.

J'aurais pu tout lui dire, mais je n'ai pas envie qu'elle me fasse la morale et encore moins qu'elle m'en dissuade. Marre des longues discussions, je passe à l'action.

Scott m'envoie un texto dans les minutes qui suivent. Il arrive pour 16 heures. Je l'accueille rapidement tant je suis pressée. J'ai du mal à avoir son attention, il n'en a que pour Mila. Je dois lui répéter par deux fois mes consignes.

— Je fais au plus vite. Merci, Scott !

Je quitte l'appartement au pas de course et arrive au cabinet vingt minutes plus tard.

Devant l'immeuble haussmannien, avec le stress, j'en oublie le code d'accès. Je me faufile après un voisin et monte au deuxième étage. Même si c'est un jour férié, je sonne pour être sûre qu'il n'y a personne.

Je glisse la clé dans le barillet de la porte et entre. Le bureau d'Emmanuelle est le dernier du long couloir à droite. J'ai une heure devant moi pour investir les lieux et trouver des éléments qui confirment mes doutes.

Près du téléphone fixe, j'épluche un tas de courriers : des expertises, des suivis de chantier, rien de bien intéressant. Sur la gauche, dans une armoire en métal, de grands classeurs, rangés par années, renferment les appels d'offres reçus. J'en viens à me demander si tout cela rime à quelque chose. Plus je fourre mon nez dans ses affaires, plus la culpabilité me ronge. Je ne suis pas très fière de moi. Quand, soudain, des dossiers amoncelés sur une chaise attirent mon attention. Sur l'un d'eux, je lis *ISSEY KOBAYASHI*, en lettres capitales. Je m'assois sur le grand canapé en cuir noir pour le consulter. Là, en première page, je découvre l'accord qu'ils ont signé, il y a un an et demi, en date du 7 septembre. Son ex-mari met un terme à la conciliation et accorde à Emmanuelle la garde exclusive de leur fils à partir de janvier. Le 7 septembre ? Elle m'avait pourtant dit qu'il ne s'était pas présenté à la médiation. Si c'est le cas, pourquoi s'y être rendue par deux fois ensuite ? Pourquoi m'avoir menti ?

Le deuxième dossier regroupe les notes de frais en attente de paiement. Le 3 mars, 21 h 18, deux coupes de champagne au Bristol. Le mois dernier, une facture de la société Prestige Yacht Al Nahyan. Croisière pour deux personnes avec personnel navigant. 69 713,89 dirhams. Je fais la conversion monétaire. 16 000 euros pour trois jours ! J'ai beau me torturer l'esprit, je n'ai pas le souvenir qu'elle l'ait évoqué avec moi. Je vérifie la date sur mon carnet :

Emma voyage à Lisbonne – Penser à récupérer son recommandé à la Poste.

L'heure tourne, il faut que je quitte les lieux. Alors que je suis sur le point de partir, un sac en plastique bleu attire mon regard. Il provient d'une boutique allemande avec une note agrafée dessus. C'est une bombe à retardement :

Comme tu me l'as demandé, je t'ai rapporté un petit souvenir de Berlin pour ta femme et tes enfants.
J'espère que ça leur plaira.
Bises, Matthieu.

Comment se fait-il qu'elle demande à son assistant de lui rapporter quelque chose alors qu'elle y était justement cette semaine ? L'angoisse me tord le ventre. Je regarde l'heure à mon poignet, encore dix minutes. J'allume son iMac, tente de m'y connecter, mais il est protégé par un mot de passe. Merde ! J'aurais dû m'y attendre. Je fais plusieurs tentatives avec la date de naissance de Mila, celle de notre mariage, Accès refusé. Je tape celle de Thomas. Bingo ! La machine démarre enfin.

J'ouvre une page Internet et tape le lien du site de *cloud computing* édité par la marque à la pomme. Nouveau mot de passe mais, par chance, il est identique au premier. Un radar s'affiche à l'écran avec le mot « localisation » qui clignote. La pression monte, j'ai chaud. Je recherche l'iPhone personnel d'Emma dans la section « Tous mes appareils ». Une carte s'affiche sur une région française. Je dézoome et le nom de la ville apparaît enfin : Saint-Tropez. Ce n'est pas possible, c'est sûrement une erreur. Je referme la page et relance le programme. Géolocalisation identique. Je recommence la manipulation avec son portable professionnel. Là encore, la même ville s'affiche à l'écran. Mais putain, qu'est-ce qu'elle fout là-bas ?

J'ouvre sa boîte mail. Sans perdre une seconde, je fouille dans les plans, les photos d'ouvrage, les contrats. Quand, tout à coup, un sujet d'e-mail me saute aux yeux. C'est la confirmation de la réservation pour Venise du 12 au 16 juillet… au nom de Naomi Leroy-Iwasaki ! C'est quoi, ce bordel ? Évidemment, je pense au pire, tout en me répétant que ça n'est pas possible. Pas Emma. J'ouvre l'album photo de son iMac : chaque image est un coup de poing. Elles s'embrassent, partagent des moments complices aux quatre coins du monde. Un cliché me fait particulièrement mal. Elles posent ensemble, Naomi blottie dans les bras de ma femme devant l'immense jet d'eau à Genève. C'était en janvier dernier, lors de son congrès des architectes en Suisse. Je m'en souviens parfaitement car Mila était malade… Je suis vraiment trop naïve, ou trop conne. En tapant le nom de Naomi dans la barre de recherche des mails, leurs échanges affluent. La plupart sont écrits en japonais, que je traduis sur un site en ligne. Dans l'un d'eux, son avocate lui suggère de regarder le film *Les Délices de Tokyo*. Celui-là même que nous avons vu ensemble, et après lequel nous avions fait l'amour !

Incapable de m'arrêter, je continue dans l'horreur à la lecture d'un passage écrit par Emma :

> Il ne se passe plus rien depuis des mois avec Élodie, je te l'ai déjà dit, nous cohabitons juste ensemble. Ne t'en fais pas, il n'y a que toi qui comptes. La douceur de tes lèvres me manque. Ton corps me manque, tout de toi me manque. J'ai hâte de te retrouver. Je t'aime. Emma.

Ce mail ravage tout sur son passage. Ma vie se brise à l'instant où je lis ce « je t'aime » qui ne m'est pas destiné. Comment ose-t-elle lui dire qu'« il ne se passe plus rien » entre nous ?

Je me sens oppressée, j'ai besoin d'air. J'ouvre la fenêtre. Je peine de plus en plus à respirer, submergée par une vague de mensonges qui échouent là, devant mes yeux. Il faut que je me réveille, c'est un putain de cauchemar. Mes mains tremblent, la douleur est vive, le coup est d'une violence incommensurable. Pendant de longues minutes, je reste livide sur ma chaise, le regard vide, mon cerveau déraille. Sous le choc, aucune larme ne me vient. J'en ai assez vu, je cherche la force de me lever. Je veux serrer fort Mila contre moi. Ma peine se transforme en rage. Je referme le cabinet à clé et dévale l'escalier quatre à quatre. Je ne me souviens plus du trajet retour. Tout ce que je sais, c'est que j'ai fait vite. Très vite. J'ai couru sans réfléchir avec une seule idée en tête : retrouver ma fille.

17 h 40. J'arrive à la maison et dissimule mes émotions devant Scott. Encore sous le choc, je ne comprends pas totalement ce qui vient de se passer. Avant de quitter l'appartement, il s'inquiète :

— Élodie, t'es sûre que tout va bien ? Tu es toute pâle.

— Oui, tout va bien, ça va aller, pas de soucis.

— Si besoin, tu n'hésites pas, OK ?

— Merci, Scott. Embrasse Ash pour moi.

23 h 03. J'entre à pas de loup dans la chambre où dort paisiblement l'amour de ma vie. Je la recouvre et l'embrasse sur le front. En la regardant, si petite, je prends pleinement conscience de ce qui nous attend. Je pense aussi à Thomas qui est en pleine crise d'adolescence. Ce sera une nouvelle épreuve pour lui. Les larmes jaillissent car je sais que nous allons nous déchirer.

23 h 07. Je quitte la pièce, et mon cœur me lâche. Je n'arrive pas à y croire. Les sanglots dévalent comme la pluie un mois d'hiver. Je suis effondrée. Comment a-t-elle pu ? Des flash-backs me reviennent en pleine gueule. Quand elle ne décrochait pas à mes appels, ou quand je modifiais mon planning de boulot pour la laisser partir au Japon. Quand elle me dissuadait de

l'y accompagner avec Mila. Mais le pire reste encore de s'être servie de son fils pour cacher son adultère…

23 h 34. Je fais quoi maintenant ? Je l'appelle ou j'attends qu'elle rentre pour la confondre ? Je me résigne finalement à être forte et à attendre son retour. Je veux qu'elle me regarde dans les yeux et me dise qu'elle ne m'aime plus.

23 h 59. Je ne tiens plus. La colère a pris toute la place. Sur le buffet du salon, je vois notre photo de mariage. Une seconde plus tard, le cadre vole à travers la pièce. Ce mariage est un mensonge.

1 h 05. Je me coupe le pied avec les bouts de verre éparpillés sur le parquet. Mon sang coule entre les rainures du bois. Je me fais un bandage de fortune dans la salle de bains. Dans le miroir, je ne suis plus qu'un fantôme aux yeux rougis par sa trahison.

1 h 51. Je pourrais appeler mes amis, mais je n'en ai pas le courage. Annoncer la fin, c'est la rendre réelle. En boule sur le canapé, dans le noir, j'attends que la nuit passe. Je savais que quelque chose n'allait pas chez Emma et personne ne m'a crue. Personne. Pourtant j'avais raison. J'avais tristement raison. L'amour donne ce putain de sixième sens.

2 h 40. Sanglots et mouchoirs.

3 h 27. Je ne dors pas, comment le pourrais-je ? Sur un coup de tête, je veux appeler Emmanuelle et la tuer par les mots. Mais je veux voir le vide dans ses yeux quand elle me regardera. Ce vide qui dit tout. La nuit est interminable. J'écris dans mon carnet à quel point je me sens humiliée, rabaissée.

6 h 35. Je prends sur moi, sèche mes larmes et m'habille du sourire d'une mère pour réveiller Mila.

8 h 15. Je demande gentiment à Mme Delcourt, la voisine, d'emmener Mila à la crèche, prétextant des douleurs abdominales. Je n'ai ni la force de l'emmener ni l'envie que l'on me voie dans cet état. Je ne suis plus que l'ombre de moi-même.

12 h 43. Plus de vingt-quatre heures sans dormir. Mon corps s'effondre sur le canapé.

16 h 14. Dormi trois heures, réveillée par le cauchemar de cet amour qui meurt. Sur mon téléphone, un appel en absence d'Emmanuelle. Je ne mange pas, me force à prendre une douche. Je pars récupérer Mila à la garderie. De fantôme, je suis devenue zombie. Cachée sous la capuche de mon sweat, j'évite les questions des auxiliaires de crèche comme on éviterait les tirs sur un champ de bataille. C'est dur de faire semblant devant Mila. Les rôles se sont inversés, c'est son amour qui me réconforte.

19 h 21. Mon portable bipe, c'est elle :

Mon amour, je suis à l'aéroport. Je serai à la maison vers 21 heures. J'ai hâte de rentrer. Je t'aime.

J'ai tout aussi hâte.

21 h 03. Par la fenêtre, je vois un taxi la déposer en bas de chez nous. Mon cœur cogne encore un peu plus fort.

21 h 07. J'entends l'ascenseur qui monte jusqu'à notre étage. J'inspire et expire lentement, mais ça bout déjà à l'intérieur. Tremblante, je m'assois sur le canapé face à l'entrée.

21 h 08. Emmanuelle, habillée d'une chemise blanche, d'un blazer et d'un pantalon noir avec un bouquet de fleurs à la main, rentre d'Allemagne. Elle retire ses talons aiguilles dans le vestibule et me regarde, assise sur le canapé, les bras croisés :

— Bonjour, mon amour, ça n'a pas l'air d'aller, qu'est-ce qu'il y a ?

Elle lit la colère dans mon regard. Après de longues secondes muettes, je me lève. Trois mots comme des uppercuts sortent de ma bouche :

— Je. Sais. Tout.

Chapitre 16

— Alors, c'était bien Saint-Tropez ?

— Comment ça ? De quoi parles-tu ?

— Emma, arrête de te foutre de ma gueule !

Je lui montre en pointant du doigt la vingtaine de feuilles éparpillées devant moi, sur la table basse du salon :

— Et ça, tu peux m'expliquer ?

— C'est quoi, ces documents ? Je ne comprends pas.

— Ce sont les preuves de ta double vie. Celle que tu m'as cachée pendant des mois. Tout y est, tout, tu m'entends ? Vos e-mails échangés, vos photos, votre réservation pour Venise quand je pensais, comme une conne, que nous irions toutes les deux.

Elle est prise de court, mais je ne lâche rien et continue dans ma lancée :

— Et je suis aussi tombée sur l'accord que tu as signé dès la première médiation avec Issey. En m'inventant qu'il t'avait plantée, ça t'arrangeait, tu gagnais du temps ! Vous vous êtes bien foutues de moi !

— Non, mais attends, tu t'es permis d'aller à l'agence et de fouiller dans mes affaires ? Pour qui tu te prends ?

Le ton monte :

— Pour ta femme ! Et quand est-ce que tu m'as respectée dans toute cette histoire ?… Jamais ! Putain, Emma ! Jamais ! Comment t'as pu me faire ça ?! Tu te tapes ton avocate depuis un an et demi ! Celle que je t'ai trouvée !

Emmanuelle ne plie pas et tente d'inverser la situation. Mais je n'entre pas dans son jeu, ne lui laisse aucun répit :

— Je suis vraiment trop naïve ! Je t'ai crue quand tu m'as juré fidélité le jour de notre mariage. Encore plus naïve quand tu m'as fait croire que tu partais à Kyoto pour récupérer ton fils alors que l'accord était déjà signé ! Tu n'y allais que pour elle, t'es minable ! Et puis, toutes tes escapades prétendument pour affaires quand ta fille, ici, te réclamait ! J'ai porté notre famille à bout de bras pendant que tu prenais du bon temps dans des palaces avec cette connasse ! Tout me revient et fait sens maintenant. Je comprends mieux pourquoi tu évitais les FaceTime, pourquoi tu rentrais si tard, pourquoi tu étais toujours si apprêtée quand tu partais à l'étranger. Tu me déçois à un point…

Emma reste debout, face à moi, sans rien dire. Ses yeux fixent le parquet, certainement à la recherche d'un axe de défense ou d'un semblant d'explication pour fuir cette situation. Je fais le tour de la table basse et m'approche d'elle :

— Regarde-moi ! J'ai le droit de savoir ! Pourquoi tu m'as fait ça ? Pourquoi ?

Je hurle comme si un couteau m'avait transpercé le ventre avant de m'effondrer sur le sol, en sanglots. Emmanuelle s'agenouille près de moi. Sa main glisse le long de mon bras pour m'aider à me relever. D'un geste sec, je la repousse :

— Ne me touche pas !

Elle marmonne un « Je suis vraiment désolée »…

— Tu m'as trompée dès le début, dès le premier voyage !

— Ce qu'il s'est passé avec Naomi ne représente rien pour moi. J'ai succombé au jeu de la séduction et je n'ai pas réussi à en sortir, je m'en veux… Je t'assure, je ne voulais pas te faire de mal… C'est toi que j'aime. Tu es la femme de ma vie.

— T'as quoi ? 15 ans ? Tu ne connais pas tes limites ? Tu dis que tu m'aimes et tu me trompes, t'es pathétique ! Qu'est-ce que je t'ai fait pour mériter ça ? Tu as pensé à nous, à Mila, à Thomas ? Tu me dégoûtes.

Emmanuelle reste figée, je la bombarde à nouveau de questions :

— Qu'est-ce qu'elle a que je n'ai pas ? Elle est plus intéressante ? Plus cultivée ? Elle baise mieux, peut-être ?

— Arrête, ce n'est pas ça.

— Alors c'est quoi, bordel ?

— Je ne sais pas, je… Je crois que la vie de famille m'oppresse. Je n'y arrive pas, je ne sais pas faire : toi, tu es si parfaite dans ce rôle et, moi, ça m'angoisse… Avec du recul, j'ai pris peur. Je pense que je n'étais pas prête.

— Pas prête ? Mais c'est toi qui voulais que l'on fonde une famille, que l'on vive ensemble, que l'on se marie. C'est toi, Emma ! Quand on s'est rencontrées, tu savais que j'avais du mal à refaire confiance après mon ex. Tu as su me rassurer en me disant qu'avec toi ce serait différent. J'ai bu tes paroles, j'ai voulu y croire. Mais, le problème, c'est que tu veux tout ! Une vie de famille rangée tout en restant célibataire. Être une femme libre, indépendante, sans aucun compte à rendre. J'aurais dû faire quoi ? Continuer à fermer ma gueule et rester sagement à la maison, c'est ça ? À élever seule ton fils qui est ingérable, et à prendre soin de Mila en ton absence ?

Mes mots, comme des balles, atteignent leur cible. Des larmes s'amoncellent sur son visage. Entendre la vérité lui est insupportable.

— Je ne t'ai jamais enchaînée, Emma, jamais ! Au contraire, tu as toujours fait ce que tu as voulu. Tu pouvais partir des semaines sans que je te le reproche. J'ai toujours fait en sorte de te faciliter le quotidien et de te libérer du temps, à m'occuper de tout. Et le pire dans tout ça, c'est que je t'ai soutenue dans tout ce merdier avec ton ex-mari, ça me rend dingue ! Tu t'es servie de ton fils pour aller t'envoyer en l'air à l'autre bout du monde !

— Mon amour, je… je suis vraiment désolée. Je m'en veux, j'ai fait n'importe quoi, tout est ma faute. Pardonne-moi, je t'en supplie…

— Arrête avec tes excuses, arrête ! C'est pire ! Tu t'enfonces !

Je file dans la chambre, elle me suit. J'ouvre le placard et prends la première valise que je trouve.

— Élo, tu fais quoi, là ? Putain, arrête ça…

— Je me casse, je vais passer la nuit ailleurs. Là, tu vois, je suis incapable de te regarder en face tellement tu me dégoûtes.

— Élo, je t'aime, ne pars pas, s'il te plaît. Pense aux enfants…

— Penser à eux ? Mais je fais que ça. Quand Mila a fait ses premiers pas, tu n'étais pas là. Quand elle a dit « maman » pour la première fois, tu étais où ? Quand Thomas m'a insultée la semaine dernière, c'est toi qui m'as soutenue ? Non ! Alors, pour une fois, tu vas prendre tes responsabilités et tu vas t'en occuper !

J'arrache les vêtements de leur cintre, prends en boule des sous-vêtements dans le tiroir de la commode et boucle ma valise, avant de claquer la porte de l'appartement.

J'envoie un SMS à Ashley :

Est-ce que je peux passer la nuit chez toi ? Je suis en chemin. Je t'expliquerai.

Elle m'écrit presque instantanément :

Sure, you're welcome.

Il est 22 h 40 quand je m'engouffre dans la station de métro Odéon, le cœur en mille morceaux, qu'aucun sanglot ne peut recoller. Je suis mariée à une femme que je ne reconnais plus. Je traîne mon corps blessé à travers les couloirs de mosaïque blanche qui mènent jusqu'au quai, prends place dans la rame tel un fantôme errant, avec des yeux de panda tant les larmes ont eu raison de mon mascara. Ma détresse attire le regard des voyageurs assis en face de moi, trois adolescents se tenant à la barre du métro me dévisagent. Ils doivent se demander ce qui m'arrive. Je me cache tant bien que mal derrière mes mains en guise de bouclier. Dans ce métro, je me sens vulnérable, fragile. J'ai envie de disparaître, de m'enfoncer dans le sol et de redevenir poussière.

J'arrive, vingt minutes plus tard, sur mon ancien palier. Avant de frapper, j'inspire profondément. C'est

Scott qui m'ouvre. Son visage est compatissant, il se doute bien que débarquer en pleine nuit ne présage jamais une bonne nouvelle. Du haut de son 1 m 95, il me prend dans ses bras. Je pleure sans pouvoir m'arrêter. Ashley s'approche doucement de la porte :

— Allez, *come on*, viens par là… Qu'est-ce qu'il se passe ?

Je tremble de tout mon corps. Elle m'invite à m'asseoir sur le canapé et m'offre à boire, mais je ne veux rien. Scott insiste et m'apporte un grand verre d'eau ainsi qu'une boîte de mouchoirs.

— Emma me trompe depuis plus d'un an… Hier après-midi, je me suis rendue à son cabinet avec son double des clés. J'ai toujours eu l'intuition qu'elle me cachait des choses et j'y ai trouvé mes réponses.

— Non ! Vraiment ? Oh merde ! Je suis sincèrement désolée, Élo, j'aurais dû te croire depuis le début. Pourquoi tu ne m'as pas appelée ?

— J'avais peur que tu m'en dissuades, mais il fallait que je sache, tu comprends ?

Scott est abasourdi :

— *Oh God !* C'est fou cette histoire… Elle a bien caché son jeu.

— Le plus important, c'est toi et les enfants, enchaîne Ashley. Comment tu te sens ?

— Thomas est parti en week-end chez un ami. Heureusement, je n'aurais pas pu affronter ça en sa présence. Je me sens bête. Stupide d'avoir été aussi naïve, de n'avoir rien vu alors que ça se passait sous mes yeux. L'amour ne rend pas seulement aveugle, mais très con, trop con.

— Tu comptes faire quoi ? demande Scott d'un ton doux et apaisant.

— Je veux divorcer. C’est clair. Je ne peux pas rester avec elle après tout ce qu’elle m’a fait. Ce n’est pas possible !

— Je comprends que tu sois à fleur de peau et tu as toutes les raisons de l’être, mais ne prends pas de décision à la hâte, tempère Ashley, tu pourrais le regretter. Et puis il y a les enfants maintenant, ce sera dur pour eux aussi.

Rien que d’imaginer le leur annoncer, l’émotion me submerge. J’ai si mal pour eux. Ils ne sont responsables de rien et devront traverser cette épreuve tout autant que nous. Et je pense à Thomas qui a déjà vécu ça. L’histoire se répète, quelle tristesse.

Je pose mon visage au creux de l’épaule d’Ashley comme pour fuir, un instant, l’enfer de cette soirée.

— Ça va aller, *everything’s gonna be alright*, me souffle-t-elle à l’oreille, comme le ferait une mère à son enfant. Ce soir, tu vas te reposer et, demain, on en reparle. Mais je crois qu’une discussion avec ta femme s’impose.

Elle me prête un bas de jogging et un T-shirt avec l’inscription « California Dream » sur un joli coucher de soleil. Je m’allonge sur le canapé en suppliant le sommeil de venir m’embrasser…

… à 4 heures du matin, je l’attends encore. Je n’ai pas fermé l’œil. Je me refais le film des derniers mois et me noie dans les détails les plus sordides des mensonges de ma femme. Je pleure comme je respire. J’étouffe comme on aime. Comment peut-on s’engluer autant dans une double vie sans éprouver le moindre remords ? Elle a eu le talent de dissimuler l’impensable, de sourire sur commande et de continuer à m’appeler « mon amour » alors que ses lèvres avaient encore le goût amer de son amante.

Elle est comme ces brochures de vacances où l'on vous promet une chambre avec vue sur la mer. En arrivant sur place, c'est la déconvenue. Le paysage tant rêvé, au final, n'est qu'un mur de parpaings fissuré de part en part. L'ironie, c'est que l'océan se trouve juste derrière. On a le son, mais pas l'image. Au loin, le bruit des vagues et des enfants qui s'y baignent, mais sous nos yeux, il n'y a que le gris du béton. C'est à l'image de mon histoire d'amour. Emmanuelle m'a promis le bonheur d'une vie qui n'existe pas.

Ashley me rejoint vers 7 heures dans le salon alors que le soleil se lève à peine. Elle a l'élégance de ne pas me demander comment s'est passée ma nuit, ma sale tête parle pour moi. Elle nous prépare un thé et me suggère à nouveau d'avoir une discussion avec Emma.

— Mais pour se dire quoi ? Je lui en veux tellement, c'est au-dessus de mes forces. Il y a eu trop de mensonges, et puis je ne t'ai pas tout raconté, j'ai lu des choses horribles sur moi dans ses e-mails.

— Tu sais, j'ai le sentiment qu'elle reproduit constamment le même schéma. Elle a quitté le Japon en laissant son fils peu de temps après sa naissance. C'est si rare pour une maman de prendre une telle décision. Je l'ai sentie plus distante depuis l'arrivée de Mila… Je n'essaie pas de la défendre, seulement de comprendre.

Elle a raison. Depuis l'arrivée de notre fille, Emmanuelle est beaucoup moins investie dans notre couple. Et puis Thomas me fait clairement payer l'absence de sa mère. À 14 ans, il ne se rend pas compte que j'en souffre tout autant que lui, que j'essaie de faire tout mon possible pour qu'elle lui donne de l'attention.

— Est-ce que tu l'aimes encore ? me demande Ashley de but en blanc.

— Franchement ? Je ne sais plus. Elle était mon pilier, mon repère, puis elle s'est éloignée de nous un peu plus chaque jour. Lentement, je me suis habituée à ses absences. Avec un peu de recul, c'est comme si elle me préparait à cet épilogue. J'aurais pu entendre beaucoup de choses… mais, là, c'est impardonnable.

Je sens à nouveau les larmes slalomer sur mes joues :

— Ashley ? Qu'est-ce que j'ai bien pu faire ou manquer pour en arriver là ? J'ai cette voix dans la tête qui me répète que tout ça est ma faute. J'aurais dû voir ce qui se passait, anticiper cette situation.

— *Oh stop it !* Arrête ça tout de suite ! Je ne peux pas te laisser dire ça. Tu as fait tout ce qu'il fallait, c'est Emma qui a merdé, pas toi. Tu l'as soutenue quand elle voulait récupérer son fils, tu l'as encouragée dans tous ses projets… Si Scott faisait pour moi un quart de ce que tu as fait pour elle, je serais comblée, dit-elle avec humour.

Depuis la chambre à coucher, Scott, qui a surpris la discussion, s'exclame avec sa voix d'ours :

— *Hey babe !* Je t'entends !

— Je sais ! répond Ashley pour le taquiner, avant de poursuivre notre conversation. Prends le temps nécessaire et qu'importe ta décision, avec Scott, on sera là. Toujours…

Elle est une amie en or, un soutien incroyable.

— Que vais-je devenir ? Je vais aller où ? Emmanuelle est propriétaire de son appartement, et je n'ai même plus de boulot…

— Pour le boulot, *don't worry*, j'ai peut-être la solution ! Tu pourrais bosser avec moi à l'agence, poursuit-elle devant ma mine interrogative. Elle ouvre à la rentrée, et j'aurai certainement besoin d'une collaboratrice. Toi, ça t'aide à retomber sur tes pattes et, moi, ça me permet de me focaliser sur la prospection. Et puis, tu pourras gérer tes horaires comme tu l'entends, en fonction de Mila. Je serais ravie, en tout cas, qu'on bosse ensemble…

— C'est gentil de ta part, mais je n'ai jamais fait ça de ma vie, je ne connais rien au marché de l'immobilier.

— T'en fais pas, ça s'apprend ! Je te formerai. T'es bosseuse et débrouillarde, je suis sûre que tu t'en sortiras très bien.

— Merci beaucoup, je te promets d'y réfléchir. Je vais prendre une douche si tu veux bien et rentrer à la maison.

Une heure plus tard, je refais le chemin inverse en direction de la rue Mazarine. Quand je passe la porte, Emma fume sa clope sur le balcon. Elle veut engager la conversation, mais je refuse. Je pars dans la chambre rattraper ma nuit. Vers 9 heures, elle entrouvre la porte pour me dire qu'elle part au bureau et qu'il serait bien que l'on puisse se parler quand elle rentrera. Je lui réponds un simple « OK ».

Vers 18 heures, Thomas rentre, excité par son week-end. Je prends le temps de m'y intéresser. Emma également. Nous devons prétendre que tout va bien, exercice particulièrement difficile pour moi. Une heure plus tard, nous ne pouvons plus jouer la comédie. Nous dînons dans une ambiance glaciale. Thomas pose la question interdite :

— Il se passe quoi ? Vous vous faites la gueule ?

— Tout va bien, ne t'en fais pas, le rassure Emma.

Une fois les enfants couchés, elle fait le premier pas :

— Est-ce que l'on peut discuter ?

— Vas-y, je t'écoute.

— Élo, je tiens sincèrement à m'excuser pour tout. Avec Naomi, c'est terminé. Je ne la reverrai plus. Je veux me battre pour nous. Il n'y a que toi que j'aime.

— Tu as brisé notre famille. Je ne suis pas sûre de ce que l'on va devenir.

— Je ferai tout ce qu'il faut pour que l'on surmonte ça. Ensemble, on peut y arriver.

— Je n'en sais rien. Tu m'as fait si mal. Il me faut du temps.

— Tout le temps qu'il te faudra, consent-elle. Donne-moi une chance… S'il te plaît ?

Je ne lui réponds pas. Je lui demande seulement de faire chambre à part. Impossible de partager mon lit avec celle qui m'a trahie.

*

Les jours suivants, l'insomnie continue à prendre en otage mes nuits. Il m'arrive de m'assoupir deux, trois heures tout au plus. J'aimerais arriver à lui pardonner mais les « je t'aime » d'Emmanuelle, envoyés par e-mail à Naomi, me hantent. Si cette histoire n'a pas compté, comment a-t-elle pu lui faire de telles déclarations ? J'en viens même à douter de sa sincérité quand ils m'étaient destinés. Je mets à profit les petites heures du jour pour écrire. Le matin, je fais en sorte de prendre mon petit déjeuner en décalé pour éviter de la voir, la journée, elle s'absente de la maison pour bosser. Étant au chômage, je pars seule redécouvrir Paris, traîne dans les squares, visite des lieux peu connus des Parisiens. Je prends le temps d'aller boire des verres avec d'anciens collègues. Pourtant, il n'y a pas une seconde où je ne pense pas à ça. Aux terrasses des cafés, je regarde ceux qui s'aiment. Je leur souhaite de ne jamais croiser la route de la trahison. Dans ma relation avec Sara, j'avais le rôle de l'amante. Et aujourd'hui seulement, je comprends la peine qu'a pu ressentir l'homme qu'elle a trompé. Le destin se joue de nous, toutes nos actions ont des conséquences, et je reste convaincue que tout ce que je vis en ce moment n'est pas lié au hasard. La vie a peut-être décidé de me donner une leçon.

Je passe la plupart de mes après-midi à l'agence d'Ashley. Elle a besoin d'un coup de main pour travailler sur la présentation des appartements dont elle a obtenu les mandats de vente. Je prends des photos, monte les fichiers vidéo des visites virtuelles pour les clients qui ne peuvent se déplacer. Mes expériences de production de films et de communication sont un véritable atout. L'ouverture est prévue au 15 septembre, sa proposition d'emploi me tente, mais je ne veux pas me mettre la pression. Une bataille à la fois.

Je rentre généralement vers 17 heures. Cela me laisse encore quelques heures, seule avec ma fille, avant que Tom ne quitte le collège. Dès qu'Emma est à la maison, tout devient plus compliqué. On se parle uniquement pour assurer le bien-être des enfants et organiser notre emploi du temps. Elle a essayé par trois fois de me reconquérir en me suppliant de lui pardonner, mais je campe sur mes positions. C'est trop tôt, trop facile. Est-ce que je songe à la quitter ? Oui, ça m'arrive d'y penser, et puis les mots d'Ashley me reviennent : Ne jamais prendre de décision sur un coup de tête. Alors je reste coincée entre deux vies : celle que j'avais et celle que je peux choisir d'avoir.

*

Trois semaines plus tard.

Emmanuelle est dans le salon en train de ranger. Je suis dans la chambre à regarder une série sur l'iPad. Nos portables sonnent à l'unisson :

> Comment ça va, les filles ? Ça fait un bail qu'on ne s'est pas vues. Je suis dans votre quartier, je passe vous faire un coucou ? La bise. Flo.

Je sors de la chambre :

— T'as vu le message de ta sœur ? Réponds-lui s'il te plaît. Mais j'te préviens, si elle passe, je ne reste pas.

— Je ne comprends pas pourquoi tu veux partir ? Flo t'apprécie…

Dans mes yeux, il y a comme un départ de feu.

— Tu te demandes pourquoi ? Car j'en ai marre, Emma, de faire semblant. Ça fait plus d'un mois que l'on fait bonne figure devant nos enfants, tes parents, nos amis… D'ailleurs, ton fils me demande pourquoi tu dors sur le canapé. Il n'est pas idiot. Mais c'est ton rôle de le lui annoncer. Ce soir, je vais encore devoir faire comme si de rien n'était, comme si tout allait bien. Et ça me bouffe de l'intérieur. Tu n'as qu'à lui dire la vérité. Après tout, elle le saura tôt ou tard…

— Arrête, s'il te plaît. Ça change quoi, qu'elle soit au courant ?

— Que tu prennes tes responsabilités ! Quand il s'agit de noyer le poisson, vous êtes forts, chez les Delaunay. Ta sœur qui ne voulait pas annoncer à son mari qu'elle était virée et toi qui caches que tu m'as trompée. C'est de famille, on dirait, éviter à tout prix que le vernis de la femme parfaite ne s'écaille.

Ma gorge se serre, l'émotion me rattrape :

— J'ai mal à en crever.

Seule, dans notre grand lit, je craque. La porte s'entrouvre, laissant pénétrer la lumière dans l'obscurité de la chambre. Emmanuelle s'approche et s'allonge contre moi. Elle m'enlace pour la première fois. Je la laisse me toucher. Étrangement, ses bras me font autant de mal qu'ils m'apaisent.

— Tu sais ce qui nous ferait du bien ? Que l'on quitte cet environnement toxique et que l'on parte toutes les deux au bord de la mer pour prendre du recul et se retrouver… Je peux demander à Florence de prendre les enfants avec elle ce soir pour deux trois jours.

— Mais tu bosses lundi.

— Je m'en fiche du boulot, je n'irai pas… Tu es ma priorité.

Des sentiments contraires s'entremêlent en moi.

— Alors, tu en dis quoi ? Il te suffit de dire oui et je m'occupe de tout…

Ma tête voudrait bien, mon cœur résiste. J'accepte difficilement, mais j'accepte.

Florence sonne à la porte.

*

Le lendemain, je suis peu bavarde sur le trajet jusqu'à Étretat. Emma engage des conversations que je ne poursuis pas. Ces quelques jours ont pour but de renouer les liens qui nous unissaient. Elle a réservé une très belle chambre au domaine Saint-Clair dont elle me fait l'éloge sur la route, sans se rendre compte que je m'en fous. Un hôtel luxueux ne ramènera pas le bonheur que nous avons perdu. Il y a, Dieu merci, des émotions qui ne s'achètent pas dans ce monde. Emma est aux petits soins, de l'avoir laissée me toucher la veille la rend plus tactile avec moi. Elle s'assure – parfois avec exagération – que je ne manque de rien.

Vers 20 heures, nous quittons la chambre pour dîner au restaurant de l'hôtel. Le cadre est à la hauteur de ses promesses et la cuisine gourmande et raffinée, mais je manque toujours autant d'appétit. Elle voit bien, malgré ses efforts, que je n'arrive pas à me dépêtrer de cette tristesse qui a pris possession de tout mon être :

— Qu'est-ce que je peux faire pour que ça aille mieux ? Je déteste te voir comme ça.

— Il me faut du temps, c'est tout… Je n'ai plus confiance en toi, et tu as écrasé, par la même occasion, l'estime que j'avais de moi.

Mes yeux brillent dans l'ambiance feutrée du restaurant. Emma pose alors sa main sur la mienne :

— On va y arriver, hein ? Je ferais tout pour que l'on oublie cette histoire. Jamais plus je ne vous laisserai, Thomas, Mila et toi.

Nous regagnons la chambre sur les coups de 22 heures. Je m'allonge sur le lit, dos à Emmanuelle, en fixant la pleine lune par la fenêtre. Elle se colle à moi, passe son bras par-dessus ma taille pour m'enlacer. Quelques minutes lui suffisent pour s'endormir. Je l'envie presque. Sa peau nue contre la mienne me réchauffe le cœur. L'instant aurait été parfait si mon esprit ne me rappelait pas constamment les événements passés.

Le petit déjeuner servi vers 10 heures nous attend sur la terrasse. Emma me réveille avec beaucoup de douceur. Elle me serre contre elle, et je la laisse m'embrasser. Je dois l'admettre, ses lèvres m'ont manqué. Je ressens l'espoir naissant que tout peut s'arranger. Elle me propose d'aller voir les falaises et file à la salle de bains se préparer. Dans la poche de sa veste, j'entends la vibration d'un appel sur son portable. Je me sens immédiatement oppressée. Quelques minutes plus tard, le téléphone vibre à nouveau : numéro inconnu. Je décroche. Personne au bout du fil. Alors que je redépose délicatement le téléphone où je l'ai pris, l'application WhatsApp indique : « Vous avez un nouveau message ». L'aperçu a été désactivé. Pourquoi cette précaution ?

Je voulais attendre la fin du week-end pour t'appeler, mais je n'y arrive pas. Je ne pense qu'à toi. Donne-moi des nouvelles stp ! Nao.

Je suis sous le choc. Mes mains tremblent, mon estomac se noue. Je remonte le fil de la discussion et découvre les nombreux échanges :

Naomi :
Tu me manques…

Emma :
On en a déjà parlé, il faut que ça s'arrête.
Je me concentre dorénavant sur mon couple.

Je sais… mais j'avais juste envie de te le dire.
On se revoit bientôt ?

N'insiste pas, s'il te plaît.
Je te ferai signe quand je viendrai au Japon
et on verra à ce moment-là.

Je t'attendrai.
愛してる (Je t'aime)

Emmanuelle, qui m'avait assuré n'avoir plus aucun contact avec Naomi et même avoir bloqué son numéro, envisage donc de la revoir. Écœurée, je balance le téléphone dans la pièce, rassemble mes affaires dans un sac et prends le premier taxi devant l'hôtel.

— Gare de Bréauté-Beuzeville, s'il vous plaît…

Mon portable sonne trois fois, je ne décroche pas. Puis un SMS me parvient :

Mon amour, t'es où ?

Tu m'as encore menti.
Je ne peux plus continuer comme ça,
j'aurai toujours le doute.

Je crois qu'il est mieux
que nos chemins se séparent…
La seule chose que je te demande,
c'est d'avoir la garde de Mila.

Ne pars pas, je t'en supplie.
Reviens et on discute…

Emma, j'ai pris ma décision.
Je veux divorcer.

Chapitre 17

Il y a des décisions qui bouleversent nos vies à tout jamais ; celle-là est probablement la plus difficile que j'ai eu à prendre. L'imposer, par la force des choses, à Thomas et Mila, et les séparer d'un parent est une lourde responsabilité. Je sais par avance qu'il me faudra affronter un ennemi redoutable : la culpabilité.

Assise sur mon lit, seule, dans l'obscurité, je fais défiler nos photos de famille sur mon portable. Je me replonge, avec nostalgie, dans celles du jour de notre mariage. Je revois Emma me rejoindre sous l'arche fleurie pour me jurer fidélité. Je me rappelle la naissance de Mila, arrivée avec quelques semaines d'avance, et pour qui j'ai traversé la France en pleine nuit. L'installation de Thomas et de ces centaines de mangas qu'il a voulu absolument trier par ordre alphabétique. Nous étions une famille unie, nous sommes aujourd'hui déchirés. Comment en sommes-nous arrivés là ?

Depuis notre week-end à Étretat, il y a un peu plus d'un mois, Emmanuelle a essayé plusieurs fois de sauver les meubles en se justifiant ou en me suppliant de lui laisser une dernière chance… mais je ne veux plus rien entendre, c'est trop tard. Les personnes que l'on aime le plus au monde sont souvent celles qui nous déçoivent. J'ose dire que c'est inéluctable. Sans doute sommes-nous plus indulgents envers elles, les pensant incapables de nous faire le moindre mal. Et quand ça arrive, c'est brutal, violent. J'ai cru à la loyauté d'Emma et en son amour éternel. J'étais aveuglée par l'estime que j'avais d'elle. Aujourd'hui, l'illusion fait place à la réalité.

À la maison, la cohabitation est pesante. Nous faisons toujours chambre à part. Emma a dû annoncer à Thomas que « nous traversions des difficultés ». Elle veut y croire mais, pour moi, c'est plié, j'ai déjà pris rendez-vous chez un avocat. Thomas n'a rien dit sur le moment. Il a fait comme si cela ne l'affectait pas, mais je le connais, et je sais que c'est une façon comme une autre de se protéger.

Nous avons établi un calendrier de garde pour Mila et un partage équitable des tâches quotidiennes. Malgré tout, je dois lui rappeler constamment les siennes. On ne se comprend plus, tout est sujet à discorde. Elle ne supporte pas l'idée que je puisse la quitter, et moi qu'elle ait pu me trahir. En me passant la bague au doigt, elle m'a prise pour acquise. En acceptant son alliance, j'exigeais qu'elle me soit fidèle. Je lui en veux tant d'avoir rompu sa promesse. Ses propos à mon égard sont durs et cruels. Elle me fait payer ma décision de mettre un point final à notre histoire. Elle en oublie que nous en sommes là par sa faute.

La procédure de divorce s'annonce longue, retardant d'autant plus mon départ de l'appartement. Ma famille s'inquiète pour moi. Ils m'appellent plusieurs fois par semaine pour savoir comme je vais, si je tiens le coup. Mon père dit que je ne pourrai faire le deuil de mon mariage qu'en quittant définitivement la rue Mazarine. Il me sent fragile, à fleur de peau, et me demande si je vois mes amis. « Pas si souvent, ils ont une vie, des problèmes à gérer, mais on se téléphone, bien sûr. »

En début de semaine, j'ai rendu visite à Florence et Bruno. Pour eux aussi, ce fut un choc. Flo ne décolère pas et ne cesse de pointer l'immaturité de sa sœur. Elle, qui ne comprend pas ce qui a pu lui passer par la tête, finit par me demander :

— Tu es sûre de toi ? Il n'y a aucune chance que vous surmontiez cela ? Je ne la défends pas, mais c'est terriblement dommage que tout finisse ainsi.

— Elle continue à me mentir, dis-je, en référence aux messages de Naomi à Étretat. Jamais plus je ne pourrai la croire.

Elle souffle. Elle sait malheureusement que j'ai raison.

Bruno pose sa main sur mon épaule :

— Excuse-moi d'être vulgaire, mais ça m'emmerde. Oui, ça m'emmerde de savoir que vous allez divorcer.

Je me lève de la table où Florence a disposé des biscuits et du thé. Je sens que les larmes reviennent alors je préfère prendre l'air à la fenêtre. Elle me rejoint :

— Sache que tu restes, à nos yeux, notre belle-sœur, divorce ou pas, on s'en fout. Et puis, c'est au niveau du cœur que tout se passe. Et dans le mien, rien ne changera. Ma porte te sera toujours ouverte, OK ?

Je quitte Saint-Cloud en toute fin d'après-midi. Sur le chemin du retour, les mots de Florence me reviennent. Je la crois sincère, mais je sais que rien ne sera jamais comme avant. Et que, par conséquent, nos relations vont changer. C'est la double peine, quitter celle que j'aime et, par ricochet, m'éloigner de Florence et de Bruno qui, au fil des années, ont fait partie de ma famille.

Je suis à un tournant de ma vie. Je vois le monde que j'ai construit s'effondrer et je me dois déjà de bâtir celui d'après, ne serait-ce que pour ma fille. Mais on ne peut se reconstruire sur des ruines. Il me faut déblayer, organiser, et poser de nouvelles fondations. Ça ne sera ni pire ni moins dur que mes précédentes ruptures, ce sera juste différent. Quand on a 20 ans, on morfle quand ça nous arrive. Les émotions sont nouvelles et les traverser pour la première fois laisse la chair à vif. Mais, avec le temps, on apprend, on mûrit, et la peau s'épaissit des expériences passées. C'est toujours aussi douloureux, bien sûr, mais on s'y prépare différemment. Surtout quand on a des enfants. On ne pense plus seulement à soi, mais à eux, ce qui fait toute la différence. On peut avoir plusieurs amours dans une vie. Chacun nous élève, autant qu'il nous abîme, mais jamais plus avec la même intensité. Aujourd'hui, je sais que l'amour m'a fait avancer, qu'il m'a fait prendre des chemins qui m'étaient destinés. Je ne regrette rien. Au contraire, je remercie la vie chaque jour de n'être plus seule. Mila est à mes côtés, et c'est la plus belle chose qui me soit arrivée.

*

Depuis plus d'une semaine, aucun jour ne se ressemble. Il y a les jours combatifs où j'envisage mon futur et d'autres plus sombres où rien ne va. Ce matin, c'est un jour « sans », comme on dit. Je suis seule à la maison et n'ai pas vraiment le moral. Emmanuelle est partie hier à Orléans avec Mila et Thomas pour l'anniversaire de Christian. Je n'ai pas été conviée. D'ailleurs, je n'ai reçu aucun message de la part de mes beaux-parents depuis qu'Emma leur a annoncé notre séparation. Aucun mot de soutien, pas un coup de fil, rien. En même temps, je n'en attendais pas moins d'eux. Je les imagine déjà se réjouir de notre divorce. À coup sûr, Emmanuelle ne leur a pas tout dit.

Samedi soir. Rester affalée sur le canapé n'est pas vraiment dans mes habitudes. Vers 19 heures, je me fais violence et décide de sortir marcher. Je n'ai pas envie de voir mes amis, seulement de prendre l'air, flâner, me laisser porter au gré de mes envies. Mon quartier est animé. La douceur de ce début d'été invite les Parisiens à boire des verres en terrasse. J'entends des rires et des bribes de conversations, des verres qui tintent pour célébrer les résultats des examens de fin d'année scolaire. Je longe le quai des Orfèvres. En contrebas, là aussi, les berges sont assaillies par des jeunes gens venus avec du vin et des snacks pour passer la soirée au bord de la Seine. L'île de la Cité est un écrin superbe au cœur de Paris. Les rues, restées dans leur jus, sont comme suspendues dans le temps. Je fais un arrêt chez Berthillon, avant qu'ils ne ferment, pour prendre un sorbet melon-poire à emporter, mon préféré. Je rejoins Notre-Dame où les touristes profitent du jour qui traîne en longueur pour se faire photographier devant la cathédrale. Derrière moi, une femme s'écrie :

— Sara !

Immédiatement, je fais volte-face. Elle tend la main à une petite fille blonde de 5 ans :

— Je t'avais dit de ne pas t'éloigner. Allez, on se dépêche. Viens, on rentre !

C'est fou comme ce prénom me met, encore aujourd'hui, en alerte. J'en souris. Devant la majestueuse dame de pierre, je lève les yeux pour en admirer l'architecture. Cela fait sept ans que je vis à Paris, et je n'ai jamais pris le temps de l'observer vraiment. Je poursuis mon chemin jusqu'au pont d'Arcole, que j'emprunte pour rejoindre l'Hôtel de Ville et le quartier du Marais. Dans la rue de Moussy, un homme barbu et imposant tire le rideau de fer de son commerce. Sa silhouette m'est familière, je le reconnais immédiatement à ses tatouages au cou et aux bras. J'engage la conversation :

— Excusez-moi, monsieur, mais votre boutique se trouvait du côté de Châtelet, n'est-ce pas ?

— Tout à fait ! répond-il d'un ton chaleureux, avec un accent du Sud-Ouest. Nous avons déménagé il y a à peu près un an.

Incroyable, c'est l'homme du salon de tatouage qui avait gravé sur la peau de Sara et la mienne ce fameux (i) à l'encre bleu-noir ! Avec du recul, nous étions un peu inconscientes de l'avoir décidé sur un coup de tête. Mais je ne le regrette pas une seconde, il représente tant la légèreté et l'insouciance qui étaient les nôtres.

J'arrive rue des Archives. Devant le bar du Cox, je croise Xavier et Yannick qui finissent leur bière. Je ne les avais pas revus depuis plus d'un an. Ils sont surpris de me croiser. Ils me proposent de les suivre boire un dernier verre au Quetzal. J'hésite, j'avais l'intention de poursuivre ma virée nocturne seule. Mais, devant leur enthousiasme, je cède. Après tout, personne ne m'attend ce soir. Pour la première fois, je suis libre de toute obligation.

— Comment va Mila ? Et Emma ? demande Yannick.

Je reste évasive et réponds que tout va bien, que la petite grandit à vitesse grand V, que nous avons accueilli Thomas l'an dernier et que ce n'est pas simple. Je ne m'étale pas sur Emma, j'ai tellement honte d'avoir été trompée que je ne peux évoquer ma séparation sans finir en larmes.

Xavier file à l'intérieur du bar nous chercher à boire, Yannick évoque leurs projets de vacances pour l'été. Ils ont décidé de partir en Corse pour souffler un peu et profiter de la Méditerranée. C'est difficile d'entendre qu'ils ont des choses de prévues quand mes plans sont partis en fumée. Vers 22 heures, lorsque Xavier propose d'aller grignoter un bout au restaurant italien qui est à deux pas, je décline l'invitation. J'ai envie de rentrer et de prendre mon temps. Sur le chemin du retour, devant moi, un homme et une femme s'arrêtent et s'embrassent. Dieu, que le bonheur des autres est emmerdant pour ceux qui l'ont perdu.

En bas de l'immeuble, je tape le code sur l'Interphone, pousse la grande porte en bois et monte au deuxième étage. J'ôte mes vêtements, allume quelques bougies et prends un bain tiède pour me rafraîchir. En fond sonore, Clara Luciani et sa voix envoûtante. Je ferme les yeux, inspire profondément et plonge ma tête sous l'eau. J'apprécie le silence et me débarrasse des mauvaises énergies de ces derniers jours. J'ai lavé mon âme à l'eau claire et en ressors une demi-heure plus tard, apaisée.

Je m'installe, en peignoir de coton, dans la chilienne sur le balcon et contemple le ciel dégagé, où des milliers d'étoiles semblent rivaliser de force pour briller plus fort les unes que les autres. Quand, soudain, l'une d'entre elles prend le large et marque le ciel d'une lumière étincelante. Je fais le vœu que Mila et Thomas soient toujours heureux et en bonne santé. C'est la troisième fois que j'aperçois une étoile filante. La première, j'avais 9 ans. C'était à Nouméa. J'avais fait le vœu de revoir ma famille restée en métropole. Et particulièrement ma grand-mère Louise qui me manquait tant. À la deuxième, il y a sept ans, j'avais supplié l'astre de me faire oublier Sara. Et tout depuis ma balade ce soir me rappelle à son souvenir. Et si l'univers voulait me faire comprendre quelque chose ? Je prends mon Moleskine dans mon sac et l'ouvre à la dernière page où est inscrit son numéro. Dans mon élan, je lui envoie un SMS à 23 h 42 :

Bonsoir Sara,
Je voulais savoir comment tu allais ?
Élod(i)e

Mais quelle surprise !
Ça alors, je ne m'attendais pas à te lire…
Je vais bien merci, et toi ?

Plutôt pas mal. Je tiens à m'excuser
de n'avoir pas répondu à ta lettre…
Mais pour être honnête,
je ne savais pas quoi dire.

Les mots n'auraient pas été ceux
que tu attendais.
J'avais peur d'être maladroite
ou de te blesser…

Ce n'est pas grave, oublions la lettre ;)
Dis-moi ce que tu deviens ?

Je suis toujours à Paris,
maman d'une petite Mila qui a 2 ans et demi
donc ça me change pas mal la vie !
À part ça, c'est un peu la routine.
J'ai perdu mon emploi en mai dernier,
mais je compte rebondir très vite,
tu me connais…

Tu es maman ?
Alors ça, j'en reviens pas !
C'est génial !

Et toi, comment vont tes enfants ?
Demain c'est l'anniversaire des grands,
si je ne me trompe pas ?
Ils ont dû sacrément grandir !

Incroyable, tu te souviens
de leur date d'anniversaire, toi ? :)
M'en parle pas ! De vrais ados,
ils vont au collège maintenant.

Comment veux-tu que j'oublie ça ?
Tu crois quoi toi ! Je pense à eux parfois…
Et toi, quoi de neuf ?

Je bosse dans une boutique de prêt-à-porter
à Bordeaux et je me suis installée,

seule avec les enfants, à Mérignac.
Je leur consacre beaucoup de temps.
Ce n'est pas toujours simple mais ça va, je survis :)
Cette semaine, ils sont chez leur père
donc j'en profite.

Ah les enfants, je sais ce que c'est…
Emmanuelle est partie quelques jours
avec son fils et la petite, ça me fait un bien fou,
d'autant plus que c'est la première fois
que j'ai un week-end pour moi.

On se donne des nouvelles des filles de notre ancienne équipe de handball. Camille, qu'elle a revue il y a quelques semaines, a le projet de s'installer en Gironde avec son mari. De mon côté, j'ai revu Pierrot. Qu'est-ce qu'il était dur avec nous, me rappelle-t-elle, se remémorant le fameux match de coupe contre Tours où nous avions été battues à plate couture. Énervé, Pierrot avait quitté le gymnase avant même la fin de la rencontre. J'en viens à parler d'Alix et je sens une sorte de gêne dans ses propos. Elle finit par avouer qu'Alix l'a déçue.

Quand on s'est quittées, elle t'a choisie toi, je n'ai plus eu de nouvelles du jour au lendemain, mais c'est oublié tout ça.

La dernière fois qu'elles se sont parlé, c'était le week-end de mon mariage, me confirme-t-elle. Les images de la cérémonie me reviennent, je les chasse de ma tête instantanément. On papote comme deux vieilles amies qui se remémorent le bon vieux temps.

Quand, une heure plus tard, sans prévenir, elle me propose :

Ça fait longtemps qu'on ne s'est pas vues, viens, on passe sur Skype.

J'hésite un instant. J'ai l'impression de braver un interdit en acceptant. Après tout, je ne fais rien de mal et je n'ai plus de compte à rendre à Emmanuelle. J'attrape l'iPad.

Son visage apparaît à l'écran. On se regarde sans se parler, intimidées de se revoir. Au bout de quelques secondes, on rit bêtement.

— T'as pas pris un petit coup de vieux, toi ? me dit-elle.

Son humour est resté intact, notre complicité, toujours présente. Elle n'a pas changé. Elle est souriante, avec quelques rides au coin de ses grands yeux verts, forgées par les années. Seuls ses cheveux bruns, parsemés de mèches blondes, ont pris un éclat nouveau.

On se replonge dans le passé avec bienveillance. Elle me demande comment va mon dos – j'avais été blessée, fauchée par une voiture, et c'est elle qui m'avait accompagnée jusqu'à l'hôpital –, puis elle m'apprend avoir gardé le bracelet que je lui avais offert.

— Je ne l'ai pas fait réparer, mais il doit toujours être par là.

Elle quitte la pièce et revient avec une boîte en bois d'où elle extrait le bijou de notre première rupture. Elle me fait découvrir à travers l'écran sa maison, la chambre des enfants et son projet de refaire sa cuisine.

— Je vais la monter moi-même je pense, comme tu le sais, j'adore bricoler ! reprend-elle avec un grand sourire.

L'heure tourne. En haut à droite de mon écran s'affiche 5 h 45 !

— C'est super de discuter ensemble mais je vais devoir aller me coucher. Emmanuelle et les enfants seront de retour de leur week-end en fin d'après-midi.

— Ça va ! répond-elle, ça te laisse la journée pour rattraper ton sommeil. Depuis que les miens sont partis, je suis un peu décalée aussi.

— On va pioncer tout dimanche pour une fois ! Je te souhaite une bonne nuit. Ça fait vraiment plaisir de se voir.

Je coupe la communication et file dans la chambre me déshabiller. J'avais le moral dans les chaussettes, mais savoir que notre complicité est toujours là, malgré les épreuves et les années, me rassure. C'est comme si nous nous étions quittées hier. Je me couche avec le sentiment que tout n'est pas forcément voué à une fin inéluctable. Je note dans mon carnet :

Souviens-toi que rien ne meurt vraiment…

*

Emma peut être aussi adorable qu'exécrable. Je ne sais plus sur quel pied danser. Ses humeurs sont si changeantes. Le 10 juillet dernier, il y a un peu plus d'un mois exactement, nous aurions dû fêter nos trois ans de mariage. Ce jour-là, elle est partie tôt pour le cabinet. Comme nous évitons de nous croiser, je suis restée avec Mila dans sa chambre à attendre son départ. Sur la porte du frigo de la cuisine, je découvre notre faire-part de mariage avec un mot écrit de sa main : *Malgré les tempêtes, je t'aime encore… si fort. Emma.* L'envie me prend de faire un *reset* des derniers mois passés et de retrouver la femme que j'ai épousée quand une boule au ventre me ramène à ce qu'elle m'a fait. Si je n'avais rien découvert, elle se serait envolée pour Venise deux jours plus tard, me faisant croire à un voyage d'affaires à Singapour. Je retire l'invitation prise au piège de l'aimant et la dépose sur son bureau. Le message est clair : je ne crois plus en son baratin. Le lendemain, profondément vexée, elle ne rentre pas de la nuit, me laissant seule avec Mila et Tom, sans même me prévenir.

Depuis, elle a commencé à sortir de plus en plus. Au début, les week-ends seulement, et puis très vite certains soirs de la semaine. Thomas n'a pas du tout apprécié et s'en est plaint à son père. Personnellement, ça m'a fichu le bourdon qu'elle reprenne sa vie de célibataire, sous mes yeux. La voir se faire jolie dans la salle de bains, lire des SMS en souriant, rentrer du boulot et ressortir juste après avoir pris une douche… Je suis spectatrice de ce qu'elle construit sans moi, et c'est dur. J'ai, moi aussi, besoin de m'aérer l'esprit, de sortir de cet appartement, de partir loin de Paris. D'autant plus que nous avons annulé nos vacances communes prévues ce mois d'août. Depuis la découverte de l'adultère d'Emmanuelle, jamais je ne me suis autorisée à quitter le domicile conjugal. Seulement quelques heures pour me retrouver.

*

Mardi 6 août – 18 h 45.

À chacun de mes anniversaires, j'invite mes amis, mais aujourd'hui, j'ai décidé de ne rien faire. C'est le cadeau que je me fais. Je savoure l'oisiveté méritée. Rien n'est plus important à cet instant précis que le calme.

L'après-midi s'achève et invite la température à redevenir enfin acceptable. Je bouquine sur le balcon, jambes allongées sur la rambarde en fer forgé noir, quand j'aperçois, remontant la rue, Thomas. Il a quarante minutes de retard, mais ce n'est plus moi qui vais le lui reprocher. Je reste dorénavant à ma place, en tant que future ex-belle-mère et, je l'espère, future amie. Ce rôle me va à merveille.

Je l'entends entrer dans l'appartement.

— Je suis là, sur le balcon !

Il me rejoint avec, dans les mains, une boîte blanche du boulanger de la rue du Four.

— Ça va, elle a l'air cool, ta journée.

— Si tu savais… C'est quoi ? lui dis-je en désignant le paquet.

— C'est pour toi, joyeux anniversaire !

— T'y as pensé ! T'es adorable, merci.

— Ben oui quand même…, répond-il, gêné.

J'ouvre la boîte et découvre une jolie tarte aux fraises. Touchée par ce geste, je l'embrasse.

— Je vais la mettre au frais, on se la partagera en dessert. On dîne à trois ce soir. Ta mère rentre demain de Dubaï. Tiens, prends cette chaise longue, installe-toi. Je vais nous chercher un truc à boire, tu veux quelque chose ?

— Ouais, un Coca s'te plaît.

Alors que je me dirige vers la cuisine, je lui lance :

— Tu sais ce qui me fait le plus plaisir ?

— Non, quoi ?

— Qu'on partage ce moment ensemble – je m'installe près de lui. À cette heure-ci, tu serais déjà devant ton écran, connecté en ligne, et je ne t'aurais pas vu de la soirée.

Il ne dit rien et regarde au loin le soleil qui décline.

— Tu sais, Tom, ces derniers mois, j'avais ce sentiment de t'avoir complètement perdu et je suis heureuse qu'on se retrouve un peu…

— Ça va faire bizarre quand tu seras plus là…

— Et ça le sera pour moi aussi, mais je ne serai jamais bien loin. Tu pourras m'appeler quand tu veux.

— Oui mais ça sera pas pareil… J'peux te dire un truc ?

— Bien sûr mon grand.

— J'm'en veux d'avoir fait le con avec toi, j'ai pas été cool du tout. Tu ne méritais pas ça. T'as toujours été présente, bien plus que ma propre mère.

— Et j'ai même couvert tes conneries…

— Oh ouais, c'est vrai ! Tu te souviens au mariage, la vitre de la bagnole ?

— Oh que oui, je m'en souviens, ta mère m'a cuisinée pendant deux jours pour savoir qui avait fait ça… Mais j'ai tenu bon, tu vois !

— Merci… Élo, je m'excuse pour tout ce que je t'ai fait et tout ce que j'ai pu te dire, j'le pensais pas.

— Je t'en veux pas. Absolument pas. Et je vais te dire, je crois que t'avais raison. Je ne suis peut-être pas ta mère, mais j'ai essayé de toutes mes forces de faire les choses bien.

Les larmes s'échappent. L'émotion est trop grande. Il met sa main sur mon épaule.

— Tu penses que c'est à cause de moi que vous…

Je me ressaisis :

— Je t'arrête tout de suite, tu n'y es pour rien. Ne pense jamais ça, OK ? On t'aime très fort et on sera toujours là pour toi.

— Je me suis quand même posé la question…

— Si on se sépare, c'est que ta mère et moi avons nos raisons et, tu verras, avec le temps, les choses s'apaiseront. Tu n'y es pour rien et Mila non plus. On vous aime tous les deux, même si ta mère ne sait pas toujours te le montrer. Ça va te faire du bien de passer tes dernières semaines de grandes vacances à Kyoto avec ton père, pour prendre du recul et digérer tout ça.

— Oui, surtout que j'ai besoin de lui parler. Je veux retourner vivre avec lui. Je crois que c'est mieux pour tout le monde. Mais le truc qui m'embête vraiment, c'est que j'ai des copains à Paris maintenant et que je verrai beaucoup moins Mila… J'ai peur qu'à force elle ne se souvienne plus de moi.

— Tom, tu les reverras, tes copains, et Mila aussi ! Un grand frère aussi génial que toi, ça ne s'oublie pas comme ça ! Et puis moi ça me donnera l'occasion de retourner au Japon !

Il sourit.

Après avoir soufflé mes bougies et couché la petite, il me propose :

— Ça te dit qu'on se regarde un truc sur Netflix ?

— Ça marche, mais tu choisis le film !

J'aurais pu inviter tout un tas de gens autour de moi pour mon anniversaire, mais je crois que j'ai eu la plus jolie fête et le plus joli cadeau. Depuis presque un an, j'espérais que nous nous retrouverions et, ce soir, nous avons créé notre tout dernier souvenir avant son départ dans trois jours.

*

Ce matin, je me suis dit : *Arrête de ruminer ton divorce et pense un peu à toi !* Ni une ni deux, j'ai réservé un billet de train pour rejoindre Alix dans le Berry. Je n'y resterai qu'une petite semaine, mais c'est déjà ça. Emma s'occupera de Mila. Étrangement, elle n'a pas bronché quand je lui ai dit que je partais quelques jours.

Dans le train, je noircis quelques pages de mon carnet. Je dissèque mes émotions, les analyse presque au microscope. Je veux comprendre comment et pourquoi elles m'impactent tant. Tout ce que nous traversons n'est pas vain, j'en suis sûre. Il y a toujours quelque chose à apprendre, à en tirer. Puis je tente d'imaginer ma vie d'après. Autant dire que c'est bien moins facile. Je reste bloquée devant la page blanche, quand un agent de la SNCF s'arrête à ma hauteur et me demande mon titre de transport. J'ai presque envie de lui dire qu'il vient de me sauver du puits d'angoisse dans lequel j'étais tombée. Je ne sais pas ce que je vais devenir, où je serai dans quatre mois. Ce vide m'effraie.

Je repense à ce que m'a dit Emmanuelle tout à l'heure. Alors que la porte de l'ascenseur était sur le point de se refermer, elle l'a retenue et, d'une voix tremblante, a enfin exprimé le désir d'un armistice entre nous :

— Je ne veux plus qu'on se déchire. J'en ai marre, ce n'est pas nous tout ça. Si tu veux vraiment divorcer, je l'accepte, mais je te demande juste que l'on reste en bons termes. On peut au moins faire ça pour Mila et Tom, non ?

Après un court instant, elle reprend :

— Élo, tu resteras la femme de ma vie. Tu n'imagines pas à quel point je m'en veux de t'avoir fait souffrir. Je sais aujourd'hui que j'ai fait une grosse connerie.

Ses mots me soulagent, même s'ils n'effacent pas le passé pour autant.

— J'vais être en retard, là ! Prends soin de Mila… s'il te plaît.

La porte de l'ascenseur se referme.

*

Châteauroux – 25 août – 11 h 52.

Alix m'attend déjà sur le quai, vêtue d'une robe à pois et de tropéziennes camel à ses pieds. Un petit sac moutarde se balançant à son épaule pimente sa tenue. Elle porte, pour protéger ses yeux du grand soleil éblouissant de midi, de grandes lunettes de soleil qui lui donnent un petit air de Léa Seydoux. Je détonne un peu avec mon look trop sombre : Stan Smith, jean noir et T-shirt noir. Alix me saute au cou, heureuse de me revoir. Pas même le temps de me dégourdir les jambes qu'elle m'annonce avec un sourire aux lèvres :

— Allez viens, ma biche, je t'emmène déjeuner !

Je m'efforce de faire abstraction de mes soucis et me laisse porter par la légèreté de ce séjour improvisé. Nous prenons place à la brasserie des Halles dont la terrasse fleurie projette des ombres sur les tables.

— Alors raconte-moi un peu… Comment ça se passe à la maison ? Tu comptes faire quoi après le divorce ?

De nombreuses émotions me traversent.

— Écoute, si ça ne t'ennuie pas, je préférerais en parler plus tard. J'ai besoin de déconnecter. J'espère que tu comprends.

— Mais bien sûr ! Excuse-moi, j'aurais dû me douter…

— Demain, je voudrais aller voir mamie Louise.

— Je t'y emmènerai et après, si tu veux, je te présenterai Pablo, mon nouveau mec. On pourrait aller faire une balade à cheval, tous les trois, au parc naturel de la Brenne. Ça te branche ?

— Oui, avec plaisir !

L'endroit est aussi appelé le pays des Mille Étangs. Je m'y suis rendue une fois. C'est si beau là-bas !

Deux jours plus tard, nous entreprenons une randonnée près du lac d'Éguzon, en suivant un circuit vallonné et escarpé pendant près de trois heures. J'avais oublié combien la marche pouvait être bénéfique, surtout dans mon état. J'apprécie le calme qui chasse de mon corps le stress de ma vie tumultueuse. Je retourne aux sources afin de puiser la force nécessaire pour affronter tout ce qui m'attend à Paris. Alix veut faire une pause. On s'assoit sur un gros rocher qui longe le chemin de terre. Nous retrouver rien que toutes les deux, comme au bon vieux temps, est un bonheur simple qui m'a tant manqué.

— Ça avance ta recherche d'emploi ? me demande-t-elle soudain.

— Oui, j'ai quelques pistes. Ashley veut qu'on bosse ensemble, mais je n'ai pas encore décidé si je restais à Paris ou non.

— Et tu penses qu'Emma va te laisser la garde de la petite ?

— Oui, nous avons évoqué le sujet… Elle ne se sent pas de faire une garde partagée. Elle a des horaires de dingue et part souvent à l'étranger. Elle la prendra pendant les vacances scolaires et certains week-ends. Ça nous arrange l'une comme l'autre.

— Vous êtes au moins d'accord sur ce point, c'est déjà ça !

— Le divorce doit être prononcé début décembre, je n'ai plus que trois mois à tenir. Vivre dans la confrontation chaque jour n'est pas une vie. Je veux que l'on avance et qu'elle soit heureuse.

Alix ne dit rien, son regard se perd dans l'immensité du lac. Le mien aussi. Je ferme les yeux et respire l'odeur des grands chênes. Je me reconnecte à la nature et à cette partie de moi qui est restée ici. Nous repartons dans un silence presque monacal au son des oiseaux et du vent dans les arbres, quand elle propose :

— J'ai une idée, on va faire une soirée à la maison demain. Ce sera l'occasion de revoir les filles de notre ancienne équipe de hand.

Le lendemain soir, toutes ont répondu présentes, sauf Sara, évidemment. Je n'ai pas dit à Alix que l'on avait repris contact. Je veux garder ça pour moi afin d'éviter les raccourcis trop faciles. En revanche, Lisou et Justine seront là. Ça me fait tellement plaisir. Je ne les ai pas revues depuis mon mariage, il y a plus de trois ans. Quant à Camille, Mél, Alice, Marjo et les autres, cela fait presque sept ans que nos chemins se sont séparés.

La plupart ont arrêté le handball, seules Lisou et Sandrine sont encore licenciées du club.

On s'est toutes réunies dans le jardin de la maison en pierre qu'Alix vient d'acheter, à dix minutes à peine de Châteauroux. Elle la rénove petit à petit chaque week-end avec son père et son cousin. Elle a prévu de créer une sorte de bar dans la grange.

— J'ai même contacté un fournisseur de bière local pour y installer une tireuse avec fût, lance-t-elle à Justine.

Tout le monde a apporté de quoi boire et manger. Cakes salés, quiches, salades et desserts en tout genre sont disposés sur la table en teck de la terrasse. Alix a ouvert en grand l'immense baie vitrée du séjour d'où s'échappe la musique à travers les champs : Ofenbach, Ed Sheeran, Goldman…

Légère, je me laisse porter par la fête. Je ne pense à rien, et c'est presque un luxe que je peux enfin m'offrir. Pendant quelques heures, j'en oublie mes obligations de mère au foyer. Au diable, les rancœurs et la douleur de voir mon couple sombrer. Je me sens à ma place auprès de celles avec qui je partageais les entraînements, les succès et les défaites. Nous étions si soudées. Nous voir à nouveau réunies me rappelle que je ne suis plus seule. On refait le monde, en rivalisant de souvenirs et d'anecdotes. Je danse avec Lisou sur une playlist des années 1980 avec *Take On Me* de A-Ha. Sur *With Or Without You* de U2, Alix s'approche de moi et me glisse à l'oreille :

— Ma biche, j'ai cinq appels en absence d'Emmanuelle. C'est bizarre. Elle a essayé de te joindre, toi aussi ?

— Je ne sais pas, mon portable est dans la chambre. Je vais voir, je reviens.

Inquiète pour moi, Alix m'accompagne. Sur la table de chevet, mon téléphone affiche plus d'une dizaine d'appels. Je commence sérieusement à paniquer. Je rappelle Emma :

— Allô ? Qu'est-ce qu'il se passe ?

— Ah ! Enfin ! me répond-elle, agacée, à l'autre bout du fil. Apparemment, tu es bien occupée !

— Mila va bien ?

— Élodie, quand tu parles des heures avec ton ex, aie au moins l'intelligence de te déconnecter de Skype sur l'iPad.

— Pardon ?

— Tu m'as bien entendue…

— Et alors ? Je ne vois pas où est le problème ?

— Le problème ? C'est que tu m'as fait tout un cirque à cause de Naomi alors que tu ne vaux pas mieux que moi en te tapant ton ex !

— Je t'arrête tout de suite ! Sara est une amie. Il n'y a rien entre nous !

— Mais bien sûr, et tu voudrais que je te croie, c'est ça ? Vous vous êtes dit quoi pendant cinq heures ?

— Ça ne te regarde pas ! Je n'ai plus aucun compte à te rendre, il me semble !

— Et qu'est-ce qui me dit que tu es vraiment chez Alix, hein ?

— Putain, Emma ! Tu m'emmerdes, tu dépasses vraiment les bornes !

Folle de rage, je lui raccroche au nez. Alix, assise à mon côté sur le lit, a assisté médusée à la scène.

— Oh merde, je ne pensais pas que c'était aussi tendu entre vous. C'est chaud…

Elle passe sa main sur mon dos pour que je me calme, puis ajoute, toujours aussi curieuse :

— Tu ne m'avais pas dit que tu avais repris contact avec Sara, tu aurais pu me mettre dans la confidence !

— On s'est juste parlé…

Je craque, rincée par toutes ces histoires, et tombe en sanglots dans ses bras. Je n'ai plus le cœur à la fête.

— Allez, Élo, ça va aller…, tente de me raisonner Alix.

— C'est dur et injuste : c'est elle qui m'a trompée ! Moi, je n'ai rien à me reprocher.

— Je sais, je sais. Elle fait ça pour se rassurer de ne pas porter, seule, l'échec de votre couple. C'est plus facile d'imaginer que tu as merdé, toi aussi. C'est un moyen maladroit de se défendre. C'est super nul de sa part mais, à présent, j'ai bien peur que tous les coups soient permis.

— Je n'en peux plus. Elle n'assume rien, s'arrange toujours pour se faire plaindre.

— Je comprends, ma biche, je comprends… Et qu'est-ce qu'il se passe avec Sara ?

— On a juste échangé en juillet dernier et j'ai reçu un SMS de sa part pour mon anniversaire. Mais je te jure qu'il n'y a rien entre nous.

— Je ne comprends pas pourquoi tu l'as recontactée ?

— J'avais simplement besoin de prendre de ses nouvelles. Un soir, j'étais seule à la maison et j'avais le moral au trente-sixième dessous. J'étais curieuse de savoir ce qu'elle devenait.

— Je vois. Et qu'est-ce que tu as ressenti ?

— J'étais trop contente, nous avions tellement de choses à nous raconter. C'est fou, après toutes ces années, d'être toujours aussi complices.

Tout à coup, elle ajoute :

— Tu veux que je te dise un truc ? Moi, je pense surtout que tu te voiles la face !

— Comment ça ?

— Ça fait plus d'un an que je te vois malheureuse avec Emma. Tu t'es raccrochée à cette vie de famille, et c'est ce qui t'a permis de tenir… T'es une maman géniale, mais tu n'es pas faite pour jouer la « bobonne » à la maison. Tu as besoin que ta vie pétille, et Emma est trop carriériste, trop indépendante pour t'apporter l'affection que tu recherches. Sans renier tout ce que tu as vécu avec elle, je pense que tu ressens encore quelque chose pour Sara, avoue-le… J'te connais par cœur.

Je sèche mes larmes et lui réponds, en souriant :

— Tu crois ça, toi ?

— Je ne te l'ai jamais dit, mais j'en suis convaincue : vous êtes juste tombées amoureuses au mauvais moment. Elle allait se marier, ses enfants étaient petits… Maintenant tout est différent. Tu n'as rien à perdre à la retrouver.

— Je ne sais pas… Tout est si confus dans ma tête.

— Écoute, je te propose de rejoindre les filles et de profiter de la soirée. Demain, si tu veux aller la voir, je t'emmène à Bordeaux.

Chapitre 18

Les mots d'Alix ont réveillé en moi une envie que je m'étais interdit jusqu'alors d'éprouver : revoir Sara. Lancée à vive allure sur l'autoroute, la voiture avale les kilomètres. Tout va vite, très vite, trop vite peut-être. Mon cœur s'adapte au rythme saccadé des roues sur le bitume. Je fais la course avec les oiseaux. Quand, eux, s'en vont rejoindre la mer et la chaleur d'un nouvel horizon, moi, je roule pour retrouver Sara. À la différence de ces bestioles, je n'ai aucune idée de ce qui m'attend. C'est le vertige du plongeon dans le vide. J'ai envie de sauter le pas, mais, une fois au bord du précipice, je me dis que tout cela n'est que pure folie. Puis je reviens à la raison. Après tout, que peut-il m'arriver ? Des milliers de « et si » court-circuitent mes pensées. Et si elle ne souhaite pas me revoir ? Et si elle était revenue à la raison, pensant qu'il ne sert à rien de déterrer le passé ? Tout est possible. Les paroles de ma grand-mère résonnent dans ma tête : « Avec des *si*, on peut mettre Paris en bouteille ! » C'est un sentiment commun pour ceux qui manquent de confiance en soi : on présage le pire et on bâtit des murs, comme des obstacles pour se décourager. Assise côté passager, je ne peux me soustraire à ce destin qui m'attend. Et c'est peut-être mieux ainsi, je n'ai qu'à me laisser porter.

Il y a des tronçons de route où j'ai envie de la retrouver, d'autres où je me dis que c'est une mauvaise idée et qu'il faut savoir laisser les choses telles qu'elles sont et ne plus y toucher. Certains souvenirs me reviennent et, tels des anges gardiens, me soufflent à l'oreille que tout va bien se passer, mais d'autres, bien plus sombres, resurgissent de l'enfer où j'y ai enterré ses nombreuses trahisons et le mal qu'elle m'a fait. Je ressasse les mots de sa lettre pour éteindre le feu de mes pensées, comme un baume apaiserait la brûlure d'une plaie. Son audace d'avoir baissé le masque et de dire ce qu'elle avait sur le cœur est la preuve irréfutable qu'elle a changé.

Accrochée à son volant, Alix me titille :

— Bon, tu me fais quoi, là ? T'arrêtes un peu de cogiter ? T'as pas décroché un mot depuis que nous sommes parties. Tu comptes passer les quatre heures de route comme ça ?

Puis elle hurle contre la Renault Captur qui vient de nous doubler :

— Et le cligno ? Tu l'as passé où, ton permis, toi ? Non mais les gens, ils savent plus conduire !

Je la regarde et souris :

— Désolée, Alix, ouais, t'as raison… Merci encore d'avoir proposé de m'emmener, c'est adorable de ta part, mais ça m'embête beaucoup d'écourter notre semaine. À la base, je suis venue te voir, toi…

— Tu plaisantes, j'espère ? Je suis ravie de faire la route avec toi. Retrouver son grand amour, c'est l'un des plus beaux chemins à faire ! Mais avance, bordel ! C'est limité à 80 ! Au fait, ma biche, faut que j'te dépose où ?

— Ben, je ne sais pas.

— Comment ça, tu ne sais pas ? Ne me dis pas qu'elle n'est pas au courant que tu débarques ?

— Non, je ne l'ai pas encore appelée…

Ses yeux quittent la route un quart de seconde pour s'assurer que je ne déconne pas.

— Je flippe trop qu'elle ne veuille pas me voir…

— Arrête, je suis sûre qu'elle n'attend que ça ! Appelle-la, tu verras !

J'attrape mon mobile, il faut bien que je me lance à un moment donné, de toute façon. Je la cherche dans mon répertoire. À l'apparition des quatre lettres de son nom, je visualise les ultimes secondes avant le plongeon. L'adrénaline monte. Je formule dans ma tête ce que je pourrais lui dire, mais c'est comme se jurer de garder les yeux ouverts lors d'un saut à l'élastique. Rien ne se passe jamais comme prévu. J'appuie, d'une main tremblante, sur le bouton « Appel ».

— Allô ?

— Salut, Sara, c'est moi. Dis, t'as quelque chose de prévu aujourd'hui ?

— Non pas vraiment, les enfants sont chez leur père. Pourquoi ?

— Si je te dis rendez-vous à 18 heures, place des Quinconces, tu viendrais ?

— Euh, je ne sais pas, pourquoi ?

— Ne pose pas de questions et viens s'il te plaît !

— T'es sérieuse ? me dit-elle en rigolant.

— À ton avis ?

Elle accepte.

Deux heures plus tard, nous longeons le quai Louis-XVIII. Les dernières minutes avant de la retrouver sont, de loin, les plus éprouvantes. J'entrouvre la fenêtre pour laisser passer un peu d'air frais quand je reçois un premier SMS de sa part :

J'y suis. Je suis censée faire quoi ici un samedi à 18 heures ? :)

Alix gare la voiture sous les platanes de l'immense esplanade. J'aperçois Sara au loin, près du monument aux Girondins. Sa silhouette n'a pas changé. Une veste en jean sur les épaules, la tête baissée, les cheveux attachés, elle fixe son portable en attendant certainement une réponse de ma part. Je reste bloquée. Alix ne dit rien, elle comprend qu'il me faut un instant avant de plonger dans l'inconnu. Faut-il ? Ne faut-il pas ? Entêtante ritournelle qui me trotte dans la tête. Mais, au bout de dix minutes, Alix me rassure :

— Tu verras, ça va bien se passer…

Nouveau SMS de Sara :

Stp, dis-moi ce que je suis censée faire maintenant ?

Je respire profondément, les yeux fermés pour me recueillir. Le silence est lourd dans l'habitacle. Et si ces retrouvailles venaient tout bousiller ?

Encore un SMS de Sara :

Élo ?

— On n'a qu'une vie, intervient Alix. Si tu ne sors pas de cette voiture maintenant, tu le regretteras.

Je la serre dans mes bras. Lui dis que j'ai une putain de chance d'avoir une amie comme elle. J'ouvre la portière et pose un pied à terre. Alix rallume le moteur et me fait un grand sourire pour me rassurer, avant de s'éclipser et de me laisser seule face à mon destin.

Sara, de dos, n'a pas remarqué que j'avançais vers elle. Autour de moi, plus rien n'existe, je suis comme aspirée par le moment que je m'apprête à vivre. Mon téléphone sonne à nouveau :

Tu viens ?

Je me place derrière elle et lui dis au creux de l'oreille :

— Je suis juste là.

Elle se retourne et, en une fraction de seconde, son regard s'illumine. Elle se jette timidement dans mes bras. Tous mes « et si » s'évaporent en humant son parfum. Je reviens à la vie, elle aussi peut-être. Mon corps meurtri se remet en marche au contact de sa peau. Je retrouve toutes les sensations d'antan et ne contrôle plus rien. La revoir, c'est le coup de foudre. Je ne pensais pas que l'on pouvait tomber amoureux deux fois d'une même personne. Une larme de joie coule sur sa joue :

— Je n'arrive pas à y croire, tu es là. J'ai attendu ce moment si longtemps, me murmure-t-elle au creux de mon cou.

— Et on fait quoi maintenant ? lui dis-je en rigolant pour masquer ma gêne.

Elle me prend par la main :

— Viens, suis-moi.

Elle presse le pas. Je n'ose pas lui demander où l'on va. Elle me répondrait de ne pas me poser de questions. C'est de bonne guerre. On rejoint sa voiture.

— Laisse tes affaires dans le coffre, on les déposera à la maison plus tard. Allons dîner !

Quelques secondes après, elle ajoute :

— Car tu restes à la maison, n'est-ce pas ?

Je lui souris.

Elle m'emmène dans un petit bistrot du quartier Saint-Pierre qu'elle tient à me faire découvrir. Elle semble y avoir ses habitudes, la serveuse la reconnaît et la salue. Elle nous trouve une table un peu à l'écart, loin du brouhaha du samedi soir de la jeunesse bordelaise. Sara commande deux flûtes de champagne :

— Il faut célébrer nos retrouvailles.

Nous trinquons à nous, au plaisir de nous revoir. Puis vient le silence. Par quoi commencer ? Quels peuvent être les mots que l'on se dit après tant d'années ? À travers un écran, c'était finalement bien plus simple, je me sentais protégée. Assise l'une en face de l'autre, le verbe se fait rare. Elle se lance la première :

— C'est dingue, on est presque mal à l'aise. C'est comme si l'on se voyait pour la première fois.

Elle me fait rire. Ses mots détendent immédiatement l'atmosphère.

— C'est pas simple quand même. C'est un peu inattendu tout ça, tu ne trouves pas ?

— C'est le moins que l'on puisse dire. Je me suis vraiment posé des questions sur ce rendez-vous, avoue-t-elle.

— Tu t'attendais à ce que je débarque ?

— Non, je m'attendais à tout sauf à toi…

Le silence s'invite à nouveau entre nous. Je lâche sans prévenir :

— J'ai quitté Emmanuelle.

La nouvelle la surprend. Je lui raconte tout. La trahison, les mensonges… Et la crise d'ado de Thomas que j'ai dû gérer seule. J'entrevois dans sa façon de me regarder un mélange de compréhension et d'un peu de tristesse.

— Désolée… Je ne peux pas m'empêcher de faire le lien avec ce que nous avons partagé et la souffrance que j'ai pu te causer, avance-t-elle, visiblement émue.

— Ça a été dur, si tu savais. J'ai mis du temps à m'en remettre…

— Et alors, tu as réussi ?

Je sais ce qu'elle cherche à savoir.

— Est-ce qu'on se relève totalement quand on a aimé comme je t'ai aimée ? Pas sûr. Mais c'est du passé tout ça. Il faut regarder devant soi… N'en parlons plus. Bon, et toi alors ? Bordeaux ? Tu t'y sens bien ?

— Oui, la ville est agréable, je me suis fait quand même quelques amis, mais je sais que je n'y resterai pas. Ma famille est dans le Berry. Je songe de plus en plus à rentrer.

Sa confidence fait écho en moi. Depuis quelques semaines, l'idée de quitter Paris me travaille beaucoup. La qualité de vie pour Mila serait bien meilleure en province. Qui sait, peut-être cela arrivera plus tôt que prévu ?

— L'endroit te plaît ? Si tu veux on peut finir nos coupes et dîner ailleurs.

— Non, c'est parfait, ça me va très bien.

Ce que je ne lui dis pas, c'est que l'endroit n'a aucune importance, tant que nous sommes ensemble. La serveuse, dont je découvre qu'elle s'appelle, comme moi, Élodie, nous apporte les menus.

— C'est moi qui t'invite ! Je te conseille le magret de canard. C'est pas à Paris que tu en mangeras un aussi bon !

Elle n'a pas tort. Elle choisit – ça va de soi – un bordeaux pour accompagner nos plats. Elle fait défiler sur son portable des photos de ses enfants. Elle est fière de me montrer combien ils ont grandi.

— Je t'ai pas dit mais Enzo fait de l'équitation ! À 13 ans, il sait déjà ce qu'il veut faire plus tard, moniteur ou vétérinaire, ça promet. Et toi, montre-moi Mila !

Je lui présente, avec tout autant de fierté, le petit bout de chou qui a changé ma vie.

— Tiens, regarde, c'est une photo avec Thomas justement.

— Alors c'est lui qui fait sa révolution à la maison ? En tout cas, Mila est trop mignonne. Ça te fait quoi d'être maman ? me demande-t-elle.

— J'ai l'impression d'avoir découvert de nouveaux super pouvoirs que je ne connaissais pas ! Plus sérieusement, j'ai appris à être patiente et, toi qui me connais, tu sais combien c'est nouveau pour moi.

— Oh que oui ! Et ça te va bien, je trouve. Tu as l'air quand même d'être une super maman. Bon, et tu restes jusqu'à quand ?

— Je repars demain pour prendre le relais avec Mila qui rentre à l'école. Emmanuelle est en déplacement pro lundi prochain.

Nous quittons le restaurant vers 22 h 30. Elle veut marcher le long des quais, où quelques orchestres sauvages de jazz attirent les derniers badauds de l'été avant la rentrée.

— On n'a qu'à aller jusqu'au pont de pierre, me suggère-t-elle, il y aura beaucoup moins de monde et la vue sur la ville est vraiment superbe.

Ma main se balance et attrape délicatement la sienne. Elle la serre fort, très fort. Nous avançons en silence avant de nous arrêter quelques minutes pour contempler le port de la Lune. La ville habillée de lumière se reflète sur la Garonne. Sara pose alors sa tête sur mon épaule :

— Tu ne peux imaginer à quel point tu m'as manqué, Élo.

— Toi aussi. Mais il fallait ce temps nécessaire, je pense, pour mieux se retrouver.

— Tu crois ? dit-elle en redressant la tête.

Nos regards se croisent, et nos visages se rapprochent lentement jusqu'à ce que nos bouches se dévorent et que nos langues se reconnectent. Des milliers d'ailes se déploient, de mon ventre jusqu'au bout de mes doigts, caressant ses cheveux et effleurant sa peau. Quand nos lèvres se séparent, je souris bêtement, comme une adolescente.

Elle me propose de revenir sur nos pas pour regagner sa voiture. Nous déambulons bras dessus dessous. Nos rires ricochent sur les pierres des rues étroites du Bordeaux médiéval. Sur le trajet jusque chez elle, nos mains sur le levier de vitesse ne se quittent plus. Nous avons du mal à nous accorder pour passer la quatrième, on sourit. Je sens une attraction forte m'envahir et prends conscience que le champ magnétique qui nous unit n'a nullement faibli. Au contraire, il est plus fort que jamais.

Nous arrivons à son appartement, situé dans une rue calme de Mérignac. Elle s'y est installée après son divorce.

— Je pense acheter une maison dans deux ans, me dit-elle, je vois bien que l'espace manque. Quand t'as trois enfants sous le même toit, chacun réclame un peu d'intimité.

Elle tient à me faire visiter. Je découvre, pris au piège dans un cadre à l'entrée, les portraits d'école de ses enfants.

— Où préfères-tu dormir ? me demande-t-elle. Tu peux t'installer dans la chambre des jumeaux, ou partager mon lit, c'est toi qui vois.

— Ce serait peut-être mieux qu'on ne dorme pas ensemble, tu ne penses pas ? Enfin, je ne sais pas…

— Je ne veux pas t'influencer, mais sache que les enfants dorment dans des lits superposés. Tu seras mieux avec moi dans un 140…

— Ne t'en fais pas pour moi, ça me va très bien, et puis ça me rappellera mes colonies de vacances à l'île des Pins.

Après avoir bu un dernier verre dans le salon en refaisant le monde, on se rend compte qu'il est déjà 1 h 30 du matin. Je file à la salle de bains me changer et me brosser les dents, j'ai mon train à 9 heures demain. On se croise dans le couloir. L'attirance est à son paroxysme, mais je ne faiblis pas. Tout en me souhaitant bonne nuit, elle m'embrasse sur la joue et pose délicatement sa main sur ma hanche. Je regagne la chambre de Lola et Enzo et referme la porte derrière moi. Je l'entends déambuler dans l'appartement. Je ne saisis pas vraiment que je suis chez elle. Je m'installe sur le matelas du bas avec, pour unique vue, les lattes de bois du lit supérieur. Lumière éteinte, des instantanés de cette journée folle me reviennent : mon départ de Châteauroux en début d'après-midi avec Alix, les doutes qui m'ont assaillie et qui ont volé en éclats à la seconde où j'ai revu Sara. Je me tourne et me retourne, à l'étroit. La gourmandise de ses lèvres me revient. J'y ai croqué comme dans un fruit d'été, gorgé de soleil. Je revois son sourire éclatant de bonheur et ses yeux verts, tels des joyaux, pour lesquels je pourrais vendre mon âme. Il faudrait vraiment que je dorme, mais la douceur de cette soirée me tient en éveil. Je tourne et tourne encore, cherchant en vain ma position. J'attrape mon portable et, dans un élan, à 2 h 11, je lui écris :

Tu dors ?

En moins de dix secondes, elle me répond :

Pas encore. Tu as besoin de quelque chose ?

Non, je voulais simplement te remercier pour cette soirée ! Ça me fait tellement de bien de te retrouver… <3

Moi aussi. Merci d'être là <3

Sara ?

Oui ?

Tes bras me manquent…

Les tiens aussi… Viens,
j'ai envie de te serrer fort contre moi !

Mon cœur bat à fendre mes côtes. Je me lève et la rejoins dans sa chambre. Elle a l'élégance de me tendre la main pour m'inviter à me blottir contre elle. Sa peau est brûlante, je l'enlace par le cou, elle par la taille. Face à face, les jambes entremêlées, nous restons silencieuses de longues minutes. Je hume secrètement l'odeur de son corps familier. Du bout des doigts, elle effleure mon dos. Nos yeux se sont habitués au noir. L'obscurité n'est plus qu'une illusion, et je me noie dans son regard. Nos lèvres se rejoignent pour se nourrir l'une de l'autre, nos corps brûlants plient sous le poids de la tentation. Je m'abandonne à elle comme au premier jour, elle frémit comme à la première seconde… Nos baisers tendres et délicats deviennent soudain fougueux et passionnés. Ses mains m'agrippent, les miennes s'appliquent. Je les glisse sous son T-shirt en coton, au niveau de la taille, et remonte son dos jusqu'à son cou. Alors qu'elle relève les bras comme une invitation à la libérer de son vêtement, je redécouvre, avec une joie infinie, le galbe de ses seins. De vraies dunes de sable que le vent de l'Atlantique a légèrement salées. Je dépose sur leurs contours des baisers. Lentement, je prends tout mon temps pour la faire languir, tandis qu'elle gémit. La frustration la rend dingue et, moi, l'entendre réclamer m'excite. De ses doigts délicats, elle fouille dans mes cheveux, les empoigne et me ramène à sa bouche. Elle s'arrête net. Je sens sa respiration chaude effleurer ma joue quand elle me dit :

— Je veux te sentir en moi.

Son regard d'aigle me supplie de descendre plus bas, vers la porte des délices.

Ses jambes écartées offrent à ma vue sa culotte mouillée. Je joins mon index et mon majeur et pousse sur le côté ce maigre morceau de tissu qui me sépare de son sexe. Ses lèvres inférieures sont gonflées de désir. J'aime l'idée qu'elle ne soit pas encore entièrement dévêtue, mais déjà offerte à moi. Sa main s'invite dans le jeu et tente de jouer avec son bouton, je l'en éloigne. Je souffle du bout des lèvres sur son clito. La collision est proche, mais, là encore, je prends le temps. Quand je me lance, elle lâche un râle de surprise et de soulagement. J'ai mis fin à son supplice. Je glisse ma langue au plus profond d'elle, lâche et fouille chacune de ses cavités. Elle plante ses épaules dans le matelas tant le plaisir est fort.

Je la guide pour qu'elle se mette à califourchon sur mon visage. Elle écarte ses jambes au maximum pour me donner accès à son intimité la plus profonde. Du bout de la langue, je slalome sur la route sinueuse de ses lèvres. Ses reins se cambrent et valsent dans un mouvement régulier qui absorbe ma bouche. Comme elle commence à frémir, ma langue s'aventure, avec assurance, un peu plus dans sa fente, à la recherche de la source de sa liqueur. Je tiens fermement ses fesses généreuses tandis qu'elle ondule des hanches de plus en plus vite. J'effleure par intermittence son clitoris et son petit trou. Son plaisir décuple, son rythme cardiaque cogne. Mon visage, littéralement trempé par son excitation, cherche parfois un peu d'air. Elle pousse des petits gémissements, signe d'un orgasme imminent. J'entre mes doigts pour la pénétrer. Son corps répond immédiatement. Ils se courbent en elle à la conquête de son point G. J'accélère la cadence tout en continuant à déguster son nectar, quand, soudain, elle se contracte, ses cuisses se crispent et sa tête bascule en arrière. La bouche grande ouverte, elle hurle de plaisir.

Libérée par ce premier orgasme, elle vient m'embrasser dans le cou pour me remercier de ce voyage. Elle dépose ensuite des baisers sur mes hanches, ça m'excite. Je m'assois sur le lit et l'invite à se positionner en ciseaux. Nos sexes se confondent désormais et, au fil des va-et-vient, une friction jouissive s'empare de nous. Vulve contre vulve, humidité partagée, chacune s'abandonne à son plaisir sous le regard de l'autre. Nos clitoris se stimulent simultanément. Quand je sens le plaisir monter en moi, ma main droite attrape sa nuque pour accélérer le mouvement. Son corps se met à trembler, la sueur coule sur son visage, ses yeux se lèvent au ciel. Mon ventre se contracte, ma respiration se coupe quand une vague de plaisir d'une rare intensité s'empare de tout mon être.

Nous atteignons l'orgasme ultime et jouissons en même temps dans un râle de délivrance.

Peu à peu, nous revenons à la vie, nos muscles se décontractent.

— Jure-moi que c'est pas juste une fois pour oublier..., prononce Sara.

On s'enlace, avant d'éclater de rire. C'est si bon de se retrouver.

— Je ne veux plus jamais que l'on soit séparées, s'exclame-t-elle. Tu es mon évidence, mon aimant, et sans parenthèse cette fois-ci. C'est avec toi que je veux passer le reste de mes jours...

Sûre de moi, je lui réponds :

— Moi aussi.

*

Il y a cette connexion entre nous que personne ne peut comprendre. J'ai toujours su que mon amour pour Sara dépassait tout. Elle est dans mon ADN, dans chaque cellule de mon corps et chaque goutte de mon sang. Comment ai-je pu penser une seconde que je pouvais l'oublier ? Ce serait comme oublier de manger, de boire ou de respirer. Elle a bouleversé mon existence. Elle est le cataclysme par lequel tout a commencé. Je ne suis et ne pourrai jamais être la même depuis le soir où elle m'a dit : « Je veux coucher avec une fille, comme ça, juste une fois pour essayer. » La tentation s'est transformée en passion, puis en amour, en peine et, ce soir, en renaissance.

J'ai retrouvé la partie de moi qui me manquait. Je me sens forte et invincible. Je n'ai plus peur de rien. Nous sommes toutes les deux au début d'un nouveau monde. Il est vaste et immense, mais j'ai déjà hâte de le parcourir avec elle.

Chapitre 19

Quelques mois plus tard.

Dans le square au bout de la rue, assise sur un banc, je sors mon carnet.

Ma grand-mère disait : « Quand le grand amour se présente, ne le laisse surtout pas filer ! T'es jamais sûr qu'il revienne. »

J'ai grandi avec cette idée ancrée que le train ne passe qu'une fois, que l'amour avec un grand A est aussi rare qu'unique. Jamais je n'aurais pensé pouvoir aimer à nouveau… Et puis, tu es arrivée.

Emma, tu m'as réconciliée avec mes peurs, tu m'as donné la force d'y croire encore et, surtout, tu m'as offert le plus beau cadeau que l'on puisse espérer : Mila.

Malgré tout le mal que tu m'as fait, tu gardes et garderas toujours cette jolie place dans mes souvenirs.

Je sais, tu sais, maintenant, que l'on peut s'attendre à tout…

Élo.

J'arrache la page griffonnée, la plie en deux, passe la porte cochère de mon ancienne adresse, au 32, et la glisse dans la boîte aux lettres d'Emma.

Je regarde une dernière fois le grand hall, apaisée, avant de rejoindre la rue et de me noyer dans la foule anonyme.

Épilogue

Cinq ans plus tôt…

Au pays des *geishas*.

Je suis partie trois semaines, seule, au Japon, après une année de travail intensif à l'agence. Assise dans le train à grande vitesse, le shinkansen, qui relie Tokyo à Kyoto, je contemple par la fenêtre le mont Fuji, impassible, insaisissable. Quinze jours se sont écoulés avec l'impression de vivre dans un monde parallèle où j'ai perdu repères et habitudes, mais où j'ai découvert un nouveau sentiment de liberté.

Visiter l'empire du Soleil levant est né d'un désir immense de me retrouver. Je reste persuadée que, sans en être totalement conscients, nous portons des masques et des costumes au quotidien pour affronter la vie, la rendre plus acceptable. On maquille notre peur du temps qui passe, on courbe parfois l'échine face à la violence qui nous entoure, comme un roseau pliant sous le poids d'une pluie diluvienne. Ici, peu à peu, je me suis défaite de tout cela. Je me suis débarrassée de ces vêtements trop grands, de ces émotions indigestes. Je n'ai plus à me cacher, à me travestir dans un rôle que nos sociétés modernes nous imposent. N'être personne offre la possibilité d'être soi, telle que l'on est, nue, sans artifice. Je ne suis plus

Élodie, mais une enfant du monde. Une parmi des milliards. Et le voyage a été la clé pour accéder à ce nouveau moi. Je me suis donné rendez-vous à Kyoto comme on le ferait avec une amie à la terrasse d'un café, mais, cette fois-ci, la chaise d'en face est vide.

Il ne me reste que cinq jours avant de rentrer à Paris, et je compte en profiter jusqu'à la dernière minute. À peine le temps de déposer mes valises à l'hôtel, je saute dans un taxi en direction du temple Higashi Hongan-ji, connu pour être l'un des plus grands édifices en bois du monde. Étrangement, peu de touristes viennent le visiter. Je me retrouve seule à regarder en l'air pour admirer la construction. Les Japonais, eux, sont agenouillés, absorbés par leurs prières et incantations.

Un moine bouddhiste s'approche de moi :

— C'est beau, n'est-ce pas ?

Je suis gênée, lui explique que je ne suis pas très à l'aise en anglais.

— Vous venez d'où ?

— De Paris.

— La tour Eiffel !

Symbole de notre chère capitale aux yeux du monde.

— J'ai vécu à Paris dix ans, m'annonce le vieillard dans un français parfait. Êtes-vous venue ici pour quelqu'un ?

Je lui fais non de la tête. Je reste silencieuse et souris. De la paume de sa main, il tapote le sol pour que je m'asseye près de lui.

— Vous en êtes certaine ? Nous avons tous quelqu'un dans le cœur, mais peu d'entre nous le savent. Le cœur est un mystère, même pour les sages comme moi, dit-il en souriant. Il vous faut comprendre que cet organe vital est relié à un fil rouge, celui du destin.

— Un fil rouge ?

Il me raconte d'une voix calme la légende d'Akai Ito, qui est sûrement l'une des croyances les plus ancrées au Japon. Tout être humain est lié, sans le savoir, à une personne par un fil rouge, invisible aux yeux des mortels. Où que l'on se trouve dans le monde, ce fil nous lie à celui, ou celle, qui nous est destiné.

— Ton corps – il me tutoie instinctivement – est composé de veines et d'artères. Parmi ces milliers de connexions sanguines, une seule relie ton cœur à ton petit doigt, l'artère cubitale, isolant ces deux points de tout le reste. C'est pour cela que, dans de nombreuses cultures, on croise généralement l'auriculaire entre deux personnes afin de sceller une promesse. Ce fil, que les yeux ne peuvent voir, porte les spécificités de ton âme et se déroule de ton petit doigt pour se connecter à celui de la personne que tu aimes, qu'importent le temps, la distance ou les circonstances qui vous séparent. Au cours de ta vie, ce cordon unique peut s'emmêler ou se distendre, éloignant momentanément les deux âmes, mais jamais il ne peut se rompre. Il a cette force-là. Ce fil est notre destinée, un itinéraire tracé qui nous rapproche de ceux qui ont le plus besoin de nous et, par conséquent, de ceux qui nous sont indispensables durant notre passage sur terre. Pour nous, les Japonais, l'amour n'est, en rien, dû à la chance, l'être humain n'étant pas assez puissant pour décider de son sort.

— Et qu'en est-il si le fil est effiloché ?

J'ai tellement souffert par le passé que le mien doit certainement être dans un sale état…

— Impossible ! Il est d'une résistance incroyable. Souviens-toi que rien ne peut le rompre.

La brise légère de cette fin d'après-midi fait danser les feuilles des arbres. L'homme regarde ce spectacle que la nature nous offre avant de reprendre la parole :

— Tu es reliée à quelqu'un de très spécial, je le sens. Il te faudra peut-être grandir encore et franchir des étapes pour que tu comprennes l'importance de cette personne dans ta vie. Elle aussi devra, de son côté, évoluer. Sans doute la connais-tu déjà… En tout cas, elle se présentera à toi comme une évidence, au moment le plus opportun. Quand tu traverseras des moments d'incertitude, où tout est sombre, que tu seras à la recherche de ce qui te manque pour t'accomplir, pose-toi ces questions : « Avec qui suis-je reliée par le fil rouge du destin ? Que suis-je censée apprendre des personnes qui ont marqué ma vie ? » Les réponses se cachent toujours dans ce que l'on apprend.

Quand il est temps pour moi de quitter le temple Higashi Hongan-ji, je m'incline de trente degrés en guise de respect et remercie l'homme de m'avoir guidée.

— Qu'as-tu prévu de visiter à Kyoto ?

— Je ne sais pas encore. Je vais me laisser porter, lui dis-je en regagnant l'entrée du sanctuaire.

— Je te conseille le temple du Renard. C'est un endroit magnifique, propice à l'introspection.

Je le salue avant de reprendre le chemin de l'hôtel. Souvent, j'ai repensé à ce que m'avait dit ce moine bouddhiste, mais je n'en ai jamais parlé à personne.

*

Temple du Renard. Kyoto, Japon.

Tandis que je m'apprête à reprendre l'ascension, une voix singulière me fait tendre l'oreille. Entendre parler français à 9 600 kilomètres de Paris est toujours une jolie surprise. Elle s'adresse à un enfant, son fils probablement, avec douceur et tendresse. L'intonation de sa voix, rassurante, me captive. Elle est passée près de moi si furtivement que je n'ai pas eu le temps de voir son visage. Je me retourne par curiosité et devine sa silhouette élégante, cachée sous une large étole en cachemire beige. Je la regarde s'éloigner, songeant au fait qu'il y a des milliers de gens que l'on croise et que l'on ne reverra jamais. On garde un parfum, une voix, un geste, comme trace de leur fragile existence…

*

Le lendemain.

— Bonsoir, excusez-moi, je suis juste à côté de vous…

Alors qu'elle prend place à côté de moi, je me dis que la probabilité que nous nous croisions par deux fois à l'autre bout du monde est certainement un signe. Et si c'était à son auriculaire que mon fil était rattaché ?

Je la regarde avec curiosité, inconsciente que je suis au début d'une belle histoire d'amour. Cependant, je comprendrai, plusieurs années plus tard, qu'elle n'est pas celle avec qui je suis liée.

FIN

Remerciements

À Xavier Requena, mon fidèle ami depuis douze ans et mon binôme dans l'écriture de ce livre.

Jamais je n'aurais pu imaginer repartir dans cette aventure sans toi.

À Aurélie, mon pilier. Tu apportes à ma vie ce supplément d'âme qui la rend plus douce et, rien que pour ça, je te dois tout. Tu es la personne la plus formidable que je connaisse. Merci d'avoir été, plus que jamais, là.

À Marie, mon étoile. Nous nous sommes rencontrées alors que j'écrivais ce roman. Il gardera pour toujours l'empreinte de tes mots qui me répétaient de ne pas lâcher, tandis que j'étais assaillie par les doutes… Merci de faire partie de ma vie, mon doudou.

À Anaëlle, Charlotte, Cynthia, Tressy et Yannick, dans l'ombre, vous m'avez donné un peu de votre lumière.

À Fabrice Férin et Gabriel Caillaud. Si les fleurs pouvaient parler, je suis sûre qu'elles me souffleraient vos noms. Merci pour vos précieux conseils.

À Coraline Danthez. Une illustration, c'est capturer une émotion et la figer à jamais. J'aime tant le calme de ces deux femmes de dos, qui regardent leur destin s'envoler comme les oiseaux. Merci.

Merci à ma fille, à mes parents, à ma famille et à celles et ceux qui m'entourent… Vous êtes les immenses arbres de ma vie, ceux qui me protègent de la violence du vent et sous lesquels, à l'ombre, je m'allonge les jours de grand bonheur.

À Alexandrine Duhin, mon éditrice.

Il y a trois ans, alors que j'étais à New York, près du pont de Brooklyn, je décrochais mon téléphone. Au bout du fil – bien que l'on ne se connaisse pas –, tu m'annonçais vouloir me publier. Je m'attendais (vraiment) à tout… sauf à toi.

Merci pour ta bienveillance et ta confiance, des valeurs qui se font rares et que je chéris. Je suis si chanceuse de te connaître.

À Iris Neron-Bancel, pour tes annotations dans la marge, tes ratures, tes encouragements et ta passion pour les mots… Tu es l'artisane qui a serti les pierres de cette histoire.

Merci aux équipes des éditions Fayard, Katy Fenech, Laurent Bertail, Florian Madisclaire, Catherine Bourgey, Pauline Faure, Éléonore Delair, Calixta Grigoriou et tous les autres.

Un grand merci à Sophie de Closets.

Mes derniers remerciements sont pour vous…

Les romans sont des bouteilles à la mer. On les laisse partir au large sans l'assurance qu'ils atteignent un jour la rive… et puis, un matin, on reçoit un premier, puis un deuxième, puis des milliers de messages en retour et l'on se dit que l'on n'est plus seule.

Merci pour vos mots sur les réseaux sociaux, vos photos, vos sourires, toutes ces petites choses qui me donnent encore l'envie d'écrire.

Élod(i)e.

Composé et édité par HarperCollins France.

Imprimé en avril 2023
par CPI Black Print (Barcelone)
en utilisant 100% d'électricité renouvelable.
Dépôt légal : mai 2023.

FSC
www.fsc.org
MIXTE
Papier issu de sources responsables
FSC® C159065

Pour limiter l'empreinte environnementale de ses livres, HarperCollins France s'engage à n'utiliser que du papier fabriqué à partir de bois provenant de forêts gérées durablement et de manière responsable.

Imprimé en Espagne.